エレファントヘッド

Tomoyuki Shirai

Elephant Head

角川書店

JN007600

プロローグ

文哉はいつも間が悪かった。

「ぼく、fumiya901です」

声をかけるタイミングはいくらでもあったはずなのに。彼女にそう話しかけたとき、文哉は右手にきつねうどん、左手に豆腐ハンバーグ定食を持っていた。

唐突に声をかけられた彼女はビーフシチューを口へ運ぼうとした手を止め、怯《おび》えと戸惑いの交じった目を文哉に向けた。

「ごめんなさい。ぼく、ここのアルバイトなんですけど。たまたまスマホが見えてしまって。えっと、ayakayakaさんですよね」

彼女の表情がさらに強張《こわば》る。文哉は自分のスマホを見せたかったが、あいにくうどんと豆腐ハンバーグ定食で両手が塞《ふさ》がっていた。

「覚えてませんか。fumiya901。ほら、魚人探偵《ギル》の」

仕方なくパルパラのアカウントＩＤを繰り返す。

その瞬間の彼女の驚きようといったらなかった。右手にスプーンを持ったまま雷に打たれたように肩を波打たせたかと思えば、目にも留まらぬ速さで左手の人差し指をスマホの画面に打ちつけ、パルパラのユーザーランキングを開く。S1クラスの三位に表示された魚人探偵の筋骨隆々としたアイコンとIDを覗《のぞ》き込むと、眼球が落ちそうなほど瞼《まぶた》を開き、痩《や》せっぽちの文哉に視線を滑らせた。

「昨日のトーナメント戦で一緒だった、あのfumiya901さん?」

文哉は一瞬、自分の右手に彼女の視線を感じた。三カ月前まで山岳部に所属していた文哉の手には、アウトドアナイフが刺さってできた大きな傷痕《きずあと》があった。

「ayakayakaさんの透明探偵《インビジブル》、カウンターが神懸かってましたよ」

急いで言葉を継ぐ。彼女は照れと喜びと驚きがせめぎ合うような慌ただしい表情で、いやいやいや、と手を振った。

「fumiyaさんに比べたら全然」ふいに遠くを見るような目をして、「それにしても、こんなところでパルパラのプレイヤーと会えるとは思いませんでした」

独り言のようにつぶやく。

文哉もまったく同じ思いだった。

三カ月前からアルバイトをしている呼子《よぶこ》鳥《どり》食堂は、神々精《かがじょう》市の中核病院、神々精医科大学附属病院の中にある。病院は第一、第二、第三と三つの病棟からなり、それぞれ十五階、十六階、十三階建て。このうち第三病棟の八階から十二階が精神科に割り当てられており、八階が職員と患者の共用エリア、九階と十階が開放病棟、十一階と十二階が閉鎖病棟になっている。呼子鳥食堂はこの第三病棟の八階、精神科の共用エリアにフロアを構えていた。

同じ階の売店やカフェと同様、呼子鳥食堂は利用客を制限していない。閉鎖病棟の患者を除く、すべての関係者が食事や休憩を取ることができる。フロアには医師や看護師、臨床心理士、管理栄養士といった職員、面会にやってきた家族や支援者たちに加え、社会復帰の準備を進める開放病棟の患者たちの姿が多く交じっていた。

　文哉はきつねうどんを不愛想な医師に、豆腐ハンバーグ定食をコカイン依存症の女に届けると、すぐに ayakayaka の元へ引き返した。

「準決のとき、ＬＰ１の透明探偵が〈見えない爆弾《インビジブル・ボム》〉でゲイシーを井戸に落としたのは人間業じゃなかったですよ」

テーブルに唾《つば》が飛び、慌てて掌《てのひら》で拭《ぬぐ》う。テーブルの横に植えられたドラセナの葉がやたらと多く、おかげで仕事をさぼって話し込む文哉の姿は厨房《ちゅうぼう》から見えそうになかった。

「それを言ったら、fumiya さんのフルニレ対応なんてもう伝説でしょ。〈深紅の湖《クリムゾン・レイク》〉の魚人探偵は無敵ですよね」

　無敵、のところで声が大きくなり、後ろの痩せた男が咳払《せきばら》いする。ayakayaka は肩を縮め、いたずらっぽい笑みを浮かべた。

　パルパラ、もといパルプパラレルパラドクスは、カナダのノーマンエンタテイメント社が開発、運営するスマホ専用ゲームだ。プレイヤーは五人の探偵と一人の殺人鬼に分かれる。探偵はそれぞれの能力を活《い》かして制限時間内に証拠を集め、殺人鬼は探偵を殺して捜査を妨害しようとする。証拠が揃って殺人鬼が死刑になれば探偵の勝利、その前に探偵を皆殺しにすれば殺人鬼の勝利、という寸法だ。

　二人で昨夜の健闘を称《たた》え合ったところで、ayakayaka はふと思い出したようにスマホを見た。時刻を確かめ、申し訳なさそうに腰を浮かせる。

「ごめんなさい。わたし、そろそろ戻らないと」

あっ、うん、と文哉が口籠《くちご》もっている間にピルケースから取り出したカプセル剤を呑《の》み込むと、「また今夜、パルパラで」とスマホを振って、ayakayaka は呼子鳥食堂を出て行った。

文哉がこの食堂で働き始めたのは三カ月前。手の怪我が原因で部活をやめ、半ば自棄《やけ》になって始めたアルバイトだったが、人間関係が希薄でべたべたしたところのない職場は文哉の性分によく合っていた。

働き出して一月を過ぎた頃から、それぞれの客がなぜそこにいるのか——仕事か、患者の見舞いか、あるいは自身の治療か、ほぼ一目で分かるようになった。精神病棟に慣れている者と慣れていない者では表情や仕草が違うし、慣れている者でも診る者と診られる者ではやはり滲《にじ》み出るものが違う。ayakayaka は文哉と同じ高校生だった。せっかちで落ち着きのない文哉と違い、優等生めいた余裕のようなものを感じる。髪にも健康的なつやがあって、一見、友人に会いに来たただの若者のように見える。

だがいつも同じ白いパジャマのような服を着ていること、よく見ると肌がむくんでいること、決まった時刻——午後二時三十分にやってきてぴったり一時間で帰っていくことから、彼女が上の階の開放病棟の患者であることは間違いなかった。

ビーフシチューのトレイを洗い場へ運ぶ。レジの前を通ると、バイトリーダーのおばちゃんがとんがった眉《まゆ》をさらに急勾配《こうばい》にして文哉を睨《にら》んでいた。どこで何してたんだ、と顔に書いてある。

いつもなら言い訳の一つもするところだが、文哉はおばちゃんのクレーン眉を無視してテーブルを拭《ふ》きに行った。何と思われようと知ったことか。おばちゃんは文哉の本当の才能を知らないのだ。

その日の晩、文哉はシャワーも浴びずにベッドに潜り込むと、窓の外が明るくなるまでパルパラをプレイし続けた。ayakayaka とは一度もマッチしなかったが、彼女の弾むような声が鼓膜にこびり付いて消えなかった。

ayakayaka と知り合いになった二日後。朝から気温が上がり、爽《さわ》やかな風がドラセナの葉を揺らした、三月の午後。

文哉はいつも通り配膳《はいぜん》や片づけをこなしながら、ayakayaka に話しかけるタイミングを探っていた。

午後三時を過ぎると、少なかった客がさらにまばらになる。頭の中の台本を復唱しながらいつもの席へ向かうと、彼女の向かいに白衣の男が座っていた。

その男には見覚えがあった。ひょろりと背が高く、一見、優男のように見えるが、よく見ると肩や胸が厚く、引き締まった身体をしている。四十半ばのくせに二十歳過ぎのような張りのある細面をしていて、文哉はこの男がやってくるたびにおばちゃんの声が一オクターブ高くなることに気づいていた。

料理を持っていくとき、ネームホルダーを見たことがある。精神科の医師で、確か象山《きさやま》といったはずだ。

ayakayaka は周囲の視線を避けるように肩を縮め、自分の指先を見つめていた。あの男が主治医なのか。こそこそと何を話しているのだろう。胸騒ぎに突き動かされ、文哉はテーブルを拭きながら二人に近寄った。

「金ならやってるじゃないか」

象山の囁《ささや》き声が耳に届く。

「あとどれくらい欲しいんだ?」

ayakayaka が死んだような目で象山を見て、言葉を返す。——聞き取れない。

「ちょっと触るだけだろ」

文哉の気配に気づいたのか、象山の声がさらに小さくなる。まともな医師が口にする言葉ではない。

「急に恥ずかしくなったのか?」

ポン、とベルが鳴る。どこかの客が呼び出しボタンを押したのだ。

近くの店員が反応しなければ、象山は違和感を覚えるだろう。文哉は舌打ちを堪《こら》え、モニターに表示された番号のテーブルへ向かった。

「明日の夜、部屋に行くからな」

象山の粘つくような声が聞こえた。

「楽しみだ」

ayakayaka は翌日も同じ席に座っていた。
普段と変わらない様子で、独自に考案したという〈見えない爆弾〉を使ったキュルテンへのカウンターの方法を説明してくれたが、文哉の頭には昨日の医師の言葉が鳴り響くばかりで、常人離れした手捌《てさば》きにも的外れな相槌《あいづち》を打つことしかできなかった。

「あの、ayakayaka さん」

三時二十七分——彼女が食堂を出て行く三分前になって、文哉はようやくそう口にした。

「ひょっとして、象山先生に何かされてるんじゃないですか」

ayakayaka は小さく息を呑んで、文哉から目を逸《そ》らした。

「聞いてたんだね。やっぱり」

「いや、でも、わざとじゃなくて——」

「大丈夫なんで。気にしないでください」

両手で前髪を掻《か》き上げる。一瞬、泣き笑いのようなものが見えたが、すぐに表情がなくなった。

ピルケースをポケットにしまい、目を逸らしたまま立ち上がる。

その日、彼女は「また、パルパラで」と言わなかった。

閉店を知らせるショパンが止《や》んだ、午後六時十分。

手早く閉店業務を終えて呼子鳥食堂を出ると、文哉は帰宅するふりをして階段を上り、人の出入りのなさそうな部屋——埃《ほこり》を被《かぶ》った脳波計がぎっしりと並んだ倉庫に身を潜めた。

象山医師は未成年の患者に猥褻《わいせつ》な行為を強要している。ayakayaka の弱みを握っているのか、彼女のほうに経済的な事情があるのか知らないが、あの男の好きにさせるわけにはいかない。やつは今夜、ayakayaka の部屋を訪ねると言っていた。文哉は象山が忍び込むところをスマホで撮影し、彼を脅して悪行をやめさせるつもりだった。

音声をオフにしてパルパラをプレイしていると、あっという間に時間が過ぎた。

午後十時、息を止めて扉を開ける。病棟の明かりが消えていた。スリッパを脱ぎ、緑の誘導灯に照らされた廊下を進む。

角の向こうからナースステーションの明かりが見えた。

「９０１の夢沢《ゆめさわ》さん、見かけませんでしたか？」

若い女の息切れした声が聞こえる。

「アヤカちゃん、いないの？」

年増《としま》の女が声を尖《とが》らせる。若い女が泣きそうな声で、すみません、と繰り返す。

全身から血の気が引くのを感じた。

象山が強引にayakayakaを連れ出したのか、あるいはayakayakaが象山から身を守るため逃げ出したのか。いずれにせよ、このままでは危ない。

文哉は窓の外を見た。二つの影が駐車場を横切る。夜灯に近づいたところで、背の高い男と小柄な少女——象山とayakayakaの姿が見えた。酷薄な笑みを浮かべ、何やらayakayakaに話しかける象山。不安げに辺りを見回しながら、心許《こころもと》ない足取りで後についていくayakayaka。

文哉はエレベーターに飛び込んだ。一階へ下り、通用口を探す。警備員の声を無視して錠を外し、駐車場へ飛び出す。

象山がayakayakaの腰に手を回し、ジャガーのドアを開けようとしていた。

「その子を離せ！」

象山が肩をびくんと震わせ、文哉に怪訝《けげん》そうな目を向ける。エレベーターの扉が開き、看護師たちが駆けてくる音が聞こえる。

「そこにいるのは——呼子鳥の店員さん？」年増の女の声が聞こえた。「象山先生に、アヤカちゃんまで。こんなところで何してるんですか」

「皆さん、落ち着いてください。わたしはただ——」

象山が両手を上げ、作り物めいた笑みを浮かべる。こんなやつの言い分を聞く気はない。文哉はポケットに忍ばせていたナイフを振り上げた。

「うわっ」

象山は一瞬、首を縮めたが、すぐにボクサーのようなステップを踏んでナイフを避《よ》け、文哉の腕を摑《つか》んで外側に捻《ひね》った。

「糞《くそ》野郎！」

鼻頭に頭突きを見舞おうとしたところで後ろから首を押さえられた。膝《ひざ》を折られ、腕が後ろへ回る。掌を摑まれ、古傷が鋭く痛んだ。首を後ろに捻ると、警備員の男が文哉の手首を押さえつけていた。

「アヤカちゃん、大丈夫。落ち着いて」

聞き馴染《なじ》みのある声が迫ってくる。反対側へ首を曲げると、バイトリーダーのおばちゃんが駆けてくるのが見えた。とんがった眉が荒波のように上下している。

「ゆっくり深呼吸して。ほら、もう大丈夫だから」おばちゃんはなぜか文哉の前で足を止めた。

「部屋に戻りましょう、夢沢文哉《あやか》さん」

肘《ひじ》の内側に痛みを覚える。警備員が押さえつけた腕におばちゃんが注射針を刺していた。

何なんだ、これは。

苦くて甘い、気だるくも心地よい気分に世界が溶けていく。

意識が途切れる瞬間、ayakayaka がジャガーの向こうから顔を出すのが見えた。ayakayaka はひどく怯えた目で文哉を見下ろしていた。

天井があった。

古い映画フィルムのように暗く汚れているが、確かに天井だ。見覚えがある気もするが、いつ、どこで見たのか思い出せない。

「文哉ちゃんのこと、きちんと話しておけばよかったね」

遠くから象山の声が聞こえた。プールに潜っているみたいに音が籠もっているが、聞き取れないほどではない。

「起きちゃわない？」

囁き声を返したのは ayakayaka だ。

「大丈夫。鎮静剤が効いてるから」

天井に人影が伸びる。文哉を見下ろすように頭が大きくなり、すぐに消える。

「二十二年前——父さんがまだ研修医だった頃、文哉ちゃんはうちの病院に運ばれてきた。当時は高校二年生だったかな。空躁《からさわ》のカフェでバイトしてたんだけど、常連だった男に突然切りつけられて、失血による深刻なショック状態に陥っていた。

幸い文哉ちゃんは一命を取り留めた。でも手に傷が残ったのに加え、かなり強固な妄想症状が現れるようになった。医師に向かって人殺しと叫んだり、同じ病室の女性に逃げるよう言い含めたり。小児科のラウンジで子どもみたいにはしゃいだと思ったら、院内の食堂で店員のように振る舞うこともあった。当初は急性ストレス障害やＰＴＳＤの一種と思われてたけど、その後も一向に改善が見られない。彼女は結局、外科から精神科へ移されることになった」

　この男は何の話をしているのだろう。

「最近は症状も落ち着いてたから、わたしたちも油断していた。今回はわたしを誘拐犯の類《たぐい》と思い込んでたみたいだね。厨房からナイフが盗《と》られていたとなると、警備体制の見直しも急務だ」

「なるほどね」慎重に言葉を選ぶように、ayakayaka がゆっくりと言う。「でも今回のことに関しては、彼女がお父さんのこと誤解した理由もちょっと分かる気がするんだ」

「理由？」

　人影の頭が持ち上がった。

「昨日、バイトの休憩中にお父さんと話したでしょ。わたしが春休みもバイトに明け暮れてるって話の流れで、お父さん、こんなこと言ったじゃない」

——金ならやってるじゃないか。

——あとどれくらい欲しいんだ？

「しかもわたしがパルパラの話したら、そんなに面白いなら自分もやってみたいって、親馬鹿丸出しなこと言い出したでしょ」

——ちょっと触るだけだろ。

——急に恥ずかしくなったのか？

——明日の夜、部屋に行くからな。

——楽しみだ。

「お父さんの言葉遣い、患者さんと接するときよりだいぶ砕けた感じだったよね。でも患者さんたちは、わたしがお父さんの娘だとは知らない。だからわたしたちの会話を耳に挟んで、お父さんがいかがわしいことを企《たくら》んでると勘違いしたんじゃないかな」

数秒の沈黙の後、はは、と笑い声が響いた。頭を掻く音が続く。

「いや、なるほどな」

何だかよく分からないが、ayakayaka は象山に脅されていたのではなかったらしい。

それなら良かった。

文哉は再び、今度は自分の意思で、甘苦い微睡《まどろ》みに身を委《ゆだ》ねた。


一夜明けた三月二十七日の朝。文哉は十二階の１２０２号室に病室を移された。そこは二重のドアで隔離された、閉鎖病棟の一室だった。

新しい部屋は歌や笑い声や楽しげな独り言でひどくやかましかった。文哉は毛布を被り、こっそり持ち込んだスマホでパルパラをプレイして時間を潰《つぶ》した。コインがなくなるまでトーナメント戦にエントリーし続けたが、ayakayaka の透明探偵は現れなかった。

そうして五日が過ぎた。四月一日、文哉はようやく閉鎖病棟から解放され、暮らし慣れた九階の９０１号室へ戻った。

さっそく八階の呼子鳥食堂へ足を運んだが、いつもの時刻——午後二時三十分を過ぎても、ayakayaka は姿を見せなかった。

厨房を覗くと、彼女と同じ白いパジャマのような服を着た女が皿を洗っている。メニューを選ぶふりをしながら顔を上げるのを待ったが、食器乾燥機の蓋《ふた》を閉じてふうと息を吐いたのは四十過ぎの面長なおばちゃんだった。

彼女はアルバイトを辞めてしまったのか。もうパルパラの話はできないのか。せめて怖がらせてしまったことへの謝罪だけでも伝えたかったが、どうすることもできなかった。

さらに二日が過ぎた、四月三日の夜。トイレを出たところで象山医師と鉢合わせした。

「調子が良さそうですね」

一瞬、文哉の顔を覗き込むように見た後、すぐに気さくに話しかけてくる。

「おかげさまで」つい気後れしてしまい、言葉に詰まった。「あの、この前はすみませんでした」

「気にしないで。文哉ちゃんは病気なんです。悪いのは文哉ちゃんじゃなく病気だってことを忘れないでください」

そう言って人懐っこい微笑みを浮かべる。思いがけず心がほぐれた。

「あの、娘さんはもう呼子鳥には来ないんでしょうか」

「彩夏ですか？」象山は眉を持ち上げ、「実はそうなんです。厨房のバイトは辞めてしまったみたいで」

残念そうに答えた。通りがかった看護師の女が窓に目を滑らせ、すぐに逸らす。つられて窓の外に目を向けると、

「あ」

制服姿の ayakayaka が第一病棟の前のロータリーを歩いていた。象山が苦笑し、女が肩を窄《すぼ》めて象山に頭を下げる。

気づけば走り出していた。エレベーターで一階へ下り、通用口から第三病棟を飛び出す。息を切らしてロータリーにたどり着いたときには、ayakayaka は病院の前の横断歩道を渡り切っていた。

「ayakayaka さん！」

小さな顔がこちらを振り向く。眉が跳ね上がり、唇から白い息が洩《も》れる。

文哉が横断歩道を渡ろうとしたところで、歩行者信号が赤に変わった。

「あの、この前は勘違いで怖がらせてしまって、すみませんでした」

逃げ出したい気持ちを堪え、言葉を絞り出す。ayakayaka は文哉を見つめながら、いえ、と手を振った。

「そんなの気にしないでください」前髪を押さえて、「それに、わたしを助けようとしてくれたんですよね」

ステーションワゴンが一台、二人の間を走り抜ける。思わず綻《ほころ》んだ口元をその隙に引き締める。

「あ、今日は休憩室に置いてあった荷物を取りに来たんです」ayakayaka がバッグを叩《たた》く。「辞めたのは fumiya さんのせいじゃないですよ。もともと春休みの間だけの予定だったんです。まあまあ時給がいいんで、居心地が良ければ続けようかと思ったんですけど、やっぱりお父さんと同じところで働くのは気が乗らなくて。休憩中にお父さんに話しかけられるのも嫌だし、お店の人にそれを見られるのも恥ずかしいし」

ローファーの爪先《つまさき》が歩道のタイルを蹴《け》る。

文哉は胸の拍動を感じながら、それに負けじと声を張った。

「いつか気が向いたら、またパルパラに戻ってきてくれると嬉《うれ》しいです」

ayakayaka は数秒、目を瞬《まばた》かせてから、すぐに頬を緩めた。

「別にやめたわけじゃないですよ。新しいバイトが忙しくて、夜、寝ちゃってただけで」

スクールバッグをくるりと回して肩にかける。

「また、トーナメント戦で会いましょう」

笑顔で手を振る。文哉も手を振り返す。

じゃ、と ayakayaka が文哉に背を向けたところで、ようやく信号が青に変わった。

まだ話したいことがたくさんある。横断歩道に足を踏み出しそうになり、ぐっと堪えた。

彼女と自分では、年齢も、暮らしている場所も、何もかもが違う。このまま一生、顔を合わせずに生きていくのが一番だ。そうに決まっている。

冷えた風が吹きつけ、傷んだ髪を揺らした。かじかんだ指を擦《こす》り合わせ、白い息を吐く。第三病棟に足を向け、未練がましくもう一度後ろを振り返る。

そのときだった。

初めは ayakayaka が胸を反らしたように見えた。

喉《のど》から下腹部までが前へせり出す。同時に背骨が丸く撓《たわ》み、首が潰れる。ayakayaka は膨らんでいた。呆然《ぼうぜん》とした顔がこちらを向く。

そのまま巨大な球になってしまうのかと思ったところで、パン、と大きな風船を割ったような音が響き、ayakayaka だったすべてが弾《はじ》けた。破れた制服から、血が、骨が、肉が、何だか分からない臓器の切れ端が花火のように飛び出し、弧を描いて地面へ落ちていく。あの小さな身体のどこにこんなにたくさんのものが入っていたのかと場違いな感慨を覚える。

そのすべてが、一秒にも満たない出来事だった。

胸が痛くなり、呼吸を忘れていたことに気づく。自分も砕け散るのではないか――そんな恐怖に襲われ、足元に蹲《うずくま》る。頭を抱えたまま辺りを見渡す。

舗装された歩道に不発弾が埋まっているはずはない。病棟の窓から散弾銃がこちらを狙っている、なんてこともない。もとより何らかの武器が使われたのなら、もっと鋭い音が鳴るだろう。

まるでパルパラの透明探偵が現れ、〈見えない爆弾〉で ayakayaka を攻撃したかのようだった。

もちろんそんなことありえない。自分はまた幻覚を見ているのか。これも病気の症状の一つなのか――。

縋《すが》るように道路の向こうを見て、自転車を漕《こ》ぐ若い男と視線が交わった。白のヘルメットに水色の制服。後ろの荷台に赤い籠《かご》を載せている。郵便局員らしい。

男は蹲った文哉を不思議そうに見ながら、スピードを落とさずに歩道の横を走っていく。ayakayaka のいた辺りに差しかかったところで、ぬちゃ、とタイヤが傾いた。自転車が倒れ、転げ落ちた男が腰を打ちつける。アスファルトに手を突いて立ち上がると、男は歩道に散らばったものを見回し、へっ、と盛った犬のような声を出した。

あの男にも死体が見えている。

これは幻覚ではない。

そう気づいた瞬間、文哉の喉からようやく悲鳴が溢《あふ》れた。

一／前兆

1

ミイラ取りがミイラに、と言われても遠い国の話のようだが、精神科医が精神病に、となると他人《ひと》事《ごと》ではない。精神科医が精神病に罹《かか》りやすいというのは統計的にも知られた話で、あの大学の先生が診察室の窓から飛び降りたとか、この病院の先生が存在しない患者の診察を始めたとか、そんな噂話は枚挙に暇《いとま》がない。

自宅を見張る女を目にして、象山晴太《せいた》が考えたのはそんなことだった。

神々精医科大学附属病院の精神科で患者を診ること二十三年。見知らぬ誰かに見張られている、なんとかしてほしいと言い立てられたことは数えきれない。だが自分が見張られていると確信したのはこの日が初めてだった。

専門家がこんなことをしていいのかと不安になりながら、自分の頬をつねる。痛い。神経系異常なし。既往歴、薬歴ともになし。自分が文句の付けどころのない健康体であることを鑑《かんが》みれば、あの女は本当に象山の自宅を見張っているとみて差し支えないだろう。

　そのミニバンは自然公園の出口の前、道路を挟んだ側の路肩に停まっていた。象山の家との距離は五メートルほど。さらに十メートルほど離れたところには馴染《なじ》みのコンビニがある。

　象山はコンビニに併設されたガラス張りの喫煙所に入り、キングバットの小箱を取り出した。ジッポーで火を点《つ》けながら、車のドアミラーに目を凝らす。

　女は黒のデリカの運転席からカーブミラー越しに象山の家を見張っていた。顔は見えないが、ひどくくすんだストールを肩に巻いている。ネズミ色、いや水浴び後のゾウ色といったところか。耳にはネックバンド型のイヤホン、首には一眼レフ。週刊誌の記者か、あるいは。

　やはりドアミラーに映ったところだけでは何も分からない。象山はナンバープレートの番号を記憶に刻み込んで、喫煙所を出た。ドアをノックしても逃げられるのが落ちだろう。腹を括《くく》ってボンネットの前へ回り込もうとした、そのとき。

「お父さん？」

　後ろから声をかけられた。

　振り返ると、自然公園から出てきた男女が象山に手を振っていた。

「どうしたの？　ボーナスを入れた財布でも落としたような顔してたけど」

　女のほうが駆けてきて、象山の背中を叩《たた》く。黒のウレタンマスクで顔の半分を覆っているが、もちろん見間違えることはない。長女の舞冬《まふゆ》だった。

「いや、えっと――」

　路肩から荒々しいエンジン音が轟《とどろ》いた。舞冬が目を剝《む》く。デリカは強引に十字路を右折し、ガガッ、とドアミラーをガードレールに擦《こす》らせて猛スピードで走り去った。
「なに今の。知り合い?」

平たく整えた眉《まゆ》が寄る。象山が「いや」と首を振ると、

「週刊誌のカメラマンでしょう」

もう一人の男——舞冬のマネージャーのムイが、シャッターを切るジェスチャーをしながら言った。舞冬を家まで送りに来たのだろう。大食《おおじき》駅から象山の家までは自然公園を突っ切るのが一番早い。

「アカダマの知名度が上がった証拠ですよ。度が過ぎるようなら手を打ちますが、あまり気にし過ぎないでください」

舞冬を安心させるように笑いながら、さりげなく家の周囲に視線を走らせる。口早に来週の予定を確認すると、象山に「わたしはこれで」と頭を下げ、大食駅へ引き返して行った。

「ま、仕方ないね」

舞冬はマスクの中でため息を吐き、気持ちを振り切るように顔を上げた。

「お母さんと彩夏には言わないでね。心配させちゃうから」

「ああ」

玄関ポーチをくぐったところで、扉の横に停めたロードバイクに目が留まった。ハンドルに取り付けたバックミラーに、自分の強張《こわば》った顔が映っている。

象山は幸せだった。幸せ過ぎるといってもいい。精神科医として実績を積む傍ら、妻と結婚し、二人の娘を授かった。妻は女優として活躍を続け、娘たちもそれぞれ選んだ道を歩んでいる。

自分でもどうかと思うほど幸せだ。だからこそ、象山は不安でならなかった。あまりに上手《うま》く行

き過ぎている。こんなときはたいてい、大きなしっぺ返しが待ち受けているものだ。

バックミラーに映った自分を見つめる。

デリカに乗った女を見つけたときの言いようのない感覚——ミイラ取りがミイラに、精神科医が精神病を患ったような心許《こころもと》ない気分が、胸にこびりついて消えなかった。


初めて父さんが殺されるのを見たのは五歳のときだった。

テレビの中の父さんは屈強な欧米人の男に手足を縛られていた。男たちは父さんをギロチン台に寝かせ、縄を切って刃を落とした。切断された父さんの頭は血を撒《ま》き散らしながらごろんと転がってブリキのバケツに落ちた。

それでも父さんは死ななかった。ＣＭが終わると首の繋《つな》がった父さんがスタジオに現れ、身振りの大きなタレントたちから拍手喝采《かっさい》を浴びていた。

父さんは奇術師だった。

象山不二夫《ふじお》は過激なステージマジックを得意とする異端の奇術師で、短剣を刺される、胴を切断されるといったお馴染《なじ》みの演目では飽き足らず、ギロチンで斬首《ざんしゅ》される、手足を縛って水槽に沈められる、はては電気椅子で高圧電流を流されるといった見世物めいた演目まで取り入れ、命がけのショーを繰り返していた。

父さんがフジヤマテレビのプロデューサーに見出《みいだ》されたのは、ちょうど自分が生まれた頃だったという。初のテレビ出演となった『百回死んだ男　絶体絶命スペシャル』が高視聴率を記録したのを皮切りに、父さんはたびたびテレビに出演するようになる。二つ名の〝百回死んだ男〟そのままに、父さんは特番のたび、北極海に重りを付けて沈められたり、カリフォルニアで身体に爆弾を巻かれ爆破されたり、棺桶《かんおけ》に入れてロンドンの地下に埋められたりした。

テレビでは怪人めいた不死の男を演じていたものの、普段の父さんは穏やかで優しかった。母さんが嫌な顔をするので家では奇術を披露しなかったが、それでもときどき、空の財布から百円玉を出したり、割れた茶碗《ちゃわん》を元通りにしたり、画用紙に描いたカブトムシを取り出してみせたりした。

そんな温厚な性格も仇《あだ》になったのだろう。〝百回死んだ男〟としてテレビ出演を重ねるうち、父さんは徐々に塞《ふさ》ぎがちになっていった。

スタッフにひどい仕打ちをされたとか、不義理を働かれたというわけではない。お茶の間の人気者だった父さんは、テレビ関係者からも丁重に扱われていた。だが皮肉なことに、その特別扱いが父さんを追い詰めていった。

テレビタレントの賞味期限は短い。さまざまな才能の持ち主がテレビの舞台に引っ張り出されては、すぐに飽きられ、忘れ去られていく。ひとたび人気に陰りの出た者は「時代遅れ」「終わった人」の烙印《らくいん》を押され、ときに視聴者の嘲笑《ちようしよう》に晒《さら》されることになる。

父さんがその冷酷なシステムに気づいたのは、テレビの人気者になった後だった。スタッフや視聴者からスターのような扱いを受けるたび、父さんは彼らが掌《てのひら》を返し、自分を嘲笑する日を思い描いた。そしていずれ現実になるであろう想像に心を磨《す》り減らしていったのだ。

息子が十歳のとき。父さんは一念発起し、妄《も》鳴山《なきやま》に別荘を建てた。〝百回死んだ男〟としてのテレビ出演で稼いだ資金を注ぎ込んだその別荘を、父さんは不死館《しなずかん》と名づけた。

父さんには二つ夢があった。自ら引き際を決め、引退後は誰の詮索《せんさく》も受けずにひっそりと暮らすこと。そして時折り別荘に子どもたちを招待して、朝から晩までたっぷり奇術を楽しんでもらうこと。この二つの夢を叶《かな》えるために建てられたのが不死館だった。本館には子どもたちを泊めるための客室が、別館には奇術ショーのための秘密の地下室が用意されていた。

だが父さんの夢は叶わなかった。

最後のテレビ出演となる予定だった『百回死んだ男 最後の奇蹟《きせき》』の撮影中、父さんは地上十メートルの気球で首を吊《つ》ろうとし、地上へ落下。頭蓋骨《ずがいこつ》が陥没して脳挫傷《のうざしょう》を起こし、病院へ搬送された。輸血と開頭手術により一命を取り留めたものの、退院後の父さんは以前のように流暢《りゅうちょう》に喋《しゃべ》ることも、真っすぐ歩くこともできなくなっていた。

それからの父さんは人が変わったようだった。

リハビリもかねて名残《などり》市のマジックバーで働き始めたものの、三カ月後にワインボトルで客を殴って退職。世間から逃げるように山中の不死館へ移り住み、酒に溺《おぼ》れた。わけの分からないことを言って母さんを殴ったかと思えば、「許してくれ」と泣き叫び、「もう死んでやる」とナイフを振り回す。息子の自分は殴られこそしなかったが、目が合うだけで「笑うな」と怒鳴られ、奇術ショーの舞台となるはずだった地下室に閉じ込められた。

父さんはいったいどうなってしまったのか。

自分はどうすればよかったのか。

象山には分からないことだらけだったが、それでも一つ、学んだことがあった。

どんなに幸せな家族も、たった一つの小さな亀裂《きれつ》から、あっという間に瓦礫《がれき》の山に変わってしまう。

事故から一年後、十一歳で児童養護施設に入れられた象山は、一人で猛勉強に励むようになる。

十八歳で神々精医科大学の入学試験に合格すると、奨学金で大学に通い、六年後には医師国家試験に合格。大学病院に勤める傍ら、妻と巡り合い、二人の娘を授かった。

それでも。

いや、だからこそ。

象山がその教訓を忘れたことは一度もなかった。

2

象山家の朝は忙しい。

八月二十二日、午前七時十二分。象山は昨日下ろしたばかりのナイトウェアの袖《そで》を捲《まく》り、ダイニングテーブルに朝食を並べた。

ウッドチェアに座ってテレビを点けると、やたらと涙袋の大きな女性タレント——伊豆美崎《いずみさき》が自宅で大麻を育てていたローカルアイドルグループのメンバーを糾弾していた。身内でもないのに朝から大変な剣幕だ。ミヤギ放送の朝の情報番組、『ハローどっこいしょ東北』である。

音量を下げ、味噌汁《みそしる》を一口。ハタハタの塩焼きに箸《はし》を伸ばしたところで、

「もぐもぐ博士のバッジ、テーブルに置いてなかった？」

妻の季々《きき》が引き戸を開けてリビングに飛び込んできた。炭酸水メーカーにボトルをセットしてガスを注入しながらアロエの鉢植えに水をやり、「ダイエットサプリ スーパーヒョロリン」なるカプセル剤を飲みながらリビングを舐《な》めるように見回す。このサプリの効能には医師として言いたいこ

とが山ほどあるが、今それを指摘すべきでないことはサルでも分かる。

「九時の新幹線に乗らなきゃなんないのに。どこ行ったの、博士！」

キャビネットとハンドバッグを一通りごそごそやった後、ふいに天啓を得たようにキッチンへ向かい、「あった！」と食器棚の抽斗《ひきだし》から小さなピンバッジを取り出した。すぐに踵《きびす》を返し、シャワールームへ駆け込む。

季々は女優だ。県内最大手の芸能プロダクション、ホワイトロッジに所属し、ローカル局制作のテレビドラマやＣＭ、舞台などで活躍している。愛らしい風貌《ふうぼう》とは裏腹にやたらと食が太く、かつてはテレビ出演といえば大食い関連のバラエティ番組ばかりで何が本業かよく分からない時期もあったが、年齢を重ねた近頃はその手の仕事は落ち着き、実力派女優としての評価を確立しつつあった。

今日は午後から花蒔《はなまき》市内で「もぐもぐ食育フェスタ」なるイベントに登壇するという。大食いで知られる女優に食育を語らせるのはどうかという気もするが、本人はあまり気にしていない様子だ。

カラスも驚きの速さでシャワーを浴びた季々がリビングの引き戸を開け、「今日も暑いの？」「もうやなんだけど」と滴を飛ばしながらポリウレタン製のコルセットのホックを留める。シャツワンピースを羽織った季々の腹回りは先ほどまでとは別人のように細くくびれていた。若い頃は何を食べても太らないと不安そうにしていた季々も、四十を過ぎてからは体形の維持に苦労している。炭酸水を愛飲し、効果の怪しいサプリを常用しているのもそれが理由だ。

「あれ、もぐもぐ博士――」

「ここにいるよ」

象山が差し出したピンバッジを襟に留め、コスメポーチと炭酸水ボトルをレザーバッグに突っ込むと、季々は「じゃ」とリビングを飛び出した。玄関へ向かう足音。ガチャ、バタン。

「お父さんのパジャマ、昔のスパイ映画の悪党みたいだね」

タイミングを合わせたように、長女の舞冬がリビングの引き戸を開けた。

第一声から察するに、昨日の不審な車のことを気にしている様子はなさそうだ。ピッ、ピッ、と勝手にエアコンの設定温度を下げると、電動歯ブラシを咥《くわ》えてキッチンへ向かい、低糖質の冷凍食品セットを電子レンジに放り込む。エアコンは冷気を吐き出す代わりに、ぱきぱきと気の抜けた音を奏で始める。そろそろ換え時だろうかと思ったところで、

「ねえ、お父はん」

舞冬がキッチンから言った。歯を磨きながら喋ったせいででたらめな関西人のようになっている。

エアコンの型番を探しながら「何？」と答えると、

「お父さんのパジャマ、昔のミステリー映画で最初に殺される人みたいだね」

次女の彩夏がリビングの引き戸を開けた。季々と入れ替わりでシャワーを浴びていたらしく、セミロングの髪をタオルで拭《ふ》きながらテレビに目を留めて「時間、やば」と手を速める。涙袋のでかい女性タレントの言葉を遮って、司会の蓑家閑《みのやしずか》がぼやく。「伊豆さん。そりゃ大麻はよくないけど、別に人殺したわけじゃないんだから」

「今日もバイト？」

「そ」

彩夏はドライヤーのコードをほどきながら一音節で答え、ゲームのキャラクターが描かれたスマホケースを開いた。

彩夏は高校生だ。二年前に入学した神々精国際高校は偏差値も進学実績もまずまずのくせにやたらと校則が厳しいことで知られている。本来は部活の加入も必須《ひっす》らしいのだが、彩夏は持病を言い訳に部活に入らず、体育祭やキャンプなどの課外活動もほとんど欠席していた。

そんな彩夏が休日の朝から何の準備をしているのか。バイトである。彩夏は一時間でも暇があればシフトをねじ込もうとする根っからのバイト狂いで、夏休みともなれば働き蜂のように朝から晩までバイトに明け暮れていた。自堕落なのか勤勉なのか父親にもよく分からない。学校にばれたら叱られるだけでは済まなそうだが、そこは友人と口裏を合わせてうまくごまかしているようだ。

「今日はエルムか。ランチは十一時からじゃなかったか？」

エルムはバイト先の飲食店の一つ。正式な店名をストリートキッチンＥＬＭという。

「今日は違うとこ」ドライヤーから熱風が吹き出し、切り揃えた前髪が膨らむ。「キャンプランドで試供品のコカコカライム配んの」

神霧山《かぎりやま》キャンプランドは神々精市唯一のキャンプ場、コカコカライムは最近やたらとテレビＣＭを打っている身体に悪そうなアルコール飲料だ。脳天爆発、コカコカライム。

「え、四十度？」

歯ブラシを咥えて『ハローどっこいしょ東北』を見ていた姉の舞冬が歯磨き粉を飛ばし、ドライヤーの熱風が飛沫《しぶき》を吹き飛ばした。「昨日に続き、今日もとてつもない暑さになりそうです」お天気キャスターが涼しげなスタジオで言う。「こまめに水分を摂《と》るなど、熱中症にご注意ください」象山家のエアコンは相変わらずぱきぱき変な音を鳴らしている。

「よりによってこんな日に外でバイトしなくても」

彩夏は生まれつき腎臓《じんぞう》の血管に狭窄《きょうさく》があった。ナトリウムや水分が十分に排出されず、血圧が高くなりやすい。毎食後に一錠、血管を広げて血圧を下げるカルシウム拮抗《きっこう》薬を服用している。気温の高い夏は冬のヒートショックのようなリスクは少ないが、とはいえあまり無茶はしてほしくないのが親の本音だった。

「平気平気。飲み物いっぱいあるから」

まさかコカコカライムを飲むつもりか。

さらなる小言が口を突きかけたところで、ピーッ、と電子レンジが鳴った。彩夏がドライヤーのスイッチを切る。「お姉ちゃん。そこの日焼け止め、取って」「やだ」「いいじゃん」「わたし、あんたの道具じゃないから」「けち」「うるさい」「けっち」根負けした舞冬がキャビネットの日焼け止めを取り、彩夏の顔めがけて放り投げる。「ぎゃー」お天気キャスターが指示棒を下ろし、「以上、お天気でした」満面の笑みを加える。

「やば」彩夏がテレビを見て、「本当に遅刻する」

「父さんのロードバイク、乗ってもいいぞ」

「いい」

「なんで」

「なんか、いかつい」

手足に日焼け止めを塗りたくりながら素っ気なく答える。バックミラーやテールライトをカスタムしているのが気に入らないのか。仕上げに制汗スプレーを吹きつけると、

「行ってきます」

転げるようにリビングを出て行く。「帰りは」「夜」「血圧の薬は」「持った」「気を付けて」ガチャ、バタン。

舞冬が一つため息をついて、低糖質食セットを運んできた。食器棚の抽斗から取り出した「喉《のど》ケアサプリ スズナール」の瓶を並べ、ウッドチェアに腰を下ろす。

ようやく穏やかな朝が戻ったと思いきや、舞冬の表情が妙に強張っていた。「喉ケアサプリ スズナール」には医師として言いたいことがあったが、それを指摘するタイミングが今でないのはサルでも分かる。たぶん。

「さっきの話なんだけど」

左手でサプリの瓶を転がしながら、ごぐっ、と喉を鳴らす。舞冬は気を張っているとき、消化物が喉をせり上がってしまう癖があった。

「さっきの話」が何のことかすぐに思い出せない。素早く記憶を浚《さら》って、「お父はん」とエセ関西風に声をかけられたのを思い出した。

「スパイ映画の悪党が着てる服の話？」

わざとおどけて答える。

「会ってほしい人がいるの」

もう一度、ごぐっ、と喉が鳴った。

「恋人？」

こくんと頷《うなず》く。

舞冬は大学の同級生と交際していた。親の意向は影響していない。純粋な恋愛関係である。

「そりゃ構わないけど」

ある可能性が浮かび、象山は言葉に詰まった。あまり幸せなことばかり続くと、ふいに大きなしっぺ返しがやってくる。そんな危惧《きぐ》が当たってしまったのか。

「お前、まさか――」

「できてないよ」

舞冬が唇を尖《とが》らせた。

「ただ、ツアーが始まったら忙しくなるし、それまでにちゃんと紹介しておきたいと思っただけ」

ツアーとは、今年の十月から全国七カ所で行われるアカダマのライブ公演、ぶっとびトリップツアーのことだ。

長女の舞冬には二つの顔がある。一つは東北経済大学メディアコミュニケーション学部に通う大学生。もう一つが音楽ユニット、アカダマのボーカル、eriminだ。高校二年のときライヒプロモーション主催のオーディションで銀賞を獲得し、一年後に音楽活動をスタートさせた。

舞冬がアカダマのeriminであることは公にされていない。アカダマはメンバーの素顔や本名を公開しない覆面ユニットで、舞冬は恋人やごく一部の親しい友人を除き、大学の同級生にも自身の音楽活動を打ち明けていないという。

象山は当初、メンバーの素性を一切明かさないという事務所の方針に疑問を抱いていた。だが蓋《ふた》を開けてみると、この戦略は予想を大きく上回る成功を収めた。デジタルEPとしてリリースした『あんぱんトリップ』が動画アプリで話題となり、『ぶっとびシロップ』『チョコレートで天国』『サウナにGO』『まぜものまぜまぜ』『魔鳥《まとり》注意報！』も軒並み二百万から五百万回の再生を記録。十月から始まるぶっとびトリップツアーのチケットはすでに完売しており、ついにeriminの素顔が明かされるのではないかとSNSでも話題を呼んでいた。アカダマのプロデューサー兼舞冬のマネージャーのムイによれば、すでに複数のメジャーレコード会社から声がかかっているという。

「ムイさんには言ってあるのか？」

「もちろん。アイドルじゃないし、真剣に考えてるなら構わないって」

あの男ならそう言うだろう。アカダマの裏方を一手に担うムイは、少年のように純朴で、どうかと思うほど屈託のない男だった。

「だったら父さんが断る理由はない。いつでも連れてきなさい」

象山が微笑むと、舞冬もようやく口元を綻《ほころ》ばせた。

「あんまり怖い顔しないでね。春《はる》、緊張しいだから」

「どうしようかな」

ちょっと、と笑い声が弾《はじ》けた。

象山は家族を愛している。

女優として確固たる地位を築いた妻に、たゆまぬ努力で道を切り拓《ひら》く長女、そして持病をものともせず等身大で生きる次女。何度人生をやり直したところで、こんなに素晴らしい家族と巡り合えるとは思えない。

そんな幸福を嚙《か》み締めるたび、象山は猛烈な不安に襲われた。どこかに小さな亀裂が隠れているのではないか。すべてを瓦礫の山に変えてしまう、たった一つの小さな亀裂が——。

「伊豆さん、それはさすがに言い過ぎじゃないの？」

尖った声が聞こえ、思わずテレビに目をやる。司会の蓑家閑が涙袋のでかい女性タレント、伊豆美崎を窘《たしな》めていた。

「たかが盗撮くらいでさ。この子たちだって将来があるわけだから」

今度は東京の名門中学校で男子生徒が女子更衣室を盗撮していたらしい。

「たかがって、蓑家さん——」

「そんなに怒ってばかりじゃ早死にするよ」

盗撮の一言が引き金になり、デリカの運転席に座っていた女の姿が脳裏をよぎった。耳にイヤホン、首には一眼レフを提げた女の姿が。

あまり気にしないようにとムイは言っていたが、週刊誌にeriminの素顔をすっぱ抜かれたら、アカダマのプロモーションプランは根底から覆ってしまう。ましてや恋人が挨拶《あいさつ》に来たところを撮られでもしたら、舞冬の努力はすべて水の泡だ。東北に拠点を置く独立系の音楽事務所に、週刊誌のスクープを握り潰《つぶ》す力があるとも思えない。

あの女は何者なのか。正体を見極め、対策を講じる必要がある。

象山は衣装棚を開け、ネクタイを選びながら言った。

「今日は遅くなるよ」

3

「ぼく、監視されてるんです」

涼しげな目元に尖った鼻、薄い唇。外はうだるような猛暑だが、男の白い肌には汗ひとつ浮いていない。無造作に放置したような長髪の癖毛は清潔感を損ねる一歩手前でかえって色気を引き立てている。患者用スツールに浅く座ったその男は、どこかのアイドルグループの真ん中で黄色い声を浴びていてもおかしくないような、非の打ちどころのない美男子だった。

「今朝は郵便物が悪魔に漁《あさ》られてました。うちのドアポスト、蓋が固くなってるんで、誰かが開けると後で分かるんです」

　この男と話していると美容外科の処置室に迷い込んだような気分になるが、あいにくここは精神科の第二診察室だ。デスクでは観葉植物のフリーセアが葉を広げ、スピーカーからはディズニーオルゴールメドレー――今は『ホール・ニュー・ワールド』だ――が流れている。

　象山は大げさにならないように肩を竦《すく》めた。

「悪魔も大変ですね。こんなに暑いのに」

「本当ですよ。見つけたら水でもかけてやろうと思ってます」

　強気なことを言いながらも、男は絶え間なく指を組んだり離したりを繰り返している。あまり暴力的な言動が目立つ場合は措置入院を検討する必要があるが、水をかけるくらいなら許容範囲か。

「たとえ相手が悪魔でも、乱暴なことはやめてくださいね」

　やんわりと釘《くぎ》を刺しながら、タブレットに表示したカルテに目を走らせる。

　裏島一年《うらしまかずとし》。三十五歳。半年前、神々精市内の公園で散歩中のコーギーにチョークスリーパーを極《き》めようとして飼い主に通報され、警察官に神々精医科大学附属病院の精神科へ連れて来られた。自称フリーカメラマンだが、カメラを持っているところは見たことがない。継続的に被害型の妄想症状が現れているが、アルツハイマー病や統合失調症の兆候はなし。象山は妄想性障害、つまり原因不明の妄想症と診断を下していた。

「ぼくだって乱暴なことはしたくないですけど、悪魔はずっと迷惑行為を繰り返してるんですよ」

裏島は大げさに下顎《したあご》を突き出す。まるで今朝食べたハタハタだ。

「あんまり頭に来たんで、エアコンで部屋をきんきんにして吟醸酒を食らってたら、今度はぱきぱき、ぼたぼたって動物を解体するような音が聞こえてきたんです。あれ、野良猫でもばらばらにしてるんでしょうね。次はお前の番だって、ぼくを脅してるんだと思います」

リビングのエアコンがぱきぱき鳴っていたのを思い出す。この男の部屋のエアコンもかなり古くなっているのだろう。

「困った連中ですね」

どんなに突拍子もない言葉も否定しないのが、患者と接する際の鉄則だ。まかり間違っても「それは空気の逆流音ですよ」などと口にすることはない。

裏島と良好な関係を築くことに、象山はこの半年を費やしてきた。妄想性障害に特効薬はなく、認知行動療法も効果は限られる。症状を改善させるには、患者と対話を重ね、意識を少しずつ対象から逸《そ》らしていくしかない。そのための第一歩であり、もっとも困難を伴うのが、患者との信頼関係を築き上げることだった。

「実は半月前、窃盗もやられました」

ふいに穏やかでない言葉が飛び出す。

「何を盗《と》られたんです？」

「命の次に大事なもの。酒です。夜更けに缶ビールを一パック買ったんですけど、翌朝、目を覚ましたら、缶が全部空になってたんです」

思わずこぼれそうになった苦笑を嚙み殺し、「それはひどい」と腕を組む。

何者かに監視され、攻撃を受けている。裏島の訴えは被害型妄想の典型的なものだ。だが彼の症状のすべてが教科書通りかといえば、そうとは言えない部分もある。

この種の妄想はほとんどの場合、何らかの具体的な犯人像と結びついている。自分を騙《だま》そうとする家族。監視する隣人。嘘の噂を広める同僚。陰謀を企てる国際機関や秘密結社なんてのもある。だが裏島は、自身を監視し、意地悪にビールまで奪っていく悪魔の正体を、具体的に語ったことがなかった。

この男の妄想はどこからやってきたのか。悪魔がいると思い込むきっかけがあったとすれば、それはいったい何だったのか。

「ねえ先生」裏島はだらんと伸びたピンクのパーカーの袖から指を出し、とんがった鼻を掻《か》いた。

「もし先生が、ぼくみたいに悪魔に監視されたら、いったいどうします？」

黒のデリカが脳裏をよぎった。

思わず目を瞑《つむ》る。あの女は実際に象山の家を見張っていた。この男を監視している悪魔とはまったくの別物だ。

「わたしは医師です。悪魔に立ち向かう術《すべ》は学んでいません。残念ですが諦《あきら》めるほかないでしょう」

といっても、と間髪入れずに言葉を継ぐ。

「この国では一億人以上の人たちが、それぞれ問題を抱えながら、それなりに折り合いをつけて暮らしています。だから悪魔がいたって、それなりになんとかやっていけるんじゃないか。とまあ気楽に考えますね」

「なるほど」

裏島は背筋を伸ばして、右手を頬に押しつけた。

「諦めるというのは、なかなか良い案ですね」

そんな仕草まで妙に様になっていた。

4

神々精医科大学附属病院の理事長はインターネットを恐れている。

きっかけはお隣りの名残総合病院の職員が「おっさんの病室臭すぎ」と患者をからかう文言をＳＮＳに投稿し、それから二年足らずで閉院に追い込まれたことだった。

地域の人口減少によってただでさえ経営が傾いているところに、職員へのクレームがＳＮＳで拡散するような事態になれば、長年囲い込んできた地域の患者さえも失いかねない。患者の揶揄《やゆ》が許されないのは当然として、あの先生が話を聞いてくれなかったとか、この看護師が休憩室で小言を洩《も》らしていたとか、ほんの些細《ささい》な口コミでも病院にとっては致命傷になりうる。理事長は日々、ネット上の書き込みに目を光らせては、患者と接する際の心得を職員のメールアドレスに送りつけ、病院を炎上から守り抜こうとしていた。

そんな理事長の不安にもっとも振り回されてきたのが、精神科であることは間違いない。

三年前まで、第三病棟の屋上には小さな広場があった。開放病棟の患者たちが自由に日を浴びられるようにと整備されたもので、象山も診察の合間に足を運んでは、患者たちに交じってキングバットをふかしていた。

だが三年前、韓国の大学病院でセンセーショナルな事件が起きる。精神科の患者が相次いで屋上から飛び降り、命を絶ったのだ。事件は日本でも大きな話題を呼び、院内で虐待があったのではないか、何者かが患者を突き落としたのではないか、はたまた数年前に自殺した患者の呪いではないかと根も葉もない当て推量が飛び交った。

韓国警察の見解は、精神病棟という閉ざされた環境の中で集団パニックが生じた、という至極まっとうなもので、現地の専門家からも異論は出ていなかった。

だが神々精医科大病院の理事長は、この事件に最悪の対応を選んだ。

同様の事件が起きないよう対策を講じるとすれば、患者たちが羽を伸ばせる環境をさらに増やし、ストレスの軽減に努める、ということになるだろう。だが日頃からネットの風評に怯《おび》えていた理事長は、それとは正反対の策を講じた。患者たちの屋上への出入りを禁止したのである。

こうして第三病棟の屋上に、まったく人気《ひとけ》のない広場が取り残されたのだった。

「先生に聞きたいことがある。いつものところでどうだ？」

午後五時五十分。十三階の医局で入院患者のカルテを整理していたところにひどいだみ声の男から連絡を受け、象山は階段を上って第三病棟の屋上を訪れた。

「病院ってのはなんでこんなに辛気臭いんだろうな」

シイの木の下の日陰から、芋窪鈴馬《いもくぼすずま》が声を飛ばす。手すりに肘《ひじ》を突き、向かいの第一病棟の廊下を行き交う職員を眺めながら。

「生きた心地がすんのはこの屋上くらいだ」

第一病棟に背を向け、黄ばんだ目で屋上を見回す。レモンイエローのベンチにピンクの貯水槽。巨大な土桶に植えられたシイの葉が揺れている。東北にはシイがほぼ自生していないこともあって、どこか遠くの公園が地上五十メートルまで浮かんできたような非現実的な印象を受ける。

「用件は何でしょう」

象山がタブレットを小脇に木陰へ入ると、

「多重人格者ってのは本当にいるのか？」

芋窪はカップ入りのアイスコーヒーを差し出しながら言った。

「中学生の娘を強姦《ごうかん》しようとしたカス野郎が、自分は多重人格だって言い張ってるんだ。おれが娘を襲うはずがない。やったのはカリフォルニア育ちのジェイクって変態野郎なんだと」

口を開けば無知と偏見が溢《あふ》れ出るこの男は、神々精警察署の刑事課に籍を置く警察官だった。

「すぐにぼろが出ると思ったんだがな。朝から晩まで十二時間、飯、水、休憩なしで怒鳴り倒してやっても、ジェイクはいるって言い張って譲らねえんだよ」

階級は警部補。職業倫理は緩み切っているがそれなりに鼻は利くようで、市内の酔っぱらいやひったくりやかっぱらい、まれに人殺しや放火犯などを熱心に追い回し、それなりの釣果を上げている。十年前、市営住宅で七十代の女性が殺された事件——死体がバラバラにされ、十センチおきにぴったりと並べられていた——について意見を求められたのがきっかけで、その後も時折り相談を受けていた。

「考えてみろ。おれなんかこの酒漬けの脳味噌で一個の人格を切り盛りすんので精一杯なわけだよ。それがあのカスの脳に二個も三個も人格が収まってるなんて、そんな虫のいい話があるとは思えねえんだよな」

「その方については診察してみないと分かりません。ただ、俗にいう多重人格――医学的にいうところの解離性同一性障害は実在する疾患です。ＷＨＯの診断基準にも記載がありますし、わたしも何度か診察しています」

　数人の患者を思い浮かべながら答える。

「そいつらはもとから脳味噌がでけえのか？」芋窪はシイの葉から肩に落ちたアブラムシに目を留め、「それとも後から膨らんで頭蓋骨がぎゅうぎゅうになってんのか？」鬱陶《うっとう》しそうに弾き飛ばす。

「脳の大きさは変わりませんよ。複数の人格を持つ解離性同一性障害の患者さんも、別に脳が何倍も仕事をこなしてるわけじゃありません」

　象山はコーヒーを飲み干し、カップの蓋を外した。容器を二つに仕切るように手を置く。

「この病気の方は、何らかのストレスに対応するために人格を分裂させています。意識の入った器をこうやって切り分けることで、ストレスが器全体に広がらないようにしてるんです。だから脳の大きさ自体は変わりません」

　芋窪は足元にカップを置き、ポケットから青のキャメルを取り出した。

「言ってることは分かるが、なんか虫が良すぎる気がすんだよな」

　そう言われても困る。

「一つ付け加えると、わたしや芋窪さんの脳に複数の人格を存在させるだけの性能がないかといえば、決してそんなことはありません」

　象山は芋窪のカップを取り、二つの容器を横に並べた。

「我々の脳にはこれくらい——いや、実際はこれを遥《はる》かに上回る容量があると言われています」

「人間は脳を十パーセントしか使っていない、みたいなやつか」

「それはデマです。もっと単純な話ですよ。芋窪さんは地上でもっとも脳の大きい動物を知っていますか？」

　芋窪が、ぶっ、と口で屁《へ》をこく。「知るわけねえだろ」

「アフリカゾウです。脳は約四・二キロ。人の脳が約一・四キロですから、およそ三倍ですね。アフリカゾウは確かに賢いですが、人の三倍の知性を持っているかといえばそんなことはありません」

「そりゃ図体《ずうたい》がでけえからだろ」

「おっしゃる通り。身体の大きい動物はその分脳も大きくなる傾向にあるので、人とアフリカゾウの脳をそのまま比べることはできません。そこで異なる種の知性を比較するために考え出された基準の一つが、大脳化指数です。これは脳の重さを体重の三分の二乗で割り、定数をかけ合わせた値で表されます」

　芋窪はゾウに尻《しり》を撫《な》でられたような顔をした。

「ネコの大脳化指数を一とすると、アフリカゾウは一・三。ゴリラは一・五から一・八。チンパンジーですら二・二から二・五です。ところがわたしたち人間の大脳化指数は、七・四から七・八にまで達します」

「そんだけおれたちが賢いってことだろ」

「その通りですが、それだけでは説明がつきません。さまざまな動物の進化の過程を観察すると、彼らの大半が脳と身体を同時に大きくしてきたことが分かります。でも人は進化の途中で身体を大きくするのをやめ、なぜか脳ばかり大きくしてきました。我々の大脳化指数が著しく大きいのは、むしろ身体が小さ過ぎるせいなんです」

　象山は芋窪の頭を指し、

「現にゴリラの脳の皮質ニューロンは四十三億個、チンパンジーでさえ六十二億個ほどなのに対し、人は桁違《けたちが》いの百十五億個。これにもっとも近いのは、百十億個の皮質ニューロンを持つアフリカゾウです。アフリカゾウの体重はだいたい四千キロから七千キロですから、芋窪さんの脳にも、あと二、三人の身体を動かしてもお釣りが来るくらいの性能は備わっているはずですよ」

「よく分かった」芋窪はカップをひったくり、吸い殻を捨てた。「大変面白いお話だが、あいにくおれはラクダにしか興味がねえんだ」キャメルのケースを振って、屋上を出て行こうとする。

「あ、待ってください」

　芋窪が迷惑そうに足を止める。象山が勤務中に着信を受けたのには理由があった。こちらもこの男に用があったのだ。

「頼みたいことがあるんです」タブレットの画面をタップし、メモしておいた文字を読み上げる。

「この車の持ち主を教えてくれませんか」

　家の前に停まっていた黒のデリカのナンバーだった。

「馬鹿言うな。今は昭和じゃねえんだぜ。そんなもん洩らしたら良くて停職、下手したら地方公務員法違反で書類送検だ」

昭和から時代を飛び越えてきたような脂《やに》臭いスーツの男が、呆《あき》れた様子で手を振る。飯、水、休憩なしで容疑者を怒鳴り倒していたくせに、どの口が言うか。

「そこをなんとか。この車に家を見張られてるんです」

「被害届は？」

「出してません」

家の前に車を停められただけでは出しようもない。

「じゃあどうにもならねえな」芋窪はカップを捻《ひね》り潰そうとして、「いや」と手を止めた。

「やり方があるんですね」

「手は貸さねえよ。でも自動車検査登録事務所に行けば一般人でも登録番号の開示請求ができる。いくつか条件があったはずだが、その気になりゃなんとかなるだろ」

なるほど。刑事の手を借りずに済むならそれに越したことはない。

「ありがとうございます。やってみます」

象山が頭を下げると、

「これで貸しはちゃらだ。先生がかわいい患者さんに手を出したらそんときは容赦しねえぞ」

ふいに一陣の風が吹き、時代錯誤な男の頭をシイの葉が引っ叩《ぱた》いた。

5

待ち侘びていたパレードがやってきたと思ったら、気づいたときにはもう余韻もなく通り過ぎている。この年の夏には、喩《たと》えるならそんな虚《むな》しさがあった。

七月の終わりまでずるずると梅雨前線が居座っていた時点で、嫌な予感はしていた。八月に入って梅雨が明けたと思いきや、台風に次ぐ台風。その合間も夏らしい青空は見られず、中途半端な曇り空が続いた。

そして迎えた八月二十一日。学生たちの夏休みも残りわずかとなったその日、ついに忌まわしい雲が消え去り、眩《まばゆ》い日差しが列島を照らした。爽《さわ》やかというには些《いささ》か日差しが強すぎたが、待ち侘びた夏の到来に誰もが胸を躍らせた。翌二十二日、もぐもぐ博士のバッジを胸に「もぐもぐ食育フエスタ」へ出かけた季々や、試供品のコカコカライムを配りにキャンプ場へ向かった彩夏も、それまでよりはどこか溌剌《はつらつ》としていたような気がする。

だが八月二十三日。列島は再び雨雲に覆われた。

まさかそんなはずはない。例年はあんなにも鬱陶しい灼熱《しゃくねつ》の日々が、たった二日で終わるはずがない。誰もが自分にそう言い聞かせたはずだ。だがこの年の夏、天気予報に太陽が並ぶことはついぞなかった。

そんな世間の気だるい空気に誰よりも影響を受けるのが、精神科の患者たちである。

八月二十七日。顔を曇らせた患者たちが立て続けに症状の悪化を訴えた、木曜日の午後。

「ついにやられましたよ」

第二診察室の引き戸がぴったり閉まったのを確かめて、裏島一年もそう切り出した。

さりげなくカルテを見返す。前回受診したのが八月二十二日だから、まだ五日しか経っていない。

「ぼく、諦めようとしたんです。どうせ悪魔から逃れられないなら、相手をせずに自由気ままに生きてやろうって」

がりがりと癖毛を掻き回しながら言う。沈鬱な表情にも、海外のファッションモデルのような色気が漂っている。

「でも駄目でした。悪魔はとうとうぼくの命を狙い始めたんです」

ふいにピンクのパーカーを捲り上げる。胸にさらしのようなサポーターが巻いてあった。

「一昨日《おととい》の夜でした。原付で近所の酒屋にビールを買いに行ったら、真っ青な車が猛スピードで十字路に突っ込んできたんです。運転手が悪魔に操られていたんでしょう。とっさに受け身を取ったから胸骨だけで済みましたけど、あのままだったら全身粉々で今ごろ雲の上でしたよ」

オルゴール版の『星に願いを』が意味深に響く。パーカーの裾《すそ》を下ろす仕草もひどくぎこちなかった。

「そのこと、警察には？」

「言ってません。お巡りさんじゃ悪魔には敵《かな》いませんから」

大げさに手を振り、「痛っ」と胸を押さえる。十字路で一時停止したのかと尋ねたくなり、ぐっと言葉を呑《の》み込んだ。

「裏島さんが無事で良かったです。患者さんの命を守るのが我々の一番の使命ですから」

「でも嫌がらせは止《や》んでません。昨日は一日中痛くて寝込んでたんですけど、だんだん布団からひどい臭いがし始めたんです。あれはきっと毒ガスですよ。あいつらのやり口は陰湿で先が読めません」

下顎を突き出し、ハタハタ顔でぼやく。

「裏島さん。脳の検査はされましたか？」

「してませんよ。ぼく、頭は頑丈ですから」

「念のためやっておきましょう」クリアファイルからＭＲＩ検査同意書を抜き、裏島に差し出した。

「ざっと目を通して、問題なければ一番下に署名してください」

裏島は野良猫のように身を縮め、訝《いぶか》しげに目を細めていたが、

「悪魔が悪いものを植えつけていないか調べる検査だと思ってもらえれば」

象山がそう付け加えるなり表情を崩し、「それは大切ですね」と子どものような字で署名した。

「ぱんつくったことある？」

目的地の近くに駐輪場がないので、仕方なく「コンセプトホテルガネーシャ」の駐車場にロードバイクを停めた。県道から脇道に入り百メートルほど。寂れた雑居ビルとナラ枯れしたシイが辺りの印象を暗くしている。

「え、パンツ食ったの？」

フェンスとタイヤを繋ぐようにチェーンロックをかけていると、兄弟らしき少年が二人、フェンスに寄りかかって子どもらしいやり取りをしていた。

「お前、やば。パンツ食ったの、やば」

弟がシイの枝で兄を叩く。顔についたアブラムシに気づいて、兄が「うえー」と叫ぶ。ホテルで仕事中の母親を待っているのだろうか。

午後三時五十分。受付終了まで十分のところで、象山は神々精自動車検査登録事務所へ駆け込んだ。

「こちらになりますね」

担当者は眼鏡の汚れた太り肉《じし》の男で、睫毛《まつげ》だけがアイメイクを施したように長かった。男は一瞬、素性を怪しむように象山を睨《にら》んだが、そのまま鉛筆でチェックを入れて書類を確認し、登録情報を印刷した。

「第三者への開示は規約違反になるんで、ご注意ください」

睫毛をぴくぴくさせながら言う。

紙面に目を落とすと、登録者氏名の欄に和泉《いずみ》早希《さき》とあった。これが象山の家を見張っていた、あの女の名前か。

ふと妙な感覚に囚《とら》われた。まったく知らない名前なのに、つい最近、どこかで目にしたような気がする。患者だろうか。だが住所の欄には青葉《あおば》市麻林《あさばやし》区とある。県内一の人口を擁し、大病院が林立する青葉市から、わざわざ神々精市の病院を受診しに来る患者がいるとは思えない。

睫毛の職員が「本日は終了しました」と書いたプレートを持ってフロアを出て行く。自動ドアが開き、

「りかちゃんとべんきょうしてる?」

外から少年の声が聞こえた。

そうか。区切る位置によって意味が変わる——ぎなた読みだ。

和泉早希なる人物に心当たりはない。だが、いずみさき——伊豆美崎なら知っている。ミヤギ放送の朝の情報番組『ハローどっこいしょ東北』でよく見かける、やたらと涙袋の大きな女性タレントだ。数日前も大麻を育てていたローカルアイドルや女子更衣室を盗撮した中学生にひどく憤っていた。

ホテルの駐車場へ引き返しながらスマホで検索をかける。タレントかモデルの類《たぐい》と思い込んでいたが、伊豆美崎はフリーのジャーナリストだった。主にメディアや芸能関連の問題を取材しているという。

芸能専門のジャーナリストが、なぜ象山の自宅を張っていたのか。標的は当然、アカダマのerimin こと舞冬ということになる。父親の知らぬ間に何かトラブルに巻き込まれていたのか。

多くの地方音楽事務所がそうであるように、ライヒプロモーションも決して清廉潔白ではない。社員がオーディションの応募者に性的な関係を求めたとか、十代のアイドルにテレビ局員を接待させたとか、県主催イベントのテーマ曲を発注するよう職員を脅したとか、そんな噂は枚挙に暇がない。過去にはセールスのため事実を捻《ね》じ曲げることもあったようで、数年前に所属バンドのメンバーが入水自殺した際は、恋人との心中だったにもかかわらず、「声の出なくなる病を苦に一人で身を投げた」というでたらめな発表を行っていた。

だがことアカダマに関しては、敏腕プロデューサーのムイが厳しく目を光らせていること、さらにデビュー早々に活動が軌道に乗ったこともあって、ジャーナリストに探られるような事態は生じていないはずだった。

あの女は象山の家の前で何をしていたのか。象山がまだ気づいていない危険が舞冬の身に迫っているのか。

悩んでも意味がない。本人に確かめるのが一番だろう。

象山は紙面に記された和泉の住所に目を落とした。

6

象山家の朝は忙しい。

重みのある雲がベールのように空を覆った、八月二十八日。午前七時十八分。

スパイ映画の悪党風のナイトウェアを着たまま、トーストとオニオンスープをテーブルに並べる。ウッドチェアに座ってテレビを点けたところで、

「やばい。寝坊した」

慌ただしい足音が階段を下りてきた。跳ね上がった前髪を押さえながら膝《ひざ》でリビングの引き戸を開けた彩夏は、陸上部か水泳部と見紛うほどこんがり日焼けしていた。

「部活始めたのか？」

「まさか」ヘアワックスで無理やり寝ぐせを整えながら、「キャンプ場でコカコカライム配ったからだよ」

脳天爆発、コカコカライム。たった二日で過ぎ去った盛夏の一日によりによってそんなバイトを入れるとは、運が良いのか悪いのか。

「今日は？」

「エルムで調理台の交換。臨時業務だからバイト代二割増し」

「そんなにバイトして何に使うんだ」

「そりゃまあ、いろいろあんの」

スマホに両手でメッセージを打ち込みながら生返事をする。手帳型のカバーには包帯を巻いた男のイラストが描いてあった。ゲーム好きの患者に聞いたことがある。パルパルなんとかというスマホゲームに登場するキャラクター、透明探偵だ。曰く、敵に見つからずに移動でき、〈見えない爆弾〉で攻撃もできる最強クラスのキャラクターだが、装備を調えるには相当なコイン、つまりは課金が必要だとか。

「よし。杖《つえ》が折れたお婆さん助けて遅れたことにした」

スクールバッグにスマホを放り込んで玄関へ向かおうとしたと思いきや、「あ」と踵《かかた》でブレーキをかけ、テレビに目を留めた。「アンちゃんだ」

つられてテレビを見る。俳優の鯊田《はぜた》アンホが映画撮影のために行ったという筋トレの成果を得意げに披露していた。司会の蕘家閑が大胸筋を撫で、大げさに驚いてみせる。『ハローどっこいしょ東北』だ。

彩夏はテレビを見つめながら自分の腹を撫でると、

「ねえ、お母さんが飲んでるサプリあるじゃん」

Ｔシャツ越しに肉をつまんで言った。

「スーパーヒョロリン？」

「そう。あれ、本当に痩《や》せるの？」

彩夏は今でも痩せ過ぎなくらいだが、お年頃というやつか。

「痩せないよ。多少太りづらくなるかもしれないけど、飲んだからって痩せることはない。だいいち彩夏は血圧の薬飲んでるから、飲み合わせの問題がある。まず薬剤師さんに――」

「あー、はいはい」彩夏は億劫《おっくう》そうに手を振った。テレビの時刻を見て、「やばい。本当に怒られる」

「父さんのロードバイク」

「乗らない」

「薬」

「持ってる」

リビングを出る。ガチャ、バタン。

気を取り直してトーストにラズベリージャムを塗ろうとしたところで、今度は舞冬が階段を下りてきた。半端な欠伸《あくび》をしながらリビングを見回して、

「お母さんは？」

「まだ寝てる。昨日、遅かったから」

そっか、と答えながら食器棚の抽斗を開け、「喉ケアサプリ スズナール」を取り出す。テレビでは俳優の鯊田アンホとお笑い芸人のカントン粕ケ谷《かすがや》が、今夜放送されるという『科学探偵スペシャル 時間とは何か？』の魅力を語っている。

「ねえ、例の件だけど」舞冬が、ごぐっ、と喉を鳴らした。「今週の日曜日、いい？」

喉に力を込め、せり上がる消化物を抑えているのが分かる。例の件とはもちろん、東北経済大学の同級生にして恋人でもある青年をこの家に連れてくるという一件のことだろう。

「大丈夫だよ」タブレットでスケジュールを確認しながら答える。「春くんはお酒飲むの」

「飲む。台湾のビールが好きなんだけど、神々精のバッズにしかショップがないから、よくわたしが買ってってる」

なかなかこだわりが強いらしい。

日曜日までに台湾ビールを買いに行こうと決めたところで、ピンポーン、とチャイムが鳴った。インターホンのモニターにムイの眉から上が映っている。暑くもないのにハンカチでしきりに額を拭《ぬぐ》っていた。

「きたきた」

舞冬がモニターをタップして遠隔で錠を開ける。ガチャ、とロックの外れる音に続いて、「失礼します」とよく通る声が響く。数秒後、ムイが深々とお辞儀しながらリビングの引き戸を開けた。

「随分焼けましたね」

こちらも浅黒かった肌がさらに黒くなっている。彩夏が陸上部員なら、ムイは一年ぶりに帰ってきたマグロ漁師のようだ。

「実は週末、恋人と海に行きまして」

はにかみながら短く刈った頭を掻いてみせる。手首には腕時計の跡がくっきり残っていた。

まるで少年のように屈託のない男だが、ムイはアカダマの裏方を一手に担う敏腕プロデューサー兼マネージャーだった。

呼び名からも分かるように、ムイは日本人ではない。タイのソンクラー出身で、本名はチャウワットなんとかというらしい。

六年前、ムイは東アジアにおける仏教の変容を研究するため、チェンマイ大学から東京大学へ留学した。だがそこで派手に道を踏み外す。どういうわけか日本の音楽、それも無名のレコード会社がリリースする三流以下の作品――歌が音痴なら演奏も素人、ミックスもでたらめな粗造品の数々に魅了され、それらを買い漁ることに取り憑《つ》かれてしまったのである。

留学の延長を繰り返した挙句、ビザを取り消されそうになったムイは、就労ビザを手に入れるべく全国の音楽事務所やレコード会社に履歴書を送りつけた。数え切れない会社に門前払いを食らう中、唯一、ムイを面接に呼び、あまつさえ採用してしまったのが、青葉市に拠点を置く悪名高き音楽事務所、ライヒプロモーションだった。

採用担当者がよほど人を信じやすいタイプだったのか、あるいは外国人採用による助成金でも狙っていたのか。いずれにせよ音楽業界にするりと入り込んだムイは、水を得た魚のごとくプロデュース作品を次々ヒットさせていくことになる。メルシー&フォクシーを音楽フェスのメインステージに立たせ、コカインベビーズの全国ホールツアーを成功させた彼が、昨年、満を持して世に放ったのが、謎のボーカル erimin を擁する音楽ユニット、アカダマだった。

「わたしが海に行ったことなんかよりずっと大事な話があるんです」

ムイは日焼けした指を鳴らすと、

「アカダマの新曲『魔法のきのこ』が、フジヤマテレビ系列で十月から放送されるドラマの主題歌に決定しました」

ショーの司会者のように叫んで、景気よく手を叩いた。

ドラマは『殺人メシ』というタイトルで、一家皆殺しが十八番《おはこ》のシリアルキラーが殺人現場の冷蔵庫で見つけた有り合わせの食材からあっと驚く手料理を作り上げる新感覚のグルメストーリーだという。めったにテレビドラマを見ない象山にも、デビュー間もないインディーレーベル所属のアーティストの起用が異例であることは想像が付いた。

「放送は十月から。主演は鯊田アンホさんです」

「凄《すご》くない？　アンちゃんのドラマの主題歌だよ」

すでに話を聞いていたらしい舞冬が、ほら、とテレビを指して跳び上がった。テーブルが揺れ、オニオンスープがこぼれそうになる。テレビでは鯊田アンホとカントン粕ヶ谷が『科学探偵スペシャル』の宣伝を続けていた。「あなたは誰ですか？」鹿撃ち帽とインバネスコートを身に着けた鯊田アンホが尋ね、「わたしはアインシュタインです」白髪のかつらを被《かぶ》ったカントン粕ヶ谷が舌を出す。

「舞冬さんは来月で二十歳になりますから、出演できるイベントの幅もぐっと広がります。ここから一気にギアを入れて、アカダマをもっと大きくしていきたいと思っています」

ムイが興奮気味にまくしたてる。舞冬も両拳《こぶし》を握って喜びを噛み締めている。

ふと胸騒ぎがした。いつもの不安が首をもたげる。

あらゆることが順調に進んでいる。だからこそ気を引き締めなければならない。こんなときはたいてい、すぐ近くに落とし穴が口を開けているものだ。

「今後の展開について、少しご相談させてください」

ムイからプロモーションプランの説明を聞きながら、午後の診察の後、和泉早希の家を訪ねようと決めた。

「脳に異常は見つかりませんでした」

モニターにＭＲＩの撮影画像を映す。

裏島は一瞬、いつものハタハタ顔でモニターを見つめた後、

「悪魔の思い通りにはいかなかったわけですね。ああ、良かった」

安堵《あんど》した様子で癖毛を掻いた。ピンクのパーカーは相変わらずサポーターで膨らんでいるが、身振りはいくらか自然になっている。

「でもやつらは諦めてません。とうとう今朝、悪魔がぼくの部屋に入ってきたんです」

それは大変だ。

「部屋で対面したんですか？」

「まさか。そしたらぼくは死んでますよ」

そうなのか。

「アンちゃんの出てる番組見ながらワンタン麺《めん》食べてたら、突然、誰かが歩いてるみたいに床が揺れたんです。それで振り返ったら、畳がミシッて鳴ったんですよ。あれは絶対、悪魔の足音です」

「なるほど。困った話ですね」

鉄則通りの相槌《あいづち》を打ちながら、象山は裏島の症状に思いを巡らせた。

この男の妄想は少し変わっている。具体的なところと曖昧《あいまい》なところが混在しているのだ。悪魔か

ら受けた嫌がらせについてはいつも具体的に語るのに、本来もっとも饒舌《じょうぜつ》に語るべき悪魔についてはほとんど語ったことがない。枝葉ばかり多く、幹の見えない木のようだ。この男の妄想を生み出しているのはいったい何なのか。

「毒ガス攻撃も続いてますよ。おかげで布団が雨の日の牧場みたいな臭いになっちゃいました」

　認知行動療法の一環として計画的に行う場合を除き、医師が患者の妄想に積極的に立ち入ることはない。だが少しだけ、禁を犯してみたくなった。

「裏島さんの命を狙っている悪魔とは、いったい何者なんでしょうか」

「それは――」とたんに裏島の目が泳いだ。「悪魔としか言いようがありません」

「見た目も人間とは違うんですか」

「そりゃそうですよ。目と口がうんと大きくて、舌も二つあります。翼はありませんけど、身体には恐ろしい文様があります」

　それは紛れもなく悪魔だ。

「その悪魔は、なぜ裏島さんを監視し、命を狙っているんでしょう」

「それははっきりしています」裏島は歯切れよく答えた。「悪魔はぼくの力を知っていて、ぼくが世界をめちゃくちゃにするのを恐れているんです」

　ペンを落としそうになった。

　この男、どうやら誇大型の妄想も隠し持っていたらしい。

「裏島さんにはどんな力があるんです？」

「それは、説明するのは難しいんですけど」なぜか照れたように鼻を掻く。「あえて言語化するなら、そうですね。世界を操る力、でしょうか」

　何だそれは。

「先生は量子力学における多世界解釈をご存じですか。この世界のあらゆる物事は複数の可能性が重なり合った状態で存在しています。先生は今朝、ネイビーのネクタイを選びましたが、隣りのベージュのネクタイを選んだ先生も同時に存在します。信じられないかもしれませんが、派手なピンクのネクタイを選んだ先生もいます。机の鉢植えにはフリーセアが植えてありますが、食虫植物のハエトリグサが植えてある世界もある。スピーカーからディズニーじゃなくコカインベビーズが流れている世界もあります」

「ピンクのネクタイは持ってませんけど」

「紳士服屋の腕利き販売員が先生にそれを薦めた世界もある、ということです」

　裏島は立て板に水でまくしたてる。そんな漫画でも読んだのだろうか。

「実はぼく、天才なんです。その気になれば、あらゆる世界の出来事を操り、掏《す》り替え、書き換えることができます」

「それは――」なんとか鉄則にしがみついた。「大変な力をお持ちだ」

「ぼくもいい大人ですから、世界をめちゃくちゃにしようなんて馬鹿げたことは考えてません。でも悪魔はぼくを信用してくれないんです」

「困りましたね」

　象山が本音をこぼすと、裏島は珍しくフグのように頰を膨らませた。

「本当に。天才は大変なんですよ」

悪魔の正体は分からないままだった。

看護師に呼ばれて十一階の閉鎖病棟でパニック発作を起こした患者にイソミタールを打つと、象山はエレベーターで八階へ下り、売店でコーヒーを買った。

腕時計を見る。午後六時十分。今日はロードバイクではなくジャガーで病院に来ているから、県道を飛ばせば七時過ぎには麻林区に着くだろう。夜討ちの取材でもない限り、和泉早希は帰宅しているはずだ。

「ねえ、お腹出てきたんだけど」

ロビーでエレベーターを待っていると、隣りの呼子鳥食堂からそんな声が聞こえた。

この食堂は職員や面会者に加え、開放病棟の患者たちも利用できるようになっている。病院の外と近い環境で時間を過ごすことで、スムーズな社会復帰を実現しようという狙いだ。それゆえ他の病棟とは違う、よく言えば賑《にぎ》やかな、悪く言えば雑多で無秩序な空気が漂っていた。

「産科で診てもらいなよ」

「今朝の揺れ、気づいた？」

「コカインベビーズの三紀夫《みきお》って女と自殺したらしいね」

「産科の生田《いくた》って生ゴミみたいな臭いしない？」

「あたし気づいたよ。けっこう敏感だから」

「心中ってこと？　やば」

「生ゴミってか、死体」

「敏感って何それうける」

「まじ芸能界やばすぎだよね」

ふと足を止めた。

それはおかしい。

この女の勘違いだろうか。いや、もし本当だとしたら——。

床が抜け落ちたような感覚に囚われる。空気のように当たり前だと思っていたものが、実はまったく違うものだったと気づいてしまったような。

食堂のフロアに入り、声の主を探した。ドラセナの鉢植えと壁に挟まれたテーブルで談笑している三人組に目を留める。象山はそのテーブルに歩み寄った。

「すみません」焙《ほう》じ茶を飲んでいた女たちが一斉に顔を上げた。「今朝、神々精市で地震があったんですか?」

三人は顔を見合わせてから、

「ええ。そうですけど」

手に傷痕《きずあと》のある女が答えた。病室でいつもゲームをしている四十手前の患者——夢沢文哉《ゆめさわあやか》だ。日によって症状にばらつきがあり、ひどいときは保護室に入れられることもあったが、今日は調子が良いらしい。スマホを素早くタップし、象山に画面を見せた。

「ほら。午前七時三十二分。神々精市はほとんど震度二です」

地震速報アプリを見る。象山の自宅のある大食も震度二だった。

「ありがとうございます」

会釈して、テーブルを離れる。

やはりそうだ。

自分はとんだ思い違いをしていた。となると――このままではまずい。

通路を歩きながらタブレットの電源を入れる。患者のデータベースにアクセスし、裏島一年の住所を確かめる。スマホを取り出し、神々精警察署の芋窪に電話をかける。

「やあ、アフリカゾウ先生。そっちからかけてくるとは珍しいな」

芋窪はあまり忙しくなさそうだった。

「今から言うアパートを捜索してください。緊急です。神々精市空躁――」

「先生、何度も言わせんな」ボッ、とライターに火を灯す音。「今は昭和じゃねえんだ。令状もなしにガサ入れってわけにはいかねえのよ」

刑事ドラマよろしく椅子にふんぞり返るさまが目に浮かんだ。

「ではわたしが一人でやります。芋窪さんは一緒にいてください」

会話が途切れる。

象山は畳みかけた。

「患者に危険が迫ってるんです」


夕焼けがアパートの屋根を白く光らせた、午後六時二十四分。

担当患者の裏島一年が暮らす東栄《とうえい》荘で、土野毅《つちのつよし》と名乗る男が住居侵入の容疑で現行犯逮捕された。

土野は裏島が入居していた１０３号室の下に隠れていた。畳と床板を剝《は》がして床下に潜り込み、土を掘り返して、高さ七十センチほどの空間を作り上げていたという。地面に敷かれたビニールシートには、毛布、酒瓶、ペットボトル、菓子の袋、煙草の吸い殻、糞尿《ふんにょう》の溜《た》まったレジ袋、それにムカデやゴキブリの死骸《しがい》が散乱していた。

「皆さん気を付けて。そいつは悪魔がぼくを見張るために送り込んだ怪人もぐら男に違いありません」

裏島は奇声を上げて土野に襲いかかろうとしたが、象山が「天才なら一度落ち着いてください」と窘めるやたちまち大人しくなり、「そうでした」と恥ずかしそうに頬を掻いた。

芋窪は当初、不愛想な面で「何も出なかったら塀ん中でお勉強してもらうぞ」と特高警察ばりの暴言を吐いていたが、床下から男が見つかり、その男が二年前の農協組合長銃撃事件の容疑者だと分かると、「市民からの情報ってのは宝の山なんだよ」と掌を返して同僚にでかい顔をしてみせた。

「どうして裏島さんの部屋に人が隠れてると分かったんですか?」

騒動が一段落し、アパートの前の道路で一服しようとしたところで、目をぎらぎらさせたニキビ顔の刑事に尋ねられた。

「たまたま患者たちが朝の地震について話してるのを耳に挟んだんです」

象山はその地震に気づいていなかった。寝ている間に揺れたのかと思いきや、夢沢文哉に見せられたアプリによると、地震は午前七時三十二分、つまり象山がすでにリビングにいた時刻に起きていた。

なぜ自分は地震に気づかなかったのか。

ちょうどその時間、ライヒプロモーションのムイが家を訪れていた。彼がアカダマの新曲がドラ

マの主題歌に決まったことを明かすと、
——凄くない？　アンちゃんのドラマの主題歌だよ。
舞冬は珍しく跳び上がって喜びを露《あら》わにした。テーブルが揺れ、オニオンスープがこぼれそうになったあのとき、震度二の地震が床を揺らしていたのだろう。象山はその揺れを、舞冬が飛び跳ねたことによる揺れと思い込んでいたのだ。

これ自体は何ということもない、日常に紛れ込んだささやかな勘違いだ。だがそこに裏島の妄想を重ねると、もう一つの事実が浮かび上がってくる。

——アンちゃんの出てる番組見ながらワンタン麺食べてたら、突然、誰かが歩いてるみたいに床が揺れたんです。

今日の診察で、裏島はそう口にしていた。

この床の揺れは地震によるものだ。舞冬が飛び跳ねたときもテレビには鯊田アンホが映っていたから、時間も合っている。

問題はその後だった。

——それで振り返ったら、畳がミシッて鳴ったんですよ。

地震が引き起こした家鳴りだったとも考えられるが、可能性はもう一つある。

今朝の『ハローどっこいしょ東北』に鯊田アンホとカントン粕ヶ谷が出演していたのは、今夜放送されるという『科学探偵スペシャル　時間とは何か?』の宣伝のためだった。舞冬が飛び跳ねた後——つまり地震が収まった直後のタイミングで、二人はこんな茶番めいたやり取りをしていた。

——あなたは誰ですか?

――わたしはアインシュタインです。

テレビからこの台詞《せりふ》が流れたのと、裏島がミシッという音を聞いたのはほぼ同時だった。あたかも「あなたは誰ですか？」という言葉に反応したかのように、裏島の部屋の畳が鳴ったのだ。となるとその部屋には、日本語を理解する者が潜んでいた可能性がある。

悪魔に監視され、命を狙われている――裏島はそんな妄想に囚われていた。彼が心を病んでいたのは確かだ。

だがそうだからといって、裏島の身の回りの奇妙な出来事がすべて妄想の産物だったとは限らない。

――夜更けに缶ビールを一パック買ったんですけど、翌朝、目を覚ましたら、缶が全部空になってたんです。

裏島の部屋に潜んでいた土野は、部屋の主《あるじ》に気づかれないように食べ物や飲み物を盗んでいたのだろう。減っていたものは他にもあったはずだが、裏島は酒以外のものに執着がなく、そのことに気づかなかったのだ。

――吟醸酒を食らってたら、今度はぱきぱき、ぼたぼたって動物を解体するような音が聞こえてきたんです。

裏島がそう言ったのは八月二十二日。この前の日から、日本列島は突如、猛烈な暑さに見舞われていた。普段の土野は、裏島が部屋にいる間、じっと息を殺していたはずだ。だがこの日ばかりは暑さに耐えきれず、ペットボトルの水を口にしてしまったのだろう。ぱきぱきとペットボトルを潰し、ぼたぼたと水滴をこぼしながら、水を喉へ流し込んだのだ。

——今朝は郵便物が悪魔に漁られてました。うちのドアポスト、蓋が固くなってるんで、誰かが開けると後で分かるんです。

土野が口にしたペットボトルは、裏島が外出している間にこっそり買いに行ったものだ。とはいえ人と鉢合わせしたら一巻の終わり。部屋を出る前には当然、ドアポストから外の様子を確かめたはずだ。

——だんだん布団からひどい臭いがし始めたんです。あれはきっと毒ガスですよ。

裏島がそう言ったのは八月二十七日。この二日前、裏島は原付で事故に遭った。翌二十六日、裏島は一度も部屋を出ることなく、布団の上で痛みに悶《もだ》えていた。それまでは裏島が外出している間に便所で用を足していた土野だったが、この日は便所に行けず、手元にあったレジ袋で用を済ませるしかなかったのだろう。

そして今日、八月二十八日。土野の出した音に気づいた裏島は、悪魔が部屋に入ってきたと象山に訴えたのだ。

裏島は悪魔に監視されていると信じ込んでいる。万が一にも「おーい」「出ておいでよ」などと口にしたら、土野は裏島に見つかったと誤解し、自棄《やけ》になって裏島に危害を加えかねない。象山はそう考え、直ちに芋窪刑事に連絡を取ったのだった。

「お医者さんって、やっぱり頭いいんですね」

ニキビ顔の刑事がメモを取りながらつぶやき、芋窪に尻を蹴《け》られる。

「患者さんの命を守ることが我々の使命ですから」

明日、あらためて神々精警察署で経緯を説明する約束をして、象山は現場を後にした。

7

ジャガーを飛ばし、青葉市麻林区仏木町《ほとぎちょう》のマンション、ベルベット仏木にたどり着いたときには、午後十時を過ぎていた。

とてつもない寄り道をしてしまったが、もう一つ、解決しなければならない問題が残っている。

象山は路肩に車を停めると、用意していた厚手のブルゾンを羽織り、鍔《つば》の広いキャップを被って運転席を降りた。

マンションの駐車場に目をやると、家の前で見たのと同じ黒のデリカが停めてあった。右のドアミラーに引っ掻いたような傷がある。あの日、強引に十字路を右折したせいで、ガードレールに擦れてできた傷だ。あの女はここにいる。

エントランスに入り、来客用のインターホンで９０８号室を呼び出す。十秒ほどで応答があった。

「どなたですか」

棘《とげ》のある声だった。保険のセールスか宗教の勧誘と思っているのだろう。

「象山晴太と申します。娘の舞冬について話したいことがあります」

一週間前、和泉早希は象山の顔を見ている。正直に素性を明かした。

数秒の沈黙の後、

「――お待ちください」

抑揚のない声が答えた。

五分後、エレベーターの動く音に続き、ストールを巻いた和泉が姿を見せた。ネズミ色というにはくすみの多い、水浴び後のゾウのような色の、あれだ。テレビの印象よりも小柄に見えたが、涙袋は相変わらず馬鹿でかかった。

「あちらで」

和泉が指したのはマンションの横の小さな広場だった。街灯はなく、錆《さび》の浮いたブランコが闇に沈んでいる。幽霊の一つ二つ出そうな雰囲気だ。

「用件は何でしょう」

大きなヒノキの前を通り過ぎたところで和泉が振り返る。右手にはセブンスターの7mg。

「うちの娘に何の用ですか」

象山もキングバットの小箱を取り出し、一つ咥えて火を点けた。和泉は足元に灰を落とし、小さく息を吐く。

「コカインベビーズの三紀夫さんが入水自殺した際、ライヒプロモーションがまったく事実と異なる動機を公表したことはご存じですよね」

その話は象山も聞いていた。

「他にも十代のアイドルにテレビ局員を接待させたり、イベントのテーマ曲を受注するために市の職員を脅したり。ライヒプロモーションはこれまで多くの問題を起こしてきました。でもわたしは、それらはほんの氷山の一角に過ぎないのではないかと考えています」

「氷山の隠れたところで、うちの娘も問題に巻き込まれていると？」

「八月二十二日、土曜日。娘さんがどこで何をしていたかご存じですか」

和泉の息が荒くなる。『ハローどっこいしょ東北』のスタジオで大麻を育てていたアイドルを非難したときと同じ顔をしていた。

この女が家の前に現れたのが二十一日だから、二十二日はその翌日だ。季々は花蒔の「もぐもぐ食育フェスタ」へ、彩夏は神霧山キャンプランドへ出かけていたが、舞冬は仕事も授業もなく一人で家にいたはずだ。

「家で課題でもやってたと思いますけど。それが何か」

和泉は一瞬、眉間《みけん》を力ませたが、すぐに表情を消した。

「ごめんなさい。現時点ではこれ以上はお話しできません」

何がなんだか分からなかった。

「家族を見張っておいて、その理由は言えないと?」

「すみません」

「ライヒプロモーションのアーティストを守りたい気持ちは同じです。協力させてもらえませんか」

「ごめんなさい。多くの方の名誉とプライバシーに関わる問題なんです」

押しても引いても動かなかった。

「分かりました」両手をブルゾンのポケットに入れ、大きく息を吐き出す。「ではこれ以上、娘の周囲を嗅《か》ぎ回ることはしないと約束してください」

「すみません」

機械のように繰り返す。

「どうしてもお約束いただけませんか」

返事はない。

「では仕方ありません」

ブルゾンのポケットからメスを取り出した。ビニールのカバーを外し、刃先を和泉に向ける。

「何のつもりですか」

和泉は呆れたように頬を歪《ゆが》め、右手を半端に突き出した。

「アスリートの硬い筋肉でも裂くことのできるナイフです。お静かにされるのが賢明かと」

みるみる顔から血の気が引いた。指からセブンスターが落ちる。

「おや。ブランコに誰かいますね」

和泉が後ろを向いた隙に首に腕を回し、頸動脈《けいどうみやく》を押さえた。――三、四、五秒。上半身が象山の腕にもたれる。絞め落とし、医者が言うところの頸動脈洞反射だ。

膝に和泉の頭を載せると、石を拾って耳の付け根を殴り、顎《がく》関節を脱臼《だつきゆう》させた。口を大きく開け、喉の内側にメスを差し込む。タールとカフェインの饐《す》えたような臭い。

「司会のおじさんが言った通りでしたね」

喉の粘膜に刃を押し当て、人差し指に力を込めた。す、と血が滲《にじ》み出す。そのまま力を強めて頸動脈を裂き、肌を突き破る寸前でメスを抜いた。噴水のように溢れた血が口腔《こうこう》へせり上がってくる。

「あんまり怒ってばかりいると早死にするんですよ」

歯間から血がこぼれそうになったところで、象山は和泉の顎を閉じた。

二／変異

1

妄鳴山から吹き下ろす湿っぽい風がブナの枝を揺らしている。

父さんは地面に手を突いて首を伸ばし、崖《がけ》の下を見下ろした。母さんの死体に目を留め、「ひっ」と首を引っ込める。

「お前がやったのか」

こちらを振り返って言った。

「そうだよ」

象山は胸を反らした。小学校の教室に入ってきた大きな蜂を皆の前で潰《つぶ》したときの気分とよく似ていた。

「すまない。許してくれ」父さんの声が震えた。「おれが悪かった」

額を土に擦《こす》り付ける。歯がカチカチ鳴っている。

象山は戸惑った。

なぜ父さんが謝っているのか？

この半年ほどの父さんは分からないことだらけだった。なぜ〝百回死んだ男〟をやめてしまったのか。なぜ不死館へ引っ越したのに奇術ショーを開かないのか。なぜ酒を飲んでいるところを見ただけで、地下室に閉じ込めようとするのか。

だが何より分からなかったのが、なぜ母さんを殺さないのか、ということだった。

父さんは暇さえあれば母さんを殴り、蹴飛ばし、髪を摑んで罵《ののし》っていた。よほど腹の立つことがあったのは間違いない。だったら蜂のように殺してしまえばいいのに、なぜ何もしないのか。母さんに弱みでも握られているのか。

象山は元の父さんに戻ってきてほしかった。空の財布から百円玉を出したり、割れた茶碗《ちゃわん》を直したり、画用紙に描いたカブトムシを取り出したりしてくれた、あの優しかった父さんに。

そこで象山は一計を案じた。母さんを殺すことにしたのだ。

不死館を出てすぐ右手の茂みに「転落注意」と書いた看板がある。別荘を建てたばかりの頃、父さんが立てたものだ。この看板を尻目《しりめ》にブナ林を十五メートルほど進んだところに、犬死崖《いぬじにがけ》と呼ばれる崖があった。

その名の通り、犬死崖の下にはよく野生動物が落ちていた。タヌキにヤマネコ、ノウサギの親子が死んでいるのも見たことがある。

野生動物は普通、崖から落ちたりしない。だがこの崖の上は傾斜がきつく足場が悪いこと、丈のある草が茂っていて視界が悪いこと、さらに夜になるとブナの枝に遮られて月明かりが届かなくなることから、山に慣れた野生動物もうっかり足を滑らせてしまうのだ。二十メートル下の岩盤に叩きつけられたノウサギの頭は卵のように砕け、色の濃い血が飛散していた。

象山は「森におかしなものがある」と言って母さんを連れ出し、「転落注意」の看板を横目にブナ林へ入った。さすがに母さんはノウサギほど間抜けではなかったらしく、うっかり足を滑らせることはなかったが、崖のすぐ近くで膝《ひざ》を蹴《け》ると、「え」と笑って下へ落ちた。手足の捻《ね》じくれた死体は踊っているみたいでおかしかった。

目障りな母さんがいなくなれば、きっとあの頃の優しい父さんが戻ってくる。そう思っていたのに。

「許してくれ。お前を苦しめるつもりはなかったんだ」

母さんの死体を見下ろした父さんは、なぜか目を赤く腫《は》らして、唇を戦慄《わなな》かせていた。

「地下室に閉じ込めたのはやりすぎだった。本当は自分でも分かってたんだ」

手を突いて立ち上がり、崖の縁から離れようとする。だが気球から落ちて以来、平らな道も真っすぐ歩けなくなっていた父さんが、足場の悪い斜面を上れるはずもない。すぐに足を滑らせ、崖に落ちた。首を伸ばして崖の下を覗《のぞ》くと、父さんと母さんが楽しそうにタンゴを踊っていた。

何がなんだか分からない。自分はどうすればよかったのか。いったい何がいけなかったのか。

それから一月ほど、象山は崖の下の死体を観察し続けた。死斑《しはん》が浮き、肉が腐り、カラスが肉を啄《ついば》み出した頃、象山はようやく答えを見つけた。

自分は遅すぎたのだ。

一度壊れたものは、どんなに手を尽くしても元の姿には戻らない。割れた茶碗が本当に元に戻ることはないし、それは家族も同じだ。

だからこそ。大切なものを守るには、それが壊れる前に亀裂《きれつ》を塞《ふさ》いでおくしかない。

象山は両親の死からそれを学んだのだった。

2

「アンちゃんって、パルパラの透明探偵の声優やってる、あの鯊田アンホのこと?」

アカダマの新曲『魔法のきのこ』が鯊田アンホ主演のドラマの主題歌に決まったと聞いて、彩夏は早口言葉のように「やば」と繰り返した。「まじやば」

「あんまりアカダマが有名になって、変な人が家に来たりしなきゃいいけど」

季々がアロエの鉢に肥料を撒《ま》きながら言う。数年前に主演したドラマがヒットした際、ストーカーに追い回されたのを思い出したのだろう。

「平気でしょ。誰も顔知らないんだし」

舞冬はあっけらかんとつぶやく。

八月二十九日、土曜日。珍しく誰も用事がないらしく、朝からゆったりした時間が流れていた。

「そういや舞冬。先週の土曜日、おかしなことなかった?」

ナイフでレタスサンドを斜めに切りながら、何気ない口調で尋ねる。昨夜、和泉に聞かれたことが引っかかっていた。

「土曜日?」舞冬は肘《ひじ》を掻《か》いて、「別にないよ。なんで?」

「だったらいいんだ」

しつこく食いつかれたらどうしようかと思ったところで、彩夏が「お姉ちゃん、リモコン取って」と横から割り込んだ。

「わたしはあんたの道具じゃないから。いつも言ってんでしょ」

「あー、はいはい。すいませんね」彩夏が手を伸ばしてリモコンを取り、「最高気温二十四度？　夏、本当に終わっちゃったの？」テレビを点《つ》けるなり派手なため息をつく。週間天気予報が灰色の雲に埋め尽くされていた。司会の蓑家閑も「なんとかなりませんかねえ」とぼやいてお天気キャスターを困らせている。

カメラがズームアウトすると、見慣れた『ハローどっこいしょ東北』のスタジオセットに三人のコメンテーターが並んでいた。いつもよりテーブルが広く見えるのは、コメンテーターが一人少ないせいだ。ジャーナリストの伊豆美崎こと和泉早希は、ガレージに停めたジャガーのトランクに入っていた。

リビングを見回し、ささやかな達成感を嚙《か》み締める。家を見張っていた曲者《くせもの》は消えた。妻や娘たちが気づかないうちに、象山はまた小さな亀裂を塞いだのだ。

あの女の住所を突き止めるのは容易ではなかった。芋窪刑事に探りを入れ、自動車検査登録事務所で車の持ち主を照会できると分かったところまでは順調だったが、壁はその先にあった。ネットで手続きを調べてみると、個人が照会を行えるのは、裁判の手続きに必要な場合など一部のケースに限られていたのだ。

そこで象山は一計を案じた。知人の車を拝借し、妄想症患者の裏島一年を撥《は》ねたのだ。

二日後、診察にやってきた裏島にＭＲＩ検査同意書に署名させ、文字を写して偽の委任状を作った。それを持って自動車検査登録事務所を訪れ、訴訟のために車の持ち主が知りたいと言って、デリカの持ち主を照会させた。象山は自ら照会理由をつくり出すことで、登録事務所に女の素性を開示させたのだ。

「そういえば明日、彼氏が挨拶《あいさつ》に来るから」

サプリの瓶の蓋《ふた》を開けながら、舞冬が何でもないような口調で言う。彩夏は炭酸水を噴き、派手に咽《む》せ込んだ。

「それって、まさか――」

「できてないよ」

舞冬が苦笑する。彩夏はうわ言のように「やば」と繰り返した。

午前十時から三時間、神々精警察署で〝もぐら男〟の事件に関する事情聴取を受けると、象山はジャガーを西へ走らせ、妄鳴山の不死館へ向かった。

父さんと母さんが崖に落ちて死んだのが三十六年前のこと。不死館はその後、誰の手に渡ることもなく、ブナ林の中にひっそりと放置されていた。

二年前、ある理由で隠れ家が必要になった象山は、三十四年ぶりに不死館を訪れた。屋根瓦《やねがわら》が剝《は》がれ、煉瓦《れんが》仕上げの壁はヤブガラシの蔓《つる》に覆われていたが、幸い不埒《ふらち》な若者の遊び場にされた様子はなかった。発電機とブレーカーを取り換えると、不死館はすぐに息を吹き返した。

玄関ポーチの前にジャガーを停め、エンジンを切る。トランクを開け、ぱんぱんに膨らんだポリエステル製のシュラフを担ぎ出す。たちまち蚊と蝿が周囲を飛び回り始める。

玄関の扉には指紋認証式の錠が取り付けてあった。センサーの調子が悪いときはテンキーで暗証番号を入力することもできるが、実際に使ったことはない。プラスチックのカバーを開け、センサーに親指をかざす。ガチャ。再びシュラフを抱え、寄りかかるようにして扉を開ける。芳香剤の甘ったるい匂い。

玄関ホールにシュラフを転がす。紐《ひも》を引いて口を開けると、和泉の傷んだ髪がぱらぱらとこぼれた。シュラフがぎゅうぎゅうに詰まっているのは、死体を毛布で包《くる》み、隙間に防腐剤を詰め込んであるせいだ。万が一にもトランクから臭いが洩《も》れ、家族に気づかれたら取り返しがつかない。

腕に止まった蚊を潰し、ポケットからスマホを取り出した。生田医久彦《いくひこ》に電話をかける。

「こんにちは、生田です！」

自衛隊員も耳を塞ぐような声だった。

「うるさいな」ため息を吐きながらシュラフに屈《かが》み込み、髪を摑《つか》んで和泉の頭を引っ張り出す。「きみ、死体みたいな臭いがするって病院で噂になってるよ。〝仕事〟の後はシャワー浴びてから出勤しろって言ったよね」

「ごめんなさい。ごめんなさい」

か細い声に、ざらざらとしたノイズが重なる。

「新しい仕事がある。不死館の死体を三日以内に処理してくれ」

「三日ですか」さらに声が萎《しぼ》んだ。「あの、月曜まで学会で廣崎《ひろさき》なんですけど」

「きみ、自分の立場分かってる？」

でかい涙袋に蚊の死骸《しがい》を擦り付けた。濁った眼球が明後日《あさって》を向く。

「ごめんなさい。ごめんなさい。すぐに戻ります――」

画面をタップして通話を切った。

和泉は数日以内に解体される。肉は細切れにされカラスとネズミの胃袋に、骨は灰になって妄鳴川に消える。和泉早希はこの世界から姿を消す。

象山が手を動かすことはない。奇術の天才だった父さんが気球から落ちたように、人は必ず間違いを犯す。膨大な手間のかかる死体の処理となればなおさらだ。リスクを排除するには、人に仕事をさせ、それを見張る側に回るのが一番だった。

生田医久彦は神々精医科大学附属病院の産科に勤める医師だ。曾《そう》祖父の代からの医師家系の出で、分家も含めると二十二人もの親族が神々精医科大の関連病院で働いている。自身が生まれたとき、母親が羊水塞栓《そくせん》症で死んだのがきっかけで、小学生の頃から産科を志していた。現在は臨床と研究の両面で、家名に恥じぬ実績を上げている。

象山には縁のない話だが、名家の倅《せがれ》にはそれなりの苦悩があるらしい。生田を追い詰めたのは、親族からの厚い期待と、それに応《こた》えられなかった者へ浴びせられる容赦のない嘲笑《ちょうしょう》だった。

――医久彦は本当に良い子だよ。

――根性なしの母親のせいで苦労したのにね。

――お兄ちゃんなんて三浪して薬剤師なんだから。

――女遊びばっかりのおじさんに爪の垢《あか》飲ませてやりたいよ。

――でも医久彦だけは、本当に良い子だ。

何か一つ間違いを犯せば、自分もすぐに笑われる側へ回る。なまじ医師として優秀だったばかりに、生田はそんな不安から逃れられずにいた。

いつまでも優等生でい続けることに耐えられなくなったのだろう。生田は三十を過ぎた頃から闇カジノにのめり込んだ。

そこから先はあっという間だった。半年足らずで数億の借金を抱えた生田は、カジノで知り合った中国人、〝慈善《スイシャン》〟こと刘圖《リウ・トウー》に唆《そそのか》され、違法行為に手を染める。初めは発注書を書き換えて余分に仕入れた鎮痛剤を横流しするだけだったはずが、〝慈善〟の要求はたちまちエスカレート。拒めばそれまでの違法行為を暴露すると脅され、一年後には胎児の売り渡しを強要されるまでになっていた。

〝慈善〟の考案した手口はよく練られていた。三十週前後の妊婦にインフルエンザやB型肝炎ウイルスの不活化ワクチンと偽って子宮収縮剤を投与し、赤ん坊を早産させる。救命措置を施すふりをして赤ん坊を隔離し、酸素供給装置の付いた防音ボックスに入れる。妊婦には助けられなかったと嘘をつき、埋葬手続きを請け負う約束をする。そして病院から防音ボックスを持ち出し、〝慈善〟の元へ届けるというわけだ。

五年前の春。論文のアブストラクトをまとめて深夜に病院を出たところで、象山は生田と鉢合わせした。駐車場をきょろきょろ見回しながらキャリーケースを引いていた生田は、マラリア患者も掻かないような脂汗を掻いていた。

象山は生田を問い詰め、事情を聞き出した。生田はこのときまでに七人の赤ん坊を〝慈善〟に売り渡していた。

象山は〝慈善〟を事故に見せかけて殺す方法を提案し、生田はそれを実行した。

「先生のおかげで、ようやく地獄から戻ってこられました」

生田は涙を流して象山に感謝したが、実際は服従する相手が替わっただけだった。

和泉の顎《あご》を摑み、シュラフから身体を引っ張り出す。何か硬い物が引っかかってうまくいかない。手を突っ込んで探ってみると、引っかかっているのはブラジャーだった。

キャビネットの抽斗《ひきだし》を開け、ケーパーナイフを取り出す。シュラフに手を入れてカットソーを裂き、ブラジャーを外す。思ったよりも大きな乳がこぼれた。十円玉みたいな乳首を押し潰し、無理やり上半身を引っ張り出す。

「ったく」

汗を拭《ぬぐ》いながら立ち上がり、刃を下にしてケーパーナイフを落とした。乳を狙ったつもりが、さく、と右目に刃が刺さる。とろとろした硝子《しょうし》体が涙袋を覆った。切れ味、問題なし。

キャビネットの開き戸からキングバットのケースを取り出す。蓋を開け、一つ咥《くわ》えてジッポーで火を点けた。甘い煙を吸い込み、肺を燻《いぶ》す。

象山が吸っているのは煙草ではない。ケースも巻紙もキングバットだが、中身は乾燥大麻だった。大麻の主成分であるカンナビノイドには強い精神活性作用がある。それでいて依存性は低く、癌や呼吸器疾患のリスクも少ない。象山は学生時代から、煙草の巻紙で乾燥大麻を巻き、ハーブで匂いをごまかした〝草バット〟を愛飲していた。産科の生田を服従させてからは、大麻の仕入れから紙の巻き直しまですべてこの男にやらせている。

ふう、と煙を吐き出したところでスマホが震えた。ホーム画面にアラートが浮かぶ。「〈あやかやか〉が生配信を始めました！」

配信アプリのスナッチを開くと、ミイラのように包帯を巻いた男が夜の公園を走り回っていた。パリパリなんとかというゲームのキャラクター、透明探偵だ。公園の便所のドアが開き、頭に懐中電灯を括《くく》りつけた男が猟銃を構える。画面の左下でヘッドセットを着けた彩夏が「あっ」と叫んだ。

「死ぬ」

象山は外へ出ると、ジャガーの助手席からタブレットを取って不死館へ戻った。五メートルほどの短い廊下を抜け、本館から別館へ向かう。

小さなホールの真ん中で、床のタイルを一つ、横へずらした。足元にぎりぎり身体の入りそうな穴が現れる。地下を覗くと、十五メートル下の小さなベッドに人が寝ているのが見えた。

壁に埋め込まれた発電機のスイッチを入れ、エレベーターの扉を開ける。籠《かご》に乗り、レバーを倒して地下室へ下りる。

この地下室はもともと隠し部屋だった。建築当時はマントルピースの裏にエレベーターの扉が隠れていて、暖炉を横に動かさなければ籠に入れなかったのだ。この地下室に子どもたちを呼び、奇術ショーを開くのが父さんの夢の一つだった。

だが夢は叶《かな》わなかった。気球から落ちて重傷を負った父さんは、記憶を封じ込めるように、奇術道具を地下室へ運び込んだ。それ以降、父さんはめったにこの部屋に近づかなくなる。それでも唯一、この部屋へやってきたのが、虫の好かない息子を地下室に閉じ込めるときと、数日後にそこから息子を連れ出すときだった。

チン、とベルが鳴り、扉が開く。先ほどずらした床のタイル——こちらから見た天窓から細く光が差し、五メートル四方の部屋を淡く照らしている。煉瓦仕上げの黒ずんだ壁に腐った床板。宙を舞う埃《ほこり》。カサカサと鳴っているのはゴキブリの足音か。

　向かいのベッドではペペ子が鼾《いびき》を掻いていた。

　錠付きのロッカーを開け、バイアル瓶と注射器を取り出す。バイアル瓶のゴム栓に針を刺し、液体を吸い上げる。ベッドに近づき、ペペ子の腕に針を刺した。催眠鎮静剤のイソミタールを静脈に注入する。これで数時間は目を覚まさない。

　ブリキのバケツに注射器を捨てる。裸のペペ子を仰向《あおむ》けにして、アクリル製の風呂《ふろ》椅子を頭に被《かぶ》せる。股《また》を広げ、傷だらけの肛門《こうもん》に潤滑剤《ローション》を塗り込む。

　ペペ子は男だった。陰茎と陰嚢《いんのう》は切除済み。本当は性別適合手術のように膣《ちつ》や外陰部を作りたかったが、技術が足りず断念した。とはいえ週に一度、生田に脛毛《すねげ》を剃《そ》らせているから、顔さえ隠せば見た目は女と変わらない。

　頭を覆った風呂椅子にタブレットを置く。配信アプリのスナッチで〈あやかやか〉の動画を再生し、動画の左下、彩夏の顔をピンチアウトで拡大する。

　あられもない姿の〝彩夏〟が目の前に横たわっていた。

　パンツを脱ぎ、陰茎を〝彩夏〟の〝膣〟に挿入する。〝彩夏〟は怯《おび》えた表情で斜め下を見つめていたが、象山が腰の振りを大きくするにつれ「あっあっ」と喘《あえ》ぎ始めた。垂れ下がった乳に手を滑らせる。「やばい」乳首を舐《な》める。「あー、気持ちいい」〝彩夏〟の瞳《ひとみ》を見つめ、陰茎を突き上げる。

「あ、死ぬ――」

　快感に身を委《ゆだ》ねたそのとき、〝彩夏〟の顔が滑り落ちた。

タブレットが床へ落ち、透明な風呂椅子の向こうに痣《あざ》と髭《ひげ》に覆われた醜い顔が現れる。ペペ子は足を引き寄せ、象山の腹を蹴った。とろとろになったレタスサンドが口から噴き出す。象山はベッドから転げ落ちた。

「うわー、死んじゃった」

彩夏の悔しそうな声。頭を上げると、乳を揺らしてエレベーターに駆け込むペペ子が見えた。扉が閉まり、籠が上がっていく。

象山は唇を拭って立ち上がった。こんな場合に備え、不死館の窓や扉はすべて外から塞いである。問題は玄関の扉だ。せっかく指紋認証の錠を取り付けたのに、象山は先ほどジャガーにタブレットを取りに行った際、ロックを解除したままにしていた。

「今のは避《よ》けれないですよねー」

籠が戻ってくるのを待ち、エレベーターに乗り込む。一階へ上り、短い廊下を抜けて本館へ向かう。

玄関ホールにペペ子の姿が見えた。象山に気づいて振り返ったところでシュラフに躓《つまず》き、でかい乳を床に打ちつける。すかさず寝返りを打って象山を睨《にら》むと、和泉早希の右目に刺さっていたナイフを抜いた。〝膣〟から潤滑剤が垂れる。

「来るんじゃねえ」

肺の弱った老人のような声だった。ナイフを象山に向け、後ろ歩きで玄関へ向かう。

「これで終わりだ。お前も、季々も」

罅《ひび》割れた唇が吊《つ》り上がる。ペペ子の指がドアハンドルに触れた瞬間、ガチャ、とロックがかかった。

「ナイスタイミング」象山は口笛を吹いた。「五分間開きっ放しだと勝手にロックがかかるんだ」

ペペ子は「糞《くそ》っ」と扉を蹴り、でたらめにナイフを振り回した。肘を鳩尾《みぞおち》に打ち込み、蹲《うずくま》ったところで喉《のど》を絞め上げる。余った左手で顔を摑んだ。目やら鼻やらに指を押し込み、ぎゅっと力を込める。泣きながら「ごめんなはい」と繰り返すペペ子を突き倒し、引き摺《ず》るようにして別館へ運んだ。

イソミタールを打ち過ぎて耐性が付いていたのだろう。次はサイレースかジアゼパムを持ってくるよう生田に命じておかなければ。

ペペ子はかつて、妻の季々のストーカーだった。自宅や事務所はもちろん、ドラマの撮影現場、登壇イベント、果ては娘の学校まであらゆる場所に出没し、自分を愛してほしい、気持ちを受け止めてほしいと迫った。よれよれのポロシャツからペペロンチーノを食った日の屁《へ》のような臭いを漂わせていたため、事務所の関係者からペペ男と呼ばれていた。

当時の季々は七年ぶりに出演したドラマ『マルチなマルチ』の詐欺師役が評判を呼び、東北エリアのローカル番組への出演が急増していた。季々は半年ほどペペ男を無視し続けたものの、舞冬の通う高校にまで姿を見せたと知るに至り、涙を流してその不審者の存在を夫に打ち明けた。

家族を守るには、どんな亀裂も放置してはならない。

象山はその時点で、すでに四人、季々にまとわりついた男を殺していた。

当初はいつものように男を殺し、死体を消し去ればよいと考えていた。だがペペ男を尾行し、バイト先の洋食屋でパスタを炒《いた》める姿を眺めるうち、象山はこの男に画期的な使い道があることに気づいた。

ぺぺ男はやたらと乳がでかかった。道を歩くたび、フライパンを振るたび、二つの脂肪の塊がぶんぶん揺れた。そのくせ子どものように背が低く、肌もつるつるしていて、妙に男好きのする身体をしていた。

この頃、神々精医科大病院に勤める同年代の男の多くが離婚や別居の憂き目に遭っていた。原因はどれも同じ。女だ。幼い頃から金に不自由せず、そのくせ青年期の大半を勉強に費やしてきた坊ちゃんたちは、たいてい性欲が何周か捻じ曲がっていた。どこの馬の骨とも知れぬ若い女に惚《ほ》れ込んで家族に三下り半を突きつけられた外科医もいれば、リハビリセンターで一目惚れした七十女に睡眠薬を盛って刑事沙汰《ざた》になりかけた麻酔科医や、寝ている娘の局部を映した動画がネットに洩れて妻に訴えられた小児科医もいた。

象山は彼らの話を耳に挟むたび、恐怖に慄《おのの》いた。自分は家族を愛しているが、それでも性欲はある。いつか自分も彼らと同じ過ちを犯すかもしれない。万に一つでもその危険があるなら、予《あらかじ》めリスクを潰しておく必要がある。

不倫を防ぐには、別の方法で性欲を満たすこと。そこで目を付けたのがぺぺ男だった。

象山は異性愛者だ。ぺぺ男を抱いても倫理的な問題はない。性的な対象でない者と交わったところで、それは犬を撫《な》でているのと同じことだ。

象山は発電機を取り換えて不死館をよみがえらせると、地下室の奇術道具を空き部屋へ移し、そこにぺぺ男を閉じ込めた。当初は二、三回遊んで捨てるつもりだったが、行為を重ねるうちに殺すのが惜しくなり、ずるずると生田に世話をさせ続けていた。

「――ごめんなはい。許してくらはい」

地下室の床に倒れたペペ子が、嘔吐《えず》きながら呻《うめ》く。

閉じ込めた当初のペペ子は犬ころのように血気盛んで、たびたび象山に襲いかかり、意味もなく声を張り上げたり、煉瓦仕上げの壁をよじ登って天窓から逃走を図ったりした。だがこの半年ほどはすっかり大人しくなっていたため、抵抗を諦《あきら》め、自分の運命を受け入れたものと思い込んでいた。今回のことに味を占めて馬鹿な真似を繰り返さないよう、しっかりお灸《きゅう》を据えておく必要がある。

象山はベッドの枕からカバーを外し、ペペ子の頭に嵌《は》めた。案山子《かかし》のようになったペペ子が、ばふっ、と変な音を出す。黄ばんだカバーが黒く濡《ぬ》れる。

バケツから使用済みの注射器を取り、顔のあるところに針を刺した。

「んぁっ」

ペペ子が波打つ。布から針を抜き、刺す。ぷす。布に血が滲《にじ》む。ぷすぷすぷす。血の面積が増えていく。

カバーで頭を覆ったのは、首から下へ血が飛ぶのを防ぐためだった。〝彩夏〟と交わろうとして股に血が付いていたら最悪だ。

いや、とペペ子を見下ろして考える。これまで抱いた回数はゆうに百を超えている。できるだけ丁寧に扱ってきたものの、さすがにあちこちガタが来ていた。肌はくすみ、乳は曲がり、〝膣〟からはすぐに糞が垂れてきてしまう。家のエアコン同様、そろそろ換え時かもしれない。

ばふっ、ばふっ。

真っ赤に染まった布が上下に揺れる。

「じゃあ今日はこれくらいにしときましょう。皆さん、ありがとうございました」

ベッドの下から〈あやかやか〉の声が聞こえた。

3

午後九時四十五分。閉店まであと十五分のところで県道沿いのショッピングモール、バッズに駆け込むと、象山は二階の酒屋で台湾ビールの六缶パックを二つ買った。

階段を下りようとしたところで、踊り場に見覚えのある顰《しか》めっ面が見えた。思わず足を止める。神々精警察署の芋窪だ。

「――ここらにはもういねえだろ」

階段の下に目をやると、舞冬くらいの年齢の女の子が人目を避けるようにトートバッグを抱えていた。痴漢でも出たのか。隣りにはいつかのニキビ面の刑事の姿もあった。

顔を合わせたところで困ることもないのだが、人を犯し、顔を血だるまにした直後に刑事と会うのはさすがに気が引ける。象山は階段を引き返し、反対側の階段から一階へ下りた。裏の出口からショッピングモールを出て、駐車場へ向かう。

「おっぱいどすか」

普段は通らない裏手の道を歩いていると、ネオンカラーの看板を持った男に声をかけられた。「セクシークラブ マーニー」とある。雑居ビルの細い階段の上から聞き覚えのあるアトランタベース――『あんぱんトリップ』が洩れていた。

惹《ひ》かれなかったといえば嘘になる。〝彩夏〟との行為が尻切れトンボに終わり、象山は股間《こかん》の疼《うず》きを持て余していた。

とはいえこんなところで性欲を発散するわけにはいかない。それがありなら、何のためにペペ子をつくったのか分からない。ビールの入った袋を持ち替え、黙って店の前を通り過ぎようとした、そのとき。

「うわあああっ」

男が一人、ゴムボールのように跳ねながら階段を落ちてきた。頭をアスファルトに打ち付けたかと思えば、身体がぐるりと回って象山の足元に倒れる。顔を見るとひどいすきっ歯だった。続けて眉《まゆ》のない男が階段を下りてくる。

「ケツに入れてるもん出せ」

返事を待たずにすきっ歯男の尻から財布を抜き、札入れを開く。

「一文なしじゃねえかよ」財布を投げつけ、「さっさと金下ろしてこい」胸倉を摑んだ。

「いやあ、本当すいません。実は口座も空っぽなんです」

へへ、と頭を掻く。床屋が途中でやる気をなくしたような髪型だった。

「親に電話しろ」

「えっと、ぼく、みなし子でして」

今さら事態の深刻さに気づいたのか、すきっ歯は膝を畳み、頭と両手をアスファルトに押しつけた。

「女でもツレでも同僚でもいい。早く電話しろ」

「彼女なんかいません。学校も全然行ってないし、配送のバイトも首になっちゃったんで。もう本当、一人ぼっちっていうか」

看板の男がオールデンの踵《かかと》で手の甲を踏む。うぎゃ、とすきっ歯が喘ぐ。

「おっぱい揉《も》んどいてすかんぴんだから払えねえってそんな馬鹿な話あるか。バッズでババアの財布でも盗《と》ってこい」

「きみ、いくつだ」

眉なしと看板持ちが同時に象山を見た。一瞬遅れて、すきっ歯が首を起こす。「ぼく？」

象山は頷《うなず》いた。

「二十一ですけど」

「家は」

「名残市です」

車で一時間ほどの距離だった。

「証明できるものを見せろ」

すきっ歯は不思議そうに首を傾げながら、血の滲んだ手で財布を拾い、カード入れから学生証を出した。陽川日向《はるかわひなた》、一九九九年二月十日生まれ。住所は名残市横手《よこて》。名残美術専門学校の視覚デザイン学科に在籍しているらしい。

「今から二時間、わたしの言うことを聞け」

「は」

「それができるなら、代わりに金を払ってやる」

すきっ歯は眉をハの字にして呆然《ぼうぜん》と象山を見ていたが、十秒ほどで腹を決めたのか、媚《こ》びるように両手を擦り合わせた。

「おじさん、あなた素晴らしい人だ」

象山が耳を揃えて二万二千円を払うと、眉なしはどこか釈然としない表情のまま、ポケットに両手を入れて階段を上っていった。看板持ちは、しっし、と手を振って、通りかがったサラリーマンに声をかける。「おっぱいおっぱい」

すきっ歯は店員から隠れるように狭い路地に入ると、

「何するんすか」膝の土を払いながら象山を見た。「ぼく、背高いんで天井の電球とか換えれますよ。それとも絵のモデルとかすか」

顔は醜いが、頭も悪いらしい。

「あそこに行く」

象山が「コンセプトホテルガネーシャ」の看板を指すと、すきっ歯は「ああ」と引き攣《つ》った笑みを浮かべた。


二十二年前の春。象山が研修医、季々が無名の劇団員だった頃。合コンで知り合った季々をどうしても抱きたくなった象山は、馴染《なじ》みのバーで彼女にしこたま赤ワインを飲ませ、県道沿いのホテル――ガネーシャへ連れ込むことにした。

日付が変わるまでには片づくだろうと高を括っていたのだが、象山の読みは大きく外れた。季々は胃袋がでかいだけでなく、肝臓もめっぽう強かった。いくらワインを飲んでも素面《しらふ》のようにけろりとしている。それでもしつこく飲ませ続け、最後は霧雨にかこつけて「濡れるといけないから」

と強引にホテルへ引き摺り込んだ。安っぽいゲートをくぐったときには、すでに空が白み始めていた。

ようやく手に収めた果実を前に、象山の胸が高鳴っていたのは言うまでもない。だがフロントで受け取ったルームキーでドアを開けた瞬間、瞼《まぶた》の重そうだった季々が目をぱちくりさせ、「なにこれ」とつぶやいた。

クリーム色の内装に医療用のパイプベッド。その横には心電図モニターと点滴スタンド。天井にはわざわざカーテンレールが取り付けられている。そこはあろうことか病室風の部屋だった。

象山が医師の卵であることは季々も知っている。自分のやっていることは学園風イメクラに通う教師と同じだ。どれだけ欲求不満なのかと呆《あき》れられたに違いない。

季々がシャワーを浴びている間、象山はひどくいたたまれない気分で天井の蛍光灯を見つめていた。やるなら早くやりたいが、やらないならさっさと出て行ってほしい。悶々《もんもん》としながら手の中で煙草ケースを転がしていた。

数分後、シャワールームから出てきた季々は、ベージュのガウンの腰紐をきつく締め、胸元を隠すように襟をしっかり合わせていた。

「雨、もうやんだかな？」

いたずらっぽい笑みを浮かべ、なぜか白い服を差し出す。

「服、濡れたでしょ。着替え持ってきたよ」

そう言って両手に広げたのはコスプレ用の白衣だった。

なんということだ。この女はまだ自分に愛想を尽かしていない。それどころかロールプレイにも乗り気らしい。

象山は矢も楯《たて》も堪《たま》らず季々を抱き寄せようとした、のだが。

「おえええっ」

数時間遅れでようやく酔いが回ったのだろう。季々はクリーム色の床に蹲り、見たことのない量のげぼを吐いた。

――あれは何号室だっただろうか。

シャワールームで汗を流し、台湾ビールの入った袋を提げて部屋を出る。ルームキーを見ると、すきっ歯の男を連れ込んだのは205号室だった。

隣りの扉には203とある。4を飛ばしているのは験担ぎか。罰当たりな部屋ばかり作っておいて、こんなところだけ縁起を気にしているのがおかしい。

象山とすきっ歯が利用した205号室は、寺の本堂風の部屋だった。相変わらず装飾が細やかで、六角台に鎮座した薬師如来の前にはわざわざ香炉やりんが並べられていた。壁の火灯窓が張り紙だったのには拍子抜けしたが、こればかりは仕方ないのだろう。ラブホテルの部屋にでかでかと窓を作るわけにはいかない。

すきっ歯との行為はなかなか気持ち良かった。ことを終えた後、一万円を余計に渡してやると、すきっ歯は「あなたは神様のような人だ」と象山を拝みながら陰茎をしゃぶり、「いつでも呼んでください」とメモパッドにメールアドレスを書いて踊るように部屋を出て行った。

あの男を次の〝彩夏〟にしてやってもいいかもしれない。醜い乱杭歯《らんぐいば》には虫唾《むしず》が走るが、〝彩夏〟と交わるときは顔を隠すから問題ない。陰茎を切り落とし、胸にシリコンを詰め込んでやればなかなかの女になりそうだ。家族も友だちもいないと言っていたから、監禁するにも都合がいい。
思わずほくそ笑みながらエレベーターホールのボタンを押したところで、

「象山さん？」

耳馴染みのある声が聞こえた。

「お世話んなってます。デリヘル帰りっすか。いいっすね」

じゃらじゃらとシルバーアクセサリーを鳴らしながら廊下を歩いてきたのは、ドラッグディーラーのエデンだった。

そろそろ三十を越えたあたりか。目、鼻、口がどれも大きく、潑剌《はつらつ》とした少年のような顔をしている。そのくせ二十年前のメンズファッション誌のラッキーアイテムをすべて身に着けたような騒がしい格好をしているせいで、どこかの儀式から抜け出してきた呪術師《じゅじゅつし》のようになっていた。

「ご心配なく。奥さんに告げ口したりしねえっすから」

からから笑いながら右手を振る。指の真ん中、中節骨の辺りに、E、D、E、N、と泣きたくなるようなタトゥーが彫ってあった。

「こんなところで取り引きか」

エデンはじゃらりと頷く。

「ここ、本職がいないんすよ。あいつらいいかっこしいだから、こういう恥ずかしいホテルは使わないんです」

エデンは暴力団や半グレの傘に入らず、独自のルートで海外から仕入れた大麻や幻覚剤、向精神薬などを売り捌《さば》いている。

名前も見てくれもどうかしているが、実はこの男、十三歳まで子役として活躍していた。孤児の少年役を熱演したフジヤマテレビのドラマ『エデンの朝焼け』は三十パーセント超えの高視聴率を記録し、エンディングテーマの『楽園を探して』で披露した大人顔負けの歌唱も話題を呼んだ。だが最終回の放送から十日後、ゲスト出演したワイドショーの収録中に「気持ち悪い」とつぶやいてスタジオを退出。そのまま芸能界を引退した。

よほど自分の過去が受け入れがたかったのだろう。エデンは世間に知られた風貌《ふうぼう》を描き変えるように、肌という肌にタトゥーを彫り、穴を開け、金属をぶら下げていった。薬物を売り始めたのも効率よく彫り代を稼ぐためだったという。

「新しい絵を描いたのか」

第三ボタンまで開いたシャツから見慣れない蛇が顔を出している。エデンから大麻を買うようになって十年ほど経つが、最近は生田に仕入れをやらせていたので、顔を合わせるのは久しぶりだった。

「ええ。ニシキヘビです」エデンが〝E〟の指でシャツを広げる。「蛇は再生や繁栄の象徴と言われてます。脱皮を繰り返して大きくなるんで」

「お絵描き一つに大げさだな」

「その絵と死ぬまで添い遂げるんすからね。恋人みたいに飽きたからって捨てるわけにはいきません。肌に刻まれたものには必ず大きな意味があるんすよ」

真剣な顔で言ってから、

「そうそう。凄《すご》いの仕入れたんすよね」

照れ隠しのように馬鹿でかい声を出した。

「シスマって言うんすけど、聞いたことあります？」

廊下に人がいないのを確かめ、ボディバッグを開ける。〝E〟と〝D〟の指で取り出したのは、ビニールケースに入った10mgのアンプルだった。

シスマ。聞いたことはない。隠語だろうか。ラベルには小さなハングル文字が並んでいた。

「奇妙な薬でしてね。必ず効き目が現れるわけじゃないんです。作用する確率はきっかり五十パーセント。十人中五人は打っても何も起こりません」

象山は苦笑した。動物はプログラムではない。きっかり五十パーセントの確率で薬剤が作用することなどありえない。

「その代わり、効き目が現れた場合の効果は絶大です。ある男はシスマを打った数時間後、自らの頭をかち割り、脳を掻き出して死んだそうです。あまりの快楽に、それ以上生きる意味を感じなくなったんだとか」

エデンは〝E〟の指で眉間《みけん》を指した。

「そんな変な物《もん》どこで仕入れたんだ」

「企業秘密っす」

「紛い物を摑まされたんだろ」

象山が鼻を鳴らすと、

「やっぱりそう思います？」

エデンは肩を落とし、ぺろりと切れ込みの入った舌を出した。

「本当に効果があるかはおれにも分かりません。自分で試すわけにもいきませんしね。死んでもいいから試してくれる人がいたら助かるんすけど」

ふと脳裏に、ぼろぼろになったぺぺ子が浮かんだ。すきっ歯を二代目の〝彩夏〟にするなら、あのストーカーは用済みだ。殺す前に臨床試験をしてみるのも悪くない。

「それ、いくらだ？」

エデンは目を丸くした。

「一万でいいっす」

「二つくれ」

エデンは、うほ、と手を叩いた。

本当に五十パーセントの確率で作用するなら、二つ打ったとき効果が現れる確率は$1/2+(1/2)^2$で七十五パーセント。お遊びなら十分だ。

「毎度あり」

アンプルを二つ、一万円札と取り換えたところで、２０２号室のドアが細く開いた。グッチのコートを着た女がエデンに目を留め、待ちくたびれた様子でため息をつく。

「あ、脳が出なかったからってクレームはなしっすよ」

慌ててボディバッグのジッパーを閉めると、エデンは取り引き相手の待つ部屋へ駆けて行った。

4

象山家の朝は忙しい。

だがこの日、八月三十日の忙《せわ》しなさは、普段のそれを遥《はる》かに上回っていた。

午後零時五十分。普段より念入りに髭を剃り、オックスフォードシャツの襟を整えてリビングへ行くと、白ワインで蒸した黒毛和牛ヒレステーキの芳醇《ほうじゅん》な香りが部屋を満たしていた。

「彩夏、テレビ消して。お父さん、玄関の家族写真、恥ずかしいから隠して。お母さん、芸能界の苦労話みたいなの要らないからね」

いつになく大人っぽいボールチェーンのネックレスを下げた舞冬が、マウスウォッシュをぶくぶくしながらスーパーヒョロリンとスズナールの容器を食器棚の奥へ押し込む。

「自分だって人のこと道具扱いしてんじゃんね」文句を言いながらテレビを消そうとした彩夏が、「あ、お姉ちゃん。今日の乙女座は無理やり前に進もうとすると後悔するかも、だって」意趣返しとばかりに姉をからかう。つられてテレビを見ると、山羊《やぎ》座は八位。ラッキーアイテムは「新しい靴」だった。

「あんたは死ぬまで占い師の言うことだけ聞いてれば」

舞冬が妹からリモコンを引ったくり、テレビを消して抽斗に放り込む。季々がテーブルのステーキにニンジンのグラッセを添えたところで、ブブッ、と舞冬のスマホが震えた。

「春、駅着いたって。迎えに行ってくる」

舞冬が、ごぐっ、と喉を鳴らして、慌ただしく玄関へ向かう。

「着いたらピンポンしてね」

シャツの下から手を突っ込んでコルセットのホックを留めながら、季々が声を飛ばす。ガチャ、バタン。象山は冷やしておいた台湾ビールをテーブルに並べる。彩夏は鏡の前で日焼けした肌の皮を剥がしている。

「今日、バイトは？」

「休むに決まってるでしょ。酔っ払いの相手してる場合じゃないよ」

彩夏がらしからぬことを言い、ウェストのくびれた季々が苦しそうに笑った。

舞冬に家族写真を隠すよう言われたのを思い出し、玄関へ向かう。額縁に入った写真は、昨年、四人でニューヨークへ旅行に行ったときにスタテン島で撮ったものだった。

季々と結婚して二十年。愛してきた家族が新たな形へ変わろうとしている。自分は最高の家庭を築き、この日までそれを守り抜いたのだ。

誇らしい気分で額縁を取り、飾り棚の上の収納に手を伸ばす。扉を開けると、象山が先月買ったフェラガモの靴が落ちてきた。とっさに額縁から手を離し、両手で靴底を摑む。額縁が床に落ち、芳香瓶を倒す。慌てて瓶を起こすと、膝がぶつかってアロエの鉢が倒れた。豪快な音を立てて腐葉土が広がる。

酔っぱらいが暴れたような玄関を眺め、象山は苦笑した。鉢植えを起こし、額縁と靴を収納に入れる。ラッキーアイテムは新しい靴、とはなんたるでたらめか。

濡らしたハンカチで土とアロマオイルの混ざったどろどろを拭ったところで、インターホンのチャイムが鳴った。扉の磨《す》りガラスの向こうにダークグレーのスーツが見える。時刻は午後一時ぴったりだ。

ハンカチを尻のポケットに押し込んだところに、季々と彩夏がそそくさとやってくる。緊張した面持ちで框《かまち》のマットに並ぶ。

「なんか土臭くない？」

彩夏の鋭い一言を聞き流して、象山は扉を開けた。

「こんにちは」

スーツの男が深々と頭を下げていた。

「か、加賀美《かがみ》と言います。初めまして」

不自然に大きな声で言って、ゆっくりと顔を上げる。

象山は死ぬまで、その瞬間を忘れないだろう。

「――あれ？」

男は象山に目を留めると、口をあんぐりと開けてすきっ歯を剝《む》き出しにした。

「昨日、一万円くれたおじさんじゃないすか」

口早に言ってから、あっ、と顔を強張《こわば》らせる。

「……どういうこと？」

舞冬が父親と恋人の間で視線を往復させる。

何が起きているのか分からなかった。

万が一にもこんなことがないよう、自分は男をホテルへ連れ込む前、わざわざ学生証を確かめたのだ。この男は陽川日向。名残美術専門学校の視覚デザイン学科に通う名残市在住の二十一歳のはずだ。

「あ、そこにあるの、ひょっとして昨日の台湾ビールすか」

男は玄関に身体を入れ、リビングを覗き込んだ。

「配送ドライバーのバイトやってたんで、パッケージとか覚えるの得意なんすよ。そのバッズの袋、ガネーシャの部屋の玄関に置いてたやつっすよね」

　血の気が引いた。

　ごまかす気がないのか、それともただの間抜けなのか。

「……ガネーシャって、あの、病院みたいな部屋があるホテルのこと？」

　季々もその言葉を覚えていた。二人で訪れたのは二十二年前だが、あの部屋はそう簡単には忘れられない。

「あは。ひょっとして、ぼくが本当に恋人のいないみなし子だと思ってたんすか？」男は歯茎を剥いて笑い始める。「あんな怖そうな眉なしのおじさんに本当のこと言うわけないじゃないすか」

　じゃああの学生証は――と質《ただ》そうとして、バッズの階段で目にした光景が脳裏をよぎった。顰めっ面で被害者に話を聞く刑事たち。トートバッグを抱える若い女。

　こいつは正真正銘のろくでなしだ。無銭で女の乳を撫で回し、金目当てに男の陰茎をしゃぶり、おまけにショッピングモールでスリまで働いていたとは。

「どういうこと？」舞冬が泣き出しそうな顔でつぶやく。「お父さんと春がホテルに行ったの？」へなへなとくずおれ、石段に尻を打ちつける。

「どういうことか説明してよ」

　言葉の出てこない母を見かねたように、彩夏が冷たく言った。

　小さな亀裂さえなかった完璧《かんぺき》な家族が、一瞬で粉々になる音が聞こえた。

三／分裂

1

ドン――ズズッ。

そんな音で目が覚めた。

全身が汗で湿っている。つい数秒前までひどい悪夢を見ていたのに、それがどんなものだったか思い出せない。不快な感覚だけが胸にわだかまっていた。

瞼《まぶた》を開く。目に映るものが変わらない。そこは完全な暗闇だった。尻《しり》の下に床があること以外、何も分からない。

ドン――ズズッ。

音は頭上から響いていた。さっきよりも少し大きくなっている。

この音には聞き覚えがあった。まず左足を前に踏み出して、右足を引き寄せる。父さんの足音だ。気球から落下して小脳に傷を負った父さんは、退院後、真っすぐ歩くこともできなくなっていた。

ドン——ズズッ。

ここは不死館の地下室だろう。父さんは家の中でも車椅子を使っている。自分の足で歩くのは、地下室のある別館へ来るときだけ。廊下の入り口と出口に段差があるため、車椅子が使えないのだ。

ドン——ズズッ。

父さんは機嫌が悪くなると、たびたび息子を地下室に閉じ込めた。一階の発電機を切ってしまえば、地下室からはエレベーターを動かせない。さらに床のタイルを塞《ふさ》いでしまえば、地下室は完全な暗闇になる。三日三晩、飲まず食わずのまま、暗闇の底で膝《ひざ》を抱えていたこともあった。

ドン——ズズッ。

さらに大きくなったところで、ふいに音がやんだ。別館に着いたのだろう。

ようやく解放してもらえるのだろうか。暗闇の中で立ち上がり、ふと息を止める。

そんなはずはない。父さんは犬死崖から落ちて死んだのだ。

では誰がやってきたのか。

エレベーターの下りてくる音。扉が開き、橙色《だいだいいろ》の光が網膜を貫く。象山は両手を突き出した。

「どういうことか説明してよ」

指の間から、彩夏が冷たく吐き捨てるのが見えた。


目を覚ますと、家はもぬけの殻だった。

掃き出し窓から差した日が埃《ほこり》一つない床を照らしている。テーブルには硬くなったステーキが五つ。テレビも炭酸水メーカーもアロエの鉢植えもそのままなのに、家族だけがいなくなっていた。

父親と恋人の会話から、二人の間で起きたことを察したのだろう。舞冬は恋人を家から追い出し「死んでほしい」「きもすぎ」「ありえない」「本当に死んでほしい」とまくしたてた後、ふいに玄関に座り込み、喉《のど》が嗄《か》れるのも厭《いと》わず嗚咽《おえつ》し続けた。

「お父さんに出てってもらうか、わたしたちが出てくか。どっちかしかないよ」

母親に代わって敢然と言い放ったのは彩夏だった。醬窯《ひしおがま》市の母親の実家に連絡し、身を寄せさせてほしいと掛け合ったのも彼女だった。

「ずっと分かってたような気がする」

家を出る間際、頬へ流れたアイシャドウを拭《ぬぐ》いながら、季々が言った。

「こんな幸せな暮らし、夢なんじゃないかって何度も思った。やっぱり本物じゃなかったんだね」

別れの挨拶《あいさつ》もないまま、季々は娘を連れて家を出て行った。

象山は一人になった。

たった一つの過ち——よりによってあのすきっ歯の男の言葉を鵜呑《うの》みにしたことで、自分はすべてを失ったのだ。

憂さ晴らしにあの男を殺してやろうか。舌を抜き、眼球を抉《えぐ》って、迂闊《うかつ》な物言いを後悔させてやるか。

くだらない。

何をしても家族は戻ってこない。両親のように自分も崖《がけ》から身を投げるか。潔く首を縊《くく》るか。それとも覚醒剤《かくせいざい》でも買ってオーバードーズを決めようか——。

ふとポケットに入れたままのアンプルに気づいた。シスマだ。

ドラッグディーラーのエデンによれば、その薬は半分の確率で使用者に絶大な快楽をもたらすという。過去にその薬液を打った男は、あまりの快楽に生きる意味を見失い、自ら頭を割り脳を掻《か》き出して命を絶ったという。

ビニールケースからアンプルを出し、透明な液体を眺める。もしエデンの言ったことが本当だったとしたら。至上の快楽を味わえる上に命の始末まで付けてくれるとは、今の自分に打ってつけではないか。

ペペ子を監禁している不死館の地下室に、催眠鎮静剤を打つための注射器がある。象山はジャガーを走らせ、妄鳴山へ向かった。

不死館に到着したときには、空が朱に染まり、影になった稜線《りょうせん》が瓦葺《かわらぶ》きの屋根を見下ろしていた。時刻は午後五時四十分。指紋認証のロックを解除し、玄関ホールに入る。

床のシュラフから和泉の上半身が出ていた。数匹の蛆《うじ》虫が右目の刺し傷を出たり入ったりしている。産科の生田に処理を頼んだはずだが、まだ廣崎から戻っていないらしい。頭頂部を蹴《け》ってシュラフに身体を押し込んだ。

廊下から別館へ向かい、床のタイルをずらす。エレベーターで地下室へ下りると、天窓から差した明かりがペペ子を照らしていた。昨日と変わらず、血まみれの枕カバーを被《かぶ》ったまま床に伸びている。死んだのかと思ったところで、ばふっ、とカバーが膨れた。

草バットを咥《くわ》え、ジッポーで火を点《つ》ける。これが人生最後の一服になるかもしれない。そう思うと、煙が胸に沁《し》みた。フィルター近くまで葉を燃やし、たっぷり肺を燻《いぶ》してから、吸い殻をバケツに放り込む。

ロッカーの錠を外し、注射器を取り出した。アンプルの蓋《ふた》を折り、針を中に入れる。押子を引き、液体を吸い上げる。

ふと我に返ったような気分になった。

自分はエデンの言葉を信じているのか？　もちろん違う。万に一つほど、自分の頭をかち割る幻覚を見る可能性はあるとしても、本当に脳を掻き出すことはない。自分は死を先延ばしにしているだけだ。それなのに何を感傷的になっているのか。

自分の往生際の悪さに呆《あき》れながら、左上腕に針を刺した。親指で押子を押す。鈍い痛みに肩が強《こわ》張《ば》る。シリンジが空になったのを確かめ、針を抜く。

腕時計は五時五十分を指していた。十秒、二十秒、三十秒――一分が過ぎても、案の定、何も起こらない。

効き目のない五十パーセントを引いたのか、そもそも効き目など存在しなかったのか。もちろん後者だろうが、ひょっとすると前者だったのかも、と思ってしまうところがよくできている。

空になった注射器とアンプルをバケツに放り込んだところで、ふと違和感を覚えた。

何かがおかしい。

ロッカー。ベッド。枕。ぺぺ子。バケツ。床板。ゴキブリ。壁の煉瓦《れんが》。天窓。あらゆるものの解像度がぐんと上がったような気がした。液晶テレビが有機ＥＬディスプレイに変わったように、世界が鮮やかさを増していく。

気づけば猛烈に胸が高鳴っていた。母さんを犬死崖に落としたとき、解剖実習で死体の胸にメスを刺したとき、あるいは季々につきまとっていた男を初めて絞め殺したときの感覚にも似ている。

ふいに目眩《めまい》を覚えた。脳が痒《かゆ》い。床に手を突き、胃液を吐く。腸管がのたうつ。

深呼吸しながら頭を上げると、床のペペ子が二つになっていた。

ねばついた手で瞼を擦《こす》る。目の焦点がぼけているのか。だが何度瞬《まばた》きしてもペペ子が減らない。

ばふっ、ばふっ、という鼻息も二つ重なって聞こえる。

「さっきの話なんだけど」

舞冬が言った。自宅のリビングだった。

「会ってほしい人がいるの」

そりゃ構わないけど。

お前、まさか。

「できてないよないよ」

舞冬が苦笑する。

「ただ、ツアーが始まったら忙しくなるしなるし、それまでにそれまでにちゃんとちゃんと紹介して紹介しておきたいとおきたいとおきたいと」

ムイさんには言ってあるのか。

「もちろん。アイドルじゃないし、真剣に考えてるなら構わないって」

「もちろん。アイドルじゃないし、真剣に考えてるなら構わないって」

舞冬が増えた。

「あんまり怖い怖い怖い怖い顔しないでね」

「あんまり怖い怖い怖い怖い顔しないでね」

「春春春春春、緊緊張張張しいいいいだかかかかかか」

「春春春春春、緊緊張張張張しいいいいいだかかかかかかか」

幻覚？　違う。

「それらはほんの氷山の一角に過ぎないのではないかと考えています」

「それらはほんの氷山の一角に過ぎないのではないかと考えています」

「週末、恋人と海に行きまして」

「お巡りさんじゃ悪魔には敵いません」

「お巡りさんじゃ悪魔には敵いません」

「今は昭和じゃねえんだ」

「今は昭和じゃねえんだ」

「ぱんつくったことある？」

「ぱんつくったことある？」

「わたし、あんたの道具じゃないから」

「わたし、あんたの道具じゃないから」

「わたし、あんたの道具じゃないから」

「わたし、あんたの道具じゃないから」

「こんな幸せな暮らし、夢なんじゃないかって何度も思った」

「こんな幸せな暮らし、夢なんじゃないかって何度も思った」

「こんな幸せな暮らし、夢なんじゃないかって何度も思った」

「こんな幸せな暮らし、夢なんじゃないかって何度も思った」

これこそが現実。

世界の本当の姿だ。

「やっぱり本物じゃなかったんだね」

現実が爆発する。

2

象山家の朝は忙しい。

だがこの日、八月三十日の忙《せわ》しなさは、普段のそれを遥《はる》かに上回っていた。

午後零時五十分。普段より念入りに髭《ひげ》を剃り、オックスフォードシャツの襟を整えてリビングへ行くと、白ワインで蒸した黒毛和牛ヒレステーキの芳醇《ほうじゅん》な香りが部屋を満たしていた。

「彩夏、テレビ消して。お父さん、玄関の家族写真、恥ずかしいから隠して。お母さん、芸能界の苦労話みたいなの要らないからね」

　いつになく大人っぽいボールチェーンのネックレスを下げた舞冬が、マウスウォッシュをぶくぶくしながらスーパーヒョロリンとスズナールの容器を食器棚の奥へ押し込む。

「自分だって人のこと道具扱いしてんじゃんね」文句を言いながらテレビを消そうとした彩夏が、「あ、お姉ちゃん。今日の乙女座は無理やり前に進もうとすると後悔するかも、だって」意趣返しとばかりに姉をからかう。つられてテレビを見ると、山羊《やぎ》座は八位。ラッキーアイテムは「新しい靴」だった。

「あんたは死ぬまで占い師の言うことだけ聞いてれば」

　舞冬が妹からリモコンを引ったくり、テレビを消して抽斗《ひきだし》に放り込む。季々がテーブルのステーキにニンジンのグラッセを添えたところで、ブブッ、と舞冬のスマホが震えた。

「春、駅着いたって。迎えに行ってくる」

舞冬が、ごぐっ、と喉を鳴らして、慌ただしく玄関へ向かう。

「着いたらピンポンしてね」

シャツの下から手を突っ込んでコルセットのホックを留めながら、季々が声を飛ばす。ガチャ、バタン。象山は冷やしておいた台湾ビールをテーブルに並べる。彩夏は鏡の前で日焼けした肌の皮を剥《は》がしている。

「今日、バイトは?」

そう尋ねて、妙な違和感を覚えた。

自分は娘が次に口にする言葉を知っている。

休む…………酔っ払いの…………場合じゃない……

「休むに決まってるでしょ。酔っ払いの相手してる場合じゃないよ」

彩夏から目を逸《そ》らし、「ああ」と生返事をする。逃げるように玄関へ向かい、飾り棚に手を置いて深呼吸する。

何だこれは。デジャヴにしては具体的すぎる。

見慣れた玄関の扉が目に入ったところで、ふいに息ができなくなった。

自分はこれから起きることを知っている。

インターホンが鳴る。扉を開ける。舞冬の恋人が頭を下げている。「か、加賀美と言います。初めまして」男は象山を見てあんぐりと口を開ける。「昨日、一万円くれたおじさんじゃないすか」

ありえない。自分は妄想に取り憑《つ》かれているのか。ミイラ取りがミイラになるように、精神科医が精神を病んでしまったのか。

ハンカチで手汗を拭《ふ》き、ゆっくり息を吐く。舞冬に家族写真を隠すよう言われたのを思い出した。額縁を取り、頭上の収納に手を伸ばす——。

数秒後に起きることがはっきりと浮かんだ。

収納の扉を開けると靴が落ちてくる。額縁が床に落ちる。芳香瓶が倒れ、アロエの鉢から腐葉土がこぼれる。象山はテレビのでたらめな占いに悪態をつく。

間違いない。自分には未来の記憶がある。

汗が止まらなくなり、縋《すが》るように草バットを咥えた。ジッポーで火を点ける。肺へ煙を送り込み、必死に動悸《どうき》を鎮める。

咥え煙草のまま両手を上げ、慎重に収納の扉を開けた。落ちそうになった靴を支え、そのまま奥へ戻す。五秒、十秒待っても靴は落ちてこない。芳香瓶も鉢植えもぴくりともしない。

未来の記憶は間違っていたのか？

そうではない。象山が記憶と異なる行動を取ったことで、世界が変わったのだ。

未来は変えられる。

ならば自分のすべきことは一つだ。あのすきっ歯のろくでなし——加賀美春がここへやってくるのを防ぐ。そして未来の家族に生じる亀裂を事前に取り除くのだ。

舞冬と春は今もこの家へ向かっている。腕時計を見ると、時刻は午後零時五十五分。インターホンが鳴ったのが午後一時ちょうどだから、あと五分で何か手を打たなければならない。

二本目の草バットに火を点ける。フィルターを噛《か》み、眉間《みけん》を強く押さえる。

インターホン越しに難癖を付けて春を追い返すか。だが歓迎すると宣言していた自分が顔も合わせず掌《てのひら》を返すのはおかしい。

具合が悪いと言って寝室に籠《こ》もるか。あいにく象山は文句の付けどころのない健康体だ。家族もそれを知っている。それでもなんとか家族を騙《だま》せたとして、救急車でも呼ばれて騒ぎになったら本末転倒だ。

両目を閉じ、ゆっくりと煙を吐き出す。

象山は季々のストーカーを始め、家族に危害を加えようとした者を何度も始末してきた。今、やるべきことも変わらない。

「病院から電話がきた。すまないが先に挨拶していてくれ」

リビングに顔を出して手刀を切り、すぐに廊下へ引き返した。「えー」とぼやく彩夏を無視して階段を上る。書斎の金庫を開け、ジャガーの電子キーを取り出す。窓からガレージの屋根に飛び移り、裏庭へ下りる。

ガレージに入り、ジャガーのロックを外した。厚手のブルゾンに腕を通す。ジャーナリストの和泉早希を殺して以来、二日ぶりだ。ブルゾンは人を殺す際、背格好を隠すために用意したものだった。問題は、何で顔を覆うかだ。赤の他人ならさておき、娘から顔を隠すのにキャップやサングラスでは足りない。ダッシュボードやグローブボックスを漁《あさ》り、覆面代わりになりそうなものを探す。祈るような気分でトランクを開けると、濡《ぬ》れたゾウのような色のストールが落ちていた。和泉が肩に巻いていた、あれだ。

布を広げ、包帯の要領で顔に巻いていく。目が見えるように布をずらし、余ったところをブルゾンの襟に押し込む。ドアミラーを見ると、頭が膨れてゾウのようになった男が立っていた。

ガレージを飛び出し、十字路のカーブミラーに目をやる。自然公園の小道を歩く舞冬と春が見えた。いつものメスは使えない。隣家の前庭に敷かれた砂利から、大きいのを取る。素振りを一つしたところで自然公園の出口に二人が現れた。

「え」

舞冬が足を止める。春は象山に目を留めるなり含み笑いを浮かべ、「何あれ」と舞冬の肩を突いた。

象山はもう一発素振りをして、二人に駆け寄った。ストールが膨らむ。

「何、何、何？」

死ね。

口の中で叫んで、象山は石を振り下ろした。

3

蛍光灯の下を小蝿が飛び交っている。

一時間近く硬い椅子に座っていたせいで、腰が痛くなっていた。一服しようと立ち上がったところで、

「お出迎えか。先生も忙しいな」

神々精警察署のロビーに芋窪の胴間声が響く。奥の通路から舞冬を連れてきたところだった。

襲撃事件から一夜明けた八月三十一日、午後四時過ぎ。舞冬は昨日に続き、今日も午後から事情聴取を受けていた。

「犯人の目星は付きましたか」

「ああ。テレビの見過ぎで自分を特撮ヒーローと思い込んだ童貞の引き籠もりだ」

芋窪がいつの時代かと思うような暴言を口にする。象山は特撮ヒーロー番組を見たことがないし、童貞の引き籠もりでもなかった。

舞冬とともに警察署を出る。ジャガーの助手席に乗り込むなり、舞冬は「はあー」と肩を落とした。

「病院から連絡は？」

「まだない」

預かっていたスマホを手渡す。着信履歴はなかった。

恋人の春は神々精医科大学附属病院の救命救急センターに搬送され、現在も治療を受けている。石を叩《たた》きつけられたことで頭蓋骨《ずがいこつ》が陥没し、頸椎《けいつい》が破裂骨折を起こしていた。開頭手術で出血箇所を除去し、危険な状態は脱したというが、まだ意識は戻っていない。

命《たま》を獲《と》れなかったのは残念だったが、わずか五分で襲撃を敢行したことを考えれば及第点だろう。意識を取り戻したところで、象山らとの顔合わせは当分延期になるはずだ。ガネーシャの記憶を失っていてくれれば最高だが、そうでなくても時間さえあれば口を塞ぐ方法はいくらでもある。

「今日は家で休みなさい。連絡が来たら教えてやるから」

病院へ行きたそうな舞冬をそう諭して、象山はジャガーを自宅へ走らせた。

今日は家族全員が仕事を休んでいた。象山は臨時休診。季々もタウン誌の取材を延期してもらい、彩夏もバイトのシフトを入れ替えたという。

「わたしも少し休むよ」

舞冬に続いて、象山も二階の書斎へ向かった。

扉を閉め、錠をかける。

金庫のテンキーに暗証番号を入力する。ロックの外れる音。扉を開けると、内側のフックにかけた鍵《かぎ》が揺れる。ポケットからアンプルを取り出し、中に入れる。

扉を閉めると、一気に肩の力が抜けた。ハイバックチェアに腰を沈め、天井へ息を吐く。

昨日、八月三十日。自分の身にいったい何が起きたのか。

春の頭を殴りつけたときは、まだどこか夢を見ているような感覚だった。逃走するふりをして家の陰に隠れ、ガレージの屋根から二階へ戻る。動転した舞冬に請われるまま春の容態を確かめ、119番通報する。救急車やパトカーが押し寄せ、家の周囲が騒がしくなったあたりで、どうやらこれは夢ではない、自分は時間を遡《さかのぼ》ったのだと確信するに至った。

自分は一度、家族を失った。それは事実だ。自棄《やけ》になった自分は、エデンから買ったシスマなる薬液を注射した。現実が歪《ゆが》み、分裂していくような感覚に陥り、気づいたときには五時間前の自宅にいた。

とはいえ自分は精神科医である。幻覚や妄想に囚《とら》われた患者を数え切れないほど目にしてきた。人間の脳はときに平然と嘘をつく。時間遡行《そこう》としか思えない現象を体感しながらも、同時にそんなことはありえない、幻覚の一種だろうと冷静に考えてもいた。

だが自分の事情聴取が済んだ後、警察署のトイレで用を足したとき。ハンカチで手を拭こうとポケットに手を入れ、指に触れたものを取り出したところで、象山はそれが紛れもない現実であることを悟った。

エデンから二つ買ったアンプルのうち、片方が空になっていたのだ。

蓋を折らない限り、アンプルから薬液を取り出すことはできない。にもかかわらず、蓋の付いたままのアンプルから中身だけがなくなっていたのだ。

この現象に理屈をつけるとこうなる。

シスマは摂取した者を時間遡行させる。あらゆる現象が過去の状態に巻き戻るが、そこには二つ例外がある。

一つは摂取した者の意識だ。シスマを注射する前の記憶が残っていなければ、そもそも時間遡行を認識することもできない。

もう一つはシスマそのものだ。シスマの作用は外の世界に働きかけるもので、自分自身には働かない。ゆえにあらゆる現象が巻き戻っても、それを引き起こしたシスマだけは元に戻らないのだろう。もっとも例外はあくまでシスマそのものであって、それが入っていたアンプルは時間遡行の対象となる。そのためアンプルの蓋は折られていないのに中身だけが消えている、という本来はありえない状態が生じるのだ。

このシスマの性質、自分にだけは効果が現れない言わば自己独立性は、シスマの効果に上限を設けているともいえる。

仮にシスマに自己独立性がなかった場合を想像してみる。あるところにシスマを長年所有していた人物Xがいる。Xがシスマを打ち、時間を遡る。遡った先の時間ではまだシスマを使用していないから、Xは再びシスマを打つことができる。さらに遡った先でもシスマを打つことができ——といった具合に時間遡行を繰り返せば、理論上、Xがシスマを手に入れた瞬間の数時間前まで、何度でも時間を遡れることになる。実際のシスマはその自己独立性によって、使用の効果を一回に制限しているというわけだ。

そこまで考えたところで、二つ目のアンプルを無造作にポケットに入れていた自分の迂闊さを呪いたくなった。

象山は家族を守るためあらゆる手を尽くしてきたが、それでも今回の事態を防ぐことができなかった。同様のことは今後も起こりうる。そんなとき、家族を取り戻せるのはシスマだけ。残り一つのシスマをどれだけ厳重に保管しても、厳重すぎることはないはずだ。

ハイバックチェアから上半身を起こす。瞼がひどく重かった。腕時計を見ると、時刻は午後五時。時間を遡ってから二十八時間、一睡もしていない。身体はその前から起きていたはずだから、実際の疲労はそれ以上だ。

金庫の扉が閉まっているのを確かめ、象山は寝室へ向かった。

4

ドン——ズズッ。

頭上から音が聞こえた。

瞼を開く。暗闇。不死館の地下室だ。

またこの夢か。

ドン——ズズッ。

音が近づいてくる。

この音――父さんの足音は、象山の恐れるもの、つまりは家族の崩壊を象徴しているのだろう。家族に出て行かれた直後、この夢を見たのは分かりやすい符合だった。フロイトが聞いたら口笛を吹いて喜ぶだろう。

だが今は違う。象山は家族を取り戻した。シスマの力を手にした自分に、恐れるものはない。

壁に手を突いて立ち上がる。踵《かかと》を踏み締め、暗闇に耳を澄ます。

父さんの足音は聞こえてこなかった。

もうこの部屋に用はない。

象山は瞼に力を込めた。

淡い光が差していた。

目を細め、ゆっくりと辺りを見る。

狭い箱の中にいた。

遠くに浮かんだ四角形に見覚えがある。地下室の天窓だ。目を覚ましたと思いきや、まだ同じ場所にいたらしい。

首を起こし、部屋を見回した。絞首台、ギロチン台、電気椅子に手術台――趣味の悪い大道具が並んでいる。自分が入っていたのは木製の棺桶《かんおけ》だった。

三十六年前、事故で身体の自由を失った父さんは、ショーに使っていた奇術道具をすべて地下室へ運び込ませた。ぺぺ子を監禁し始めたときに別の部屋へ運んだはずだから、ここはそれよりも前――象山が子どもだった頃の地下室ということになる。

そこに人がいた。

「イチが来たぞ」

奇妙な声だった。初めて聞いたような、それでいて何度も聞いたことがあるような――。

声のしたほうに目を凝らす。脚の曲がった電気椅子に男が座っていた。象山とよく似たワインレッドのナイトウェアを着ている。

「やっぱりもう一人いたんだな」

象山と目が合うなり、わざとらしく手を振る。

その男は自分もよく知っている人物――象山晴太だった。

「いちいち騒ぐなよ」

ギロチン台からも声が聞こえた。やたらと声量がでかく、舌ももつれているが、声色はまったく同じ。斬り落とした首を入れておくバケツを逆さにして、底の板に尻を載せている。こちらも自分と瓜二《うりふた》つの象山晴太だった。

「鬱陶《うっとう》しいな」

貧乏ゆすりをしながらキングバットのケースを取り出す。身に着けているのは昨日の自分と同じオックスフォードシャツだ。よく見ると生地がよれ、あちこちに泥水を浴びたような黄色い染みができていた。両目を濃い影が囲み、顔の半分くらいが無精髭に覆われている。

ひどく居心地の悪い夢だった。どんな心理の表れなのか知らないが、さっさと目を覚ましたい。

瞼を閉じ、現実へ手を伸ばす。

「待て。目を覚ますにはまだ早い」

瞼を開くと、ナイトウェアの象山が人差し指をこちらに向けていた。

「いいか。これは普通の夢じゃない。わたしやそこにいるわたしは、きみの大脳皮質が生み出したでたらめな幻覚じゃない。実際に生きている、きみと同じ象山晴太だ」

幅の広い裾《すそ》をはためかせ、人差し指をもう一人の象山に向ける。なるほど。舞冬の言う通り、昔の映画の悪党っぽい。

「きみは今こう思ってるはずだ。自分はシスマの効果によって時間を遡った、と」

「違うのか？」

「違う。きみはシスマによって生まれた新たな時間へ移動したんだ。時間遡行はそれに伴う副作用に過ぎない」

ナイトウェアの象山が部屋の隅の木箱を開ける。ロープ、チェーン、テグス、手錠、足枷《あしかせ》、西洋剣、ジャックナイフ、金槌《かなづち》、ペンチ、電動ドリル、さらには含水爆薬、雷管、導火線、作り物の手首に生首まで詰まった箱の中から、鉛筆と紙を取り出した。素早く鉛筆を走らせ、系統図を書いてみせる。

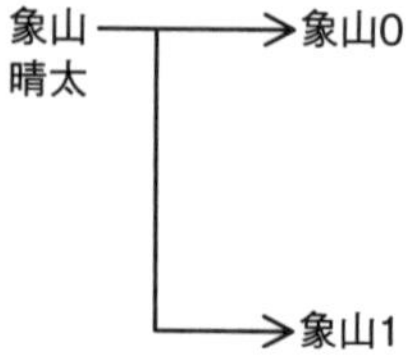

「きみがシスマを打ったことで、それまで一つだった時間が二つに分かれた。上が本来の時間、下が新しく生まれた時間だ。

それぞれの時間にそれぞれのわたしがいる。時間が二つになれば、わたしたちも二人になる。運の良いきみは新しく生まれた時間へ移動し、それに伴ってわずかに過去へ遡った。一方、運の悪いわたしは元の時間に留《とど》まった。シスマの作用する確率がきっかり五十パーセントなのは、この新しい時間へ移動する確率が二分の一だからだ」

系統図に照らし合わすと、悪党パジャマの彼が象山0で、そこから分岐した自分が象山1ということか。――だが。

「それならわたしたちは二人になるはずじゃないか。なぜ三人目がいるんだ？」

泥シャツの象山を一瞥《いちべつ》して言う。泥シャツは、ははっ、と手を叩き、

「幸せ者《もん》にはそんなことも分からねえのか」

「わたしたちはもう一度シスマを打ったのさ」

悪党パジャマが泥シャツを睨《にら》んで続ける。

「きみと違って、わたしたちは一度目のシスマ注射で新たな時間へ移動できなかった。一時間ほど意識を失っただけで、自分も世界もとくに変わった様子はない。予想通りではあったものの、がっかりしたのは事実だ。

もう馬鹿な真似はやめよう。このときはそう思った。だが同じ日の夜更け、わたしはまたシスマを打った。エデンの言う通り、効果が現れる可能性が五十パーセントなら、一度目はたまたま運が悪かっただけとも考えられるからね」

呆れたように笑いながら系統図に分岐を加える。

「その結果、もう一つの時間が生まれた。わたしは新しい時間へ移動し、わずかに過去へ遡った。一方、そこの顔色の悪いわたしは元の時間に残った」

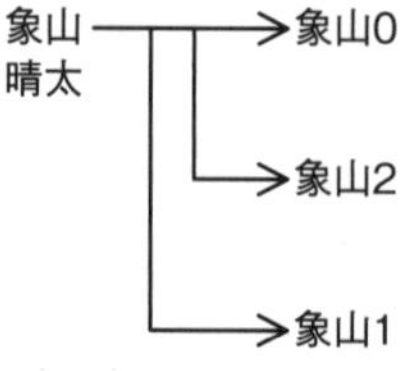

頭を整理し直す。横に真っすぐ伸びているのが元のままの時間、下へ分かれているのが分岐して生まれた時間だ。泥シャツの象山が一度も分岐していない象山０。自分が一度目のシスマ注射で分岐した象山１。悪党パジャマの象山が二度目のシスマ注射で分岐した象山２ということになる。

「きみも体験した通り、新しく生まれた時間へ移動すると、少しだけ時間が遡る。きみとわたし――象山１と象山２は一度ずつ時間遡行を経験しているが、象山０は一度も経験していない」

「たかが薬の力で新しい時間が生まれるとか、時間が遡るなんてことがあるのか？」

象山がなおも首を傾げると、悪党パジャマは待ってましたとばかりにナイトウェアをはためかせた。

「きみが一睡もしなかった昨夜、わたしたちはここで自分たちの身に起きたことを話し合い、一つの仮説を得た。きみは大学一年のときに教養科目の量子力学概論で学んだ、量子力学の解釈問題を覚えているかな？」

当然だ。この男と自分は昨日まで同じ人間だったのだから。

物質を構成する原子の要素に、原子核の周りを飛び回る電子がある。この電子の性質は、波を表す関数、すなわち波動関数によって表すことができる。これは電子が粒子ではなく、複数の可能性が重なり合った波のような存在であることを意味している。

だが実際に電子を観測すると、これと矛盾した現象が起きる。電子を抽出してスクリーンにぶつけると、一つの点が記録される。波のように広がった存在であるはずの電子が、観測という行為により、なぜか一つの粒子に変わってしまうのだ。

このパラドクスめいた現象をどう理解すべきか、というのが量子力学の解釈問題だった。

「電子は複数の可能性が重なり合った存在でありながら、人が観測したときにだけ一つに収縮する。ではこの世界はどうか。わたしたちは自分の世界がただ一つのものと信じているけど、それだって所詮《しょせん》、無数の原子の集合に過ぎない。量子力学的な発想を拡大すれば、この世界もまた波のように曖《あい》昧《まい》な存在であって、わたしたちが観測したときにだけ一つに収縮していると考えることもできる」

悪党パジャマは人差し指を立てた。

「そこでだ。もし一人の人間の脳に、特殊な薬剤の作用で二つの意識が同時に存在していたとする。その人間の意識は、観測前の電子と同様、重なり合った状態で存在している。二つの意識がそれぞれに世界を観測すれば、世界は二通りに収縮することになる」

なるほど。悪党パジャマの言おうとしていることが見えてきた。

「なぜたかが薬の作用で新しい時間が生まれるのか？　きみのこの質問に答えるとこうなる。シスマは人間の脳に作用し、意識の状態を変えているに過ぎない。ただし意識が二つ重なった状態になると、観測される時間も二つになる。結果、わたしたちは新しい時間が生まれたように感じることになる」

「端的に言えば、シスマには人格を増やす働きがあるってことか」

　んー、と悪党パジャマが唇を撫《な》でる。

「そうとも言えるけど、違うとも言える。わたしたちの脳に起きたことは、解離性同一性障害の患者の脳に起きていることとはまったく異なる。彼らはストレスに対処するために人格を分裂させている。いわば大きな器を仕切りで分けているわけだ。

　一方、わたしたちの脳は、意識のあり方そのものが変化している。古典的なコンピュータから量子コンピュータへ性能が上がったようなものだ。高い大脳化指数を持つ人間の脳でなければ、こんな変化にはとても対応できないだろうね」

　人の脳は百十五億個もの皮質ニューロンを持っている。これは体重数千キロのアフリカゾウとほぼ同じだ。自分もようやく、ゾウと同じくらい脳を使えるようになったということか。

「それじゃ意識が分岐した後、時間が遡行したことはどう説明する？」

「帰納的な推測だけど、わたしたちの意識が観測前の電子のように重なり合っているなら、やはり波に似た性質を持っていると考えられる。波には点と違って、横幅がある。この状態の意識は、一つの点ではなく、幅を持ったまま時間を進んでいく。それは分岐によって新しく生まれた意識も同じだ。ただし波の幅の分だけ、新しい意識は元の意識よりも遡ったところから時間を歩み直さなければならない。結果として、新しい意識は少しだけ時間を遡ったように感じることになる。と、そういうことじゃないかな」

　ちなみに、と悪党パジャマは地下室を見回す。

「わたしたちは意識が分裂しているだけで、本来は同じ人間だ。世界を観測しているとき、つまり目を覚ましているときはそれぞれの時間を生きているけど、そうではないとき、つまり就寝中は世界が重なり合った状態に戻る。それがこの夢、この地下室というわけだ」

　象山は拍手したい気分になった。

　時間遡行に意識の分裂と立て続けに常識外れな事態に巻き込まれながら、たった一晩でこれほどの理屈を練り上げるとは。さすがは自分の分身だ。

「わたしからも質問があるんだが、いいかな」

　一瞬、表情を強張らせた後、悪党パジャマは咳払《せきばら》いして続けた。

「きみの世界では、わたしたちの家族はどうなってる？」

「余計なこと聞くなよ」泥シャツが横槍《よこやり》を入れる。「こいつはおれたちを踏み台にして人生をやり直したんだ。話を聞いても胸糞《むなくそ》が悪くなるだけだぜ」

「きみこそいちいち不貞腐《ふてくさ》れるのはやめてほしいな」悪党パジャマが鉛筆の先を泥シャツに向ける。「わたしたちは情報を共有すべきだよ。一つの時間で経験できることには限界がある。三人で情報を共有すれば、わたしたちはより望ましい人生を送ることができるはずだ」

　悪党パジャマの言う通りだろう。もとより毎晩、夢で顔を合わせざるをえないなら、いちいち角を突き合わせても疲れるだけだ。

「わたしの家族は大丈夫だ。今も一緒に暮らしてる。春が家に来る前に、やつの口を塞いだからな」

春を襲い、顔合わせを中止に追い込んだことを説明する。泥シャツは「知性のねえやり方だ」と毒づき、悪党パジャマは「よく成功したな」と自分のことのように胸を撫で下ろした。

「きみたち——象山0と象山2の時間はどうなってるんだ？」

泥シャツと悪党パジャマに同じ問いを返す。

「わたしから説明しよう」悪党パジャマがくるりと鉛筆を回した。「といっても、途中までは0と同じだ」

電気椅子から立ち上がり、ベールのかかった置き物に近寄る。

「実を言うと、わたしたちは長広舌を振るわずとも簡単に記憶を共有できるんだ」

そう言ってベールを外す。高さ三メートルほどの鏡だった。父さんが首を吊《つ》ったり水槽に沈められたりする際、種がないことを示すためにステージに置いていたものだ。

「この鏡をスクリーンにして、わたしの記憶を上映する」

「そんな真似ができるのか？」

「もちろん。ここはわたしたちの夢だからね」

そう微笑んで鏡を指す。額縁の中は不死館の地下室だった。

× × ×

「こんな幸せな暮らし、夢なんじゃないかって何度も思った」

「こんな幸せな暮らし、夢なんじゃないかって何度も思った」

「こんな幸せな暮らし、夢なんじゃないかって何度も思った」

「こんな幸せな暮らし、夢なんじゃないかって何度も思った」

これこそが現実。

世界の本当の姿だ。

「やっぱり本物じゃなかったんだね」

現実が爆発する――。


目まぐるしいトリップの果てに待っていたのは、夕暮れ時に午睡から覚めたような、ひどく気だるく、ありふれた目覚めだった。

床に手を突き、身体を起こす。頭上には見慣れた天窓。バケツには注射器と空のアンプル、草バットの吸い殻。ばふっ、ばふっ、と枕カバーを被ったペペ子が苦しそうに鼻を鳴らしている。不死館の地下室だった。

腕時計を見る。午後六時五十分。注射から一時間が過ぎていたが、自分の頭をかち割ろうとした形跡はなかった。馬鹿げた薬に縋りついた自分に気が滅入《めい》る。思わずペペ子の腹を蹴った。

先ほどの奇妙な感覚――世界が増殖していくような高揚感から察するに、シスマの正体はセロトニン作動性を持った幻覚剤だろう。五十パーセントの確率で快楽が得られるとはうまい売り文句を考えたものだ。

悪足《わるあ》掻《が》きを続けても仕方ない。自分は人生に敗れたのだ。潔く幕を下ろすべきだろう。

ベッドの縁を摑《つか》んで立ち上がり、エレベーターで一階へ上がる。廊下から本館へ戻り、キャビネットから綿ロープを取り出した。死体の運搬にシュラフを使い始める前、ビニールシートで死体を包《くる》んでいた頃、シートを縛るために用意したものだった。

やはり首を縊るのが一番だろう。父さんや母さんを真似て犬死崖から身を投げようかとも考えたが、カラスやネズミに肉をつままれるのは耐えられなかった。

玄関ホールの扉の前にスツールを運び、座板に載ってシャンデリアの丸いアームにロープを引っかける。垂れたロープを首に巻き、解《ほど》けないようにきつく結ぶ。

さよなら、世界。

さよなら、家族。

スツールを蹴った瞬間、首から上を猛烈な痛みが襲った。思わず喉を摑んだが、体重のかかったロープはびくともしない。息苦しさもあったが、頭の痛みが強すぎてそれどころではなかった。

視界が明滅する。手足が痙攣《けいれん》する。股間《こかん》から温かいものが落ちる。頭から全身に広がった痛みが、徐々に甘い気分に溶けていく。

案外あっけないものだと他人事《ひとごと》のように思ったところで、頭上から陶器の割れるような音が聞こえた。

天井がゆっくりと遠ざかっていく。わけも分からず宙を搔いた直後、全身が床に叩きつけられた。

感覚のなくなった指でなんとかロープを解き、息を吸い込む。咽《む》せ込み、痛みに悶《もだ》えながら、必死に肺を膨らませる。顔の涙やら涎《よだれ》やらを拭うと、シャンデリアの丸いアームが一つ、床に落ちているのが見えた。

いったい何をやっているのか。

ひどく情けない気分のまま、象山の意識は暗闇に吸い込まれた。

×　×　×

「そりゃ三十年以上前のシャンデリアだからな。首を吊ったら壊れるだろ」

真っ暗になった鏡を見て、象山は苦笑するしかなかった。

「あのシャンデリアには感謝してるよ。あと少しアームが頑丈だったら、わたしは今ごろ玄関ホールにぶら下がって振り子みたいに揺れていたはずだ」

悪党パジャマが自分の肩を抱き締める。喉にロープを巻いた痕《あと》が薄く残っていた。

「そしてこのことが、後のわたしの運命を大きく左右することになる」

スイッチャーを切り替えるように指を振る。鏡を見ると、意識を取り戻したらしい悪党パジャマが玄関ホールを見回していた。

「さすがにあの痛みをもう一度味わう気にはなれなくてね。せっかくもう一つシスマがあるんだ。どうせなら打ってみようと思って、わたしは別館の地下室へ戻った」

×　×　×

エレベーターを下り、地下室に入る。罅《ひび》の入った腕時計が二時を指していた。首を吊ろうとしたのが午後七時ごろだから、それから日付を跨《また》いで七時間、床に伸びていたことになる。

ベッドに腰かけ、草バットを咥える。シスマを打つつもりで地下室へ来たものの、いざアンプルを手に取ってみると、あのトリップに再び飛び込むのは気が進まなかった。

ポケットからジッポーを取り出す。ホイールを回そうとして、親指に痛みが走った。第一関節が赤く腫《は》れている。床に落ちたとき、突き指したらしい。

左手に持ち替えてホイールを回そうとすると、今度は腕時計からガラスの破片が落ちた。親指が滑り、燃え上がった炎が顎《あご》を撫でる。

「糞っ」

なんとか草バットに火を点け、腕時計をバケツに放り込む。ガラスの破片を拾おうと床に手を伸ばしたところで、枕カバーを被った肉の塊が目に入った。

自分がこんな散々な目に遭っているというのに、なぜこいつが能天気に眠っているのか。無性に腹立たしい気分になり、顔の真ん中あたりを蹴った。喉に、胸に、腹に、踵を押し込む。ばふっ、と枕カバーが膨れ、それきりぴくりとも動かなくなった。得意の寝たふりか、あるいは本当に死にかけているのか。とどめにシュートを打つように横っ腹を蹴飛ばすと、身体が引っくり返って上腕がねじ曲がり、べぎっ、とくの字に折れた。

天窓を見上げ、大きく深呼吸する。

草バットを一つ吸い終えると、ようやく気分が落ち着いた。ロッカーを開け、注射器を取る。アンプルの蓋を折り、薬液を吸い上げる。

どうにでもなれ。

腕に針を刺し、二度目のシスマを静脈へ押し込んだ。

×　×　×

「ここまでがわたしと象山0の共通の記憶だ。図でいうところの、象山1が分岐してから象山2が分岐するまでの部分だね」

悪党パジャマ、もとい象山2が系統図を指し示す。親指の腫れはもう引いていた。

「ここで再び時間が分岐した。象山2――つまりわたしの時間が生まれ、その副作用でわたしは時間を遡った」

×　×　×

重くのしかかる倦怠《けんたい》感を振り払い、俯《うつぶ》せの身体に力を込める。

頬の下に冷たい床があった。二度目のシスマを打ったことを思い出し、頭を撫で回す。脳を掻き出そうとした形跡はない。

「糞」

やはりエデンに一杯食わされたのだろう。

肘《ひじ》を突き、上半身を起こす。目の前の床に目を凝らし、ふと違和感を覚えた。地下室の薄汚れた木板ではない。石材でできた玄関ホールの床がそこにあった。足元にはスツールが倒れ、シャンデリアの丸いアームが落ちている。

象山は別館の地下室でシスマを打った。それなのになぜ本館の玄関ホールに移動しているのか。無意識のうちに館内を歩き回ったのか。

キャビネットに置いた時計を見て、目を疑った。午後九時。二度目のシスマを打ったのが午前二時だから、約五時間、時間が遡っている。

そんなはずがない。時計がずれていたのだろう。

短い廊下を抜け、別館へ戻る。エレベーターで地下室へ下りる。

扉が開いた瞬間、象山は自分の身に起きたことを理解した。

へし折ったはずのペペ子の上腕が元に戻っている。関節のないところでくの字に折れていたはずの骨が、何事もなかったように真っすぐに伸びている。おそるおそる上腕に触れると、ばふっ、と枕カバーが膨らんだ。

間違いない。自分は時間を遡ったのだ。

三十一日の午前二時に二度目のシスマを打った自分は、約五時間前——首吊りに失敗して床に伸びていた三十日の午後九時へ遡った。そのため身体が玄関ホールへ移動し、ペペ子の腕がよみがえったのだ。

「——」

現実を受け入れると、今度は後悔が押し寄せてきた。

もっと前の時間、たとえば春が家にやってくる前の時間に遡っていれば、その後の状況を大きく変えることができただろう。だが家族に出て行かれ、首を吊った後の時間に戻ったところで、できることはない。自分はまったく意味のない遡行をしてしまったのだ。宝くじが当たったと思ったら、賞金を洗いざらい税務署に持って行かれたような気分だった。

エレベーターで一階へ上る。発電機のスイッチを切り、ふらふらと本館へ戻る。二度も薬を打ったせいだろう。徹夜明けのように身体が重かった。

近くの客室に入り、ベッドに転がる。

ブナの揺れる音を聞きながら、象山は睡魔に身を委《ゆだ》ねた。

× × ×

「とどのつまり」象山は苦笑した。「きみはシスマを一つ、完全に無駄遣いしたわけだ」

バケツに座って不愛想に草バットをふかしていた泥シャツこと象山0が「その通り」と煙草ケースでギロチン台を叩いた。

「あんた――象山1は午後五時五十分にシスマを打ったから、春がやってくる直前の午後零時五十分まで時間を遡ることができた。だがそこのお馬鹿さん――象山2は二度目のシスマを打つ前に七時間も床に伸びていたせいで、せっかくの時間遡行をすっかり棒に振っちまったんだ」

二度目のシスマを打つ前は同じ人間だったのだから、首を吊ろうとして伸びていたのは自分も同じだろう――というのはさておき。

シスマ注射の副作用によって遡る時間はおよそ五時間と決まっているらしい。悪党パジャマ、もとい象山2もすぐに二度目のシスマを打っていれば、午後二時あたりまで時間を遡ることができただろう。春は午後一時に家へ来てしまっている以上、状況を大きく変えられたとは思えないが、とはいえまったくの無駄遣いにはならなかったはずだ。

「随分な言いようだな。わたしは二度目のシスマ注射が無駄だったとは思っていないよ」

悪党パジャマは余裕ぶった笑みを浮かべた。

「きみと違って一度でも時間遡行を体験できたことには大きな価値がある。わたしはまだ諦《あきら》めていない。家族を修復する方法が必ずあるはずだ。それを見つけるまで、わたしは何度でもシスマを打つつもりだよ」

そこで思い出したように鏡を振り返る。

「次は象山0、きみだ。分岐してから今までの出来事を共有してもらおう」

無精髭とシャツの染みを見れば、酒を飲み続けていただけなのは分かる。今度はすぐ終わりそうだ、と思ったのだが。

「ちょっと待てよ」泥シャツが立ち上がり、咥え煙草のまま悪党パジャマに詰め寄った。「おれの聞き間違いだと思いたいんだが、まさかまたシスマを打つと言ったのか？」

「ああ。明日にでもエデンに会おうと思ってる」

それがどうした？　というように肩を竦める。

「シスマを打っても時間を遡れるとは限らない。それでもあんたが二分の一の賭《か》けに勝ったとして、そのたびおれみたいな落伍《らくご》者が生まれるんだぞ」

「そうしたらまたシスマを打てばいいじゃないか――」

泥シャツが悪党パジャマの下顎骨《かがくこつ》を殴った。悪党パジャマがよろめいたところにすかさず膝を打ち込む。象山は仕方なく割って入った。

「馬鹿だな。自分と喧嘩《けんか》してどうすんだ」

泥シャツはなおも象山の肩越しに悪党パジャマの胸倉を摑む。ひん剝《む》いた目玉めがけて指を立てようとしたところで、ふいに泥シャツが消えた。

思わず地下室を見回す。泥シャツの姿はない。悪党パジャマは乱れた襟を直し、呆れたように息を吐いた。

「あんた、何したんだ？」

「何も。象山0は興奮し過ぎて勝手に目を覚ましたんだろう」

苦笑したまま鏡にベールをかける。

「冷静なきみ——象山1がいてくれて助かったよ。これから毎晩、顔を合わせるんだ。どうせなら仲良くやっていこう」

悪党パジャマが口角を持ち上げ、作り物めいた笑みを浮かべる。言葉とは裏腹に、目の奥に尖《とが》った感情がよぎったような気がした。家族を取り戻した自分への妬《ねた》み——いや、恨みか。

これから毎晩、こんな居心地の悪い夢を見なければならないのか。

象山も無性に草バットを吸いたくなったが、ポケットから取り出したケースはすでに空だった。

四／増殖

2　修復者

九月三日、木曜日。――分岐から四日。

「すまなかった」

醤窯駅前のロータリーに面した喫茶店、ＬＯＧＥ。象山はテラス席のテーブルに両手を突き、頭を下げた。

「謝罪はいりません」

素っ気なく言って、季々はハンドバッグからクリアファイルを取り出した。頬が削《そ》げ、眼窩《がんか》が窪《くぼ》み、喉《のど》に甲状軟骨が浮き出ている。十キロは落ちたのではないか。濃く引いたリップがかえって顔色の悪さを際立てていた。

「ここに名前を書いてください」季々が広げたのは離婚届だった。「他の欄はもう書いてあります。署名しないなら――」

「待ってくれ」象山はわざとらしくならないように声を震わせた。「きみは誤解してる。確かにわたしは舞冬の恋人の春くんをホテルに連れて行った。でもそれにはやむをえない理由があったんだ」

真っ赤な唇が歪《ゆが》む。

「何よ、それ」

「まだ言えない」

「そんなの信じられるわけないでしょ」

季々が声を張り上げる。道を歩いていた中学生が「やば」と足を速める。

「いつか話せる日が来る。それまで待ってほしい。この通りだ」

羞恥《しゅうち》心に油を注ぐように、象山は椅子を降り、床に膝《ひざ》を突いて土下座した。

十秒、二十秒、三十秒――、季々は何も言わない。

考えていることは手に取るように分かる。女優としてもタレントもどきとしてもピークを過ぎた彼女に、今の生活水準を維持しながら二人の娘を大学に通わせる稼ぎはない。舞冬の音楽活動は家計の足しになるだろうが、ムイと一緒にアカダマの活動を支えてきたのは自分だ。季々にそんな知恵はない。納得のできる筋書きがあるなら、これからも夫婦でいたいのが本音だろう。

「勝手にすれば」

クリアファイルをバッグにしまう音。椅子が引かれ、ヒールの足音が遠ざかっていく。

床に額を付けたまま微笑んだ。

足音が聞こえなくなるのを待って椅子に座る。紙おしぼりで手を拭《ふ》き、コーヒーカップを取る。

冷めたコーヒーに口を付けたところで、ふと季々の言葉がよみがえった。
――他の欄はもう書いてあります。署名しないなら――。
彼女はいったいどんな手を用意していたのだろう？

0　逃亡者

九月四日、金曜日。――分岐から五日。

象山はインターホンのチャイムで目を覚ました。

壁に寄りかかるように立ち上がり、そこが自宅のリビングであることに気づく。いつの間にか不死館から帰ってきたらしい。シャツの染みを見るに、昨夜も泥酔したまま寝てしまったようだ。テーブルには案の定、見覚えのない酒瓶が並んでいた。

奥歯を噛《か》んで頭痛を堪《こら》え、インターホンのモニターを見る。芋窪の顔の左半分が映っていた。横にはニキビ面の刑事。後ろには黒のセダン。〝もぐら男〟の事件に進展があったのだろうか。

通話ボタンに触れようとしたところで、違和感を覚えた。

スマホを取り出す。病院からの着信履歴が大量に並んでいたが、芋窪からの連絡はない。

芋窪とは十年来の仲である。先月、多重人格について話を聞きに来たときのように、用事があるならスマホを鳴らせばいいはずだ。なぜ事前に連絡せず、騙《だま》し討ちのように家を訪ねてきたのか。

象山が立ち尽くしていると、モニターの芋窪は何やら愚痴をこぼしながら道を歩いて行った。ニキビ面が後に続く。車に戻らないということは、隣人にでも話を聞くのか。

足音を殺して階段を上り、書斎の窓を薄く開く。カーテンの隙間から道を見下ろしたところで、お隣りの玄関からインターホンのチャイムが鳴った。

「警察です。朝から申し訳ない」まったく申し訳なくなさそうなふてぶてしい声。「隣りのご主人を捜してるんです。行き先に心当たりはないですか」

やはり目当ては自分らしい。病院が警察に連絡したのか、あるいは——。

「強制性交の容疑で逮捕状が出てましてね」

象山は頭が真っ白になった。

1　幸せ者

九月五日、土曜日。——分岐から六日。

「ちょっとできすぎじゃない？」

春が意識を取り戻したとの一報を受け、象山は神々精医科大学附属病院へジャガーを走らせた。

「わたしの誕生日に目を覚ますって、ドラマじゃないんだからさ」

助手席の舞冬が、病院行きのバスの背中を見ながら言う。今日は舞冬の二十歳の誕生日だった。

「これ、去年の誕生日に春にもらったの」

嬉《うれ》しそうにマフラーと手袋を見せる。まだ九月だというのに真冬のような格好をしているのはそれが理由か。どちらもクマをモチーフにしているようで、マフラーには耳の生えたフードが、手袋には肉球の刺繍《ししゅう》が付いていた。忌々《いまいま》しいことに、舞冬の小さな顔によく似合っている。

「検査はこれからだ。まだ安心はできないよ」

医師らしく娘を諭す。できれば記憶をすべて失っていてくれないものか、というのが本音だったが、そんなことは喉がもげても言えない。

午前八時三十分。駐車場の端にジャガーを停めると、

「父さんは仕事だから、ここからは一人で行きなさい」

ネクタイを締め直しながら言った。診察まではまだ三十分以上あるが、ここで春と顔を合わせるわけにはいかない。

「一緒に来てくれないの？」

舞冬が珍しく唇を尖《とが》らせる。

「急に恋人の父親が現れたんじゃ、春くんもびっくりするだろ」

「あー、それもそうか」

襟元のバッジを見て頷《うなず》く。助手席を降り、「ありがと」と手を振ると、舞冬はクマの耳を揺らしながら救命救急センターへ歩いて行った。

2　修復者

九月十二日、土曜日。——分岐から十三日。

象山は青葉市太百《たいひゃく》区の高級マンション、メリックタワー戊《ぼ》庭台《にわだい》のロビーでエレベーターを待っていた。

——他の欄はもう書いてあります。署名しないなら——。

季々の言葉がこだまする。九日前、離婚届を突きつけながら、季々はそう口にした。

彼女の奥の手は思わぬところから明らかになった。飲んだくれの象山０が強制性交の容疑で警察に手配されたのだ。舞冬が春に事情を質《ただ》し、答えに窮した春がホテルへ強引に連れ込まれたと嘘をついたのだろう。

象山０の時間と自分の時間で、舞冬や春の状況に違いはない。こちらの時間の春も、おそらく同じ言い訳を口にしている。それを聞いた季々は、夫が離婚を拒むなら警察に通報しようと考えたのだろう。逮捕は法律上の離婚事由には含まれないが、離婚協議がこじれたとき、季々の側に有利に働くのは間違いない。

もしあの日、醤窯の喫茶店で季々に謝罪していなければ、自分も今ごろ、象山０と同じように警察に追われていたはずだ。

とかく人生には落とし穴が散らばっている。どれだけ注意深く行動しても、すべてを避けることはできない。家族を修復し、人生を取り戻すには、やはりシスマが必要だった。

それにしてもエレベーターが遅い。左手首に目を落とし、どこかで腕時計を失くしたのを思い出す。ポケットからスマホを出そうとしたところで、ようやく壁のライトが灯った。

「大変お待たせしました」

扉が開くなり、スリーピースに蝶《ちょう》ネクタイの男が恭しく会釈する。

メリックタワー戊庭台の二十五階の一室では、毎夜、高レートのポーカーやバカラ、クラップスなどが行われている。蝶ネクタイの男は闇カジノ〈２５１０〉のフロアマンだった。

「象山様ですね。お久しぶりです。どうぞこちらへ」

　エレベーターの扉を押さえ、中へ手を向ける。

「今日は遊びにきたんじゃない」

「え？」

「元子役の男に用がある。呼んできてくれないか」

「エデンさんですか」男は迷惑がることもなく答える。「残念ながら、うちにはしばらく見えてませんね」

　気づかれないように舌を打った。エデンはやたらとバカラが得意で、よく薬で稼いだ金を突っ込んではゼロを何個も増やしていた。ここにもいないとなると、いったいどこで何をしているのか。

「思い当たる行き先はないか」

「どうでしょう——」

　男は蟀谷《こめかみ》を押さえた。

〈２５１０〉のスタッフが自分を無下にできないのには理由がある。

　象山はこれまで二十人以上の同僚に〈２５１０〉を紹介してきた。闇カジノにとって、うぶな医者ほどうまい客はない。種銭は十分だし、社会的な信用を失ってはまずいから、警察に店を売ることもない。何より彼らは、どんな人間よりも自分の才能を信じている。

　医者の大半は小中高から医学部、そして医師国家試験に合格するまで、狭い一本道での成功体験を重ねている。彼らは自分が優秀であることを疑わない。そんな人間が一度か二度、カジノで運の良い勝ち方をすると、それを自分の才能が発揮された結果と思い込む。そしてカジノにのめり込み、やがて〈２５１０〉の売上に大きく貢献することになるのだ。

「エデンさんのビジネスは順調に見えました。自分から青葉市を離れたとは思えません」

フロアマンの男は蜂谷から指を離し、残念そうに言った。

「となると考えられる理由は一つでしょう」

見込みのない患者に病状を告げる医師のように、

「本職の方たちに目を付けられて、お灸《きゅう》を据えられたんじゃないでしょうか」

１　幸せ者

十月十一日、日曜日。——分岐から四十二日。

県道沿いのショッピングモール、バッズの国際物産フェアで買った北京ダックに齧《かじ》りつこうとしたところで、テーブルのスマホが震えた。薄皮に豆板醤《トウバンジャン》を塗っていた舞冬が手を拭いて立ち上がり、スマホを持ってリビングを出て行く。

「もしもし？」

季々が「まったく」と鼻息を吐く。彩夏は録画した『殺人メシ』を見ながら薄皮に胡瓜《きゅうり》を押し込んでいる。

「待って。予定は空いてるけどさ。春は大丈夫なの？」

テレビを見るふりをしながら、廊下から洩《も》れる声に耳をそばだてた。舞冬に電話をかけてきたのは恋人の春らしい。

九月五日、舞冬の誕生日に意識を取り戻した春は、その後も順調に回復し、翌週の九月十一日にリハビリを終え退院した。象山が期待したような記憶の欠落はなく、後遺症も見つかっていない。

「そりゃただで温泉入れるのは嬉しいけど。予約する前に相談してよ」

舞冬の声が大きくなる。彩夏が廊下のほうを見た。「また喧嘩《けんか》？」

象山もこの数週間、舞冬が恋人と口論する声をたびたび耳にしていた。

病気や怪我がきっかけで態度が横柄になる人間というのは珍しくない。自分は気の毒な目に遭っている、優しくされて当然だという思いが、普段は抑え込んでいる傲慢《ごうまん》さを露《あら》わにしてしまうのだ。ましてやあの浅はかな男のこと。入院中、舞冬が献身的に面倒を見たものだから、ぞんざいに扱っても構わないと呆《あき》れた勘違いをしたのだろう。

「いや、日帰りだからとかじゃなくて」

「死ね、ヨネジロー！」

テレビでは鯊田アンホ演じるシリアルキラーが刑事の喉に饅頭《まんじゅう》を押し込もうとしていた。やたらと不気味なＢＧＭ——コントラバスの不協和音が流れる。

「わたし、アカダマのerimin なんだよ。春みたいに毎日暇なわけないじゃん」

とうとう舞冬が怒鳴った。

食卓の雰囲気は台なしだったが、象山は内心、安堵《あんど》していた。

改めて恋人を紹介したいと言われたらどうしようかと思っていたが、この様子ならもう二人は長くないだろう。

「お姉ちゃんも大変だねえ」

彩夏は気の抜けた声を出すと、カルシウム拮抗《きっこう》薬を口へ放り込んだ。

2　修復者

十一月二日、月曜日。——分岐から六十四日。

「大学生の男が失踪《しっそう》してね」

売店のコーヒーに口を付けようとしたところで、芋窪刑事が切り出した。

「前に付き合ってたって女に会ってぶったまげたよ。あのアカダマのボーカルってだけでも度肝を抜かれたのに、よく聞きゃ随分馴染《なじ》みのある苗字《みょうじ》じゃねえか」

第三病棟の屋上に無神経な胴間声が響く。誰かに聞かれていないかと不安になったが、二人の他に人影はない。小心者の理事長の判断で、三年前から患者の屋上への出入りは禁じられている。

「おたくの長女の元彼はどこへ消えたのか。思い当たる節はねえか？」

象山は木陰の手すりにもたれると、

「ありますよ」逡巡《しゅんじゅん》しているふうにゆっくりと息を吐いた。「春くんはやくざに攫《さら》われたんでしょう」

風が止《や》み、シイのざわめきが消える。

「やくざ」芋窪が声を硬くした。「女にでも手を出したのか」

象山は一拍、声を詰まらせて、

「舞冬に話を聞いたということは、わたしが家族と別居していることもご存じですね」

「ああ。まあな」

「でしたら話は早い。結論から言うと、あの男が手を出したのは女じゃない。薬です」

コーヒーで喉を湿らせ、街に目を向ける。県道に沿って背の低いビルが並んでいる。

「二カ月ほど前、バッズの裏の路地で彼と会いました。彼はガールズクラブを叩《たた》き出されたところでした。わたしは一目で彼がアンフェタミンの常習者だと気づきました」

雲が太陽を覆う。木陰がさらに暗くなる。

「所持していれば通報しようと思い手荷物を探ってみると、財布に学生証が入っていました。そこになぜか、聞き覚えのある名前が書かれています。わたしはその男が、翌日、挨拶《あいさつ》に来る予定だった長女の交際相手であることに気づきました」

はは、と芋窪が煙を吐き出す。「そらご愁傷様」

「わたしが立ち尽くしていると、店からガラの悪い男が出てきました。彼は店の代金を払っていなかったんです。わたしはとっさに彼の腕を引き、すぐ近くのホテル——ガネーシャに連れ込みました」

「変な部屋ばかり揃えてるホテルか」街のその辺りを見ながら、「よく変態が死ぬ」

象山は頷いた。

「わたしの考えたことは一つだけ。どうすれば娘を傷つけずに済むか、ということです。わたしは彼を叱り、薬物依存症外来を受診すると約束させて、店に支払う金を渡しました」

「先生も人の親だな」

芋窪が苦笑する。

「でも、翌日、家へ挨拶に来た春くんは、わたしとの約束をまったく覚えていませんでした。おまけにアンフェタミンの作用で記憶が混濁していたんでしょう。わたしとガネーシャに入ったこと、そこで金をもらったことを繋《つな》ぎ合わせ、あろうことかわたしに身体を売ったと言い始めたんです」

芋窪は咳《せ》き込み、脂《やに》臭い息を吐いた。「そいつは災難だ」

「わたしのやったことは間違いでした」

シイの幹の近く、影の濃いところへさりげなく移動する。左手で側頭部を押さえ、精一杯、無念さを表現する。

「わたしの渡したはした金はすぐになくなったでしょう。そして彼は首が回らなくなった」

頭を起こし、海のほうに目を向ける。

「今ごろどこかの劣悪な工場で働かされてるか、臓器を取られて青葉湾にでも沈められているでしょうね」

0　逃亡者

十一月二十日、金曜日。——分岐から八十二日。

アルミ製のゴミ入れの蓋《ふた》を開けると、パイナップルをタレに漬けたような悪臭が鼻を抉《えぐ》った。

象山は小雨の舞う中、神霧山キャンプランドのゴミ置き場を訪れていた。空き瓶に空き缶、スナック菓子の袋、鶏《とり》の骨、サンマの頭、トウモロコシの芯《しん》、ニンジンのヘタ、その他大小さまざまなゴミの詰まった袋から、食べられそうなものを取り出していく。

三日前に来たときよりも日持ちのしそうな菓子が多い。食いでのありそうなものを選んでアウトドアバッグに詰め込み、ジッパーを閉める。ゴミ入れの横に週刊誌が落ちていたので、ついでに脇のポケットに入れておいた。

「脳天爆発、コカコカライム。試供品お配りしてまーす」

キャンプ場を出ようとしたところで、入り口のほうから舌っ足らずな声が聞こえた。ライムグリーンのレインコートを着た女が二人、道を通る人に瓶を配っている。

ふいに喉の渇きが込み上げた。もう二カ月は酒を飲んでいない。毎日のように酒の入っていた瓶や缶を漁《あさ》っているにもかかわらずだ。

アルバイトの姉ちゃんに顔を見られたところで、通報される心配はまずないだろう。象山は吸い寄せられるようにライムグリーンのテントに近寄った。レインコートを着た女がにっこり笑い、「どうぞ」と冷えた瓶を差し出す。フードのサイズが合っていないのか、ぶっとく引いたアイラインが半分くらい雨に流されていた。

ブナ林を抜け、放棄された畑の畦道《あぜみち》を進む。頭上まで伸びたススキを掻《か》き分けた先に、寂れた小屋が現れる。

警察に手配されている以上、大食の自宅には帰れない。妄鳴山の不死館も元は父さんの別荘だから、いつ見つかってもおかしくない。ねぐらを失った象山は、神々精市内の空き家を転々とした挙句、一週間前からこの廃屋に身を潜めていた。

引き戸を開け、玄関の框《かまち》に尻《しり》をつく。瓶の蓋を外し、コカコカライムを喉へ流し込んだ。うまい。これまでに飲んだどんな酒よりもアルコールが身に沁《し》みる。なんだか分からない香料の香りまで上質なものに思えてくるからおかしい。脳天爆発とはこのことか。
　上機嫌のまま壁にもたれ、ゴミ入れで拾った週刊　袋叩《ふくろだたき》を斜め読みした。ぱらぱらと三面記事を捲《めく》って、ふと手が止まる。

アカダマ・erimin の父親が強姦容疑で指名手配されていた！

ドラマ『殺人メシ』の主題歌『魔法のきのこ』でブレイク中の音楽ユニット、アカダマ。待望の初ライブツアーもスタートし全国各地のアカちゃん（アカダマのファン）を熱狂させているが、そんなアカダマのボーカル・erimin（本名非公開）の父親が強制性交の疑いで県警に指名手配されていたことが本誌の取材で明らかになった。

erimin の父S氏は今年八月の事件発覚後に失踪し、現在も逃亡を続けている。詳しい被害の内容は明らかにされておらず、所属事務所のライヒプロモーションにも取材を申し込んだが回答はなかった。同社はコカインベビーズのボーカルの三紀夫が自殺した際、強引な情報工作を行ったことでも知られる。今後の対応に注目だ。

　象山は世界に見捨てられたような気分で記事を読み終えた。
　なぜこんなことになってしまったのか。
　シスマによって分岐した象山たちのうち、一人は家族との暮らしを守り、もう一人もそれを取り戻そうとしている。そんな中で自分は何をしているのか。なぜ警察に追われ、日本中の晒《さら》し者にされなければならないのか。

雑誌を土間に投げ捨てる。柱に立てかけてあった案山子《かかし》が音を立てて倒れた。以前は畑の物置きとして使われていたのだろう、納戸には一輪車や耕耘機《こううんき》が置いてあった。

コカコカライムを一息に飲み干す。どこからかあどけない笑い声が聞こえた。案山子が笑ったのか。もちろん違う。近くで子どもが遊んでいるのだろう。どうやらこの辺りも子どもの遊び場になっているようだ。ちょうどいい空き家を見つけたと思っていたが、長くは住めそうにない。

「糞《くそ》っ」

象山は新聞紙の詰まった案山子の頭を蹴《け》り飛ばした。

1　幸せ者

一月三日、日曜日。――分岐から百二十六日。

「四月四日の午後って空いてます？　ツアーファイナルの翌日、新生コカインベビーズから自主イベントの打診が来てます。受ける場合はオープニングアクトになりますね」

「あー。いちおう予定あるんですけど、空けましょうか」

「いえ、そちらを優先してください」

「いいんですか？」

「舞冬さんは erimin である前に、二十歳になったばかりの大学生です。プライベートも大事にしてください」

タレントとマネージャーの会話を盗み聞きしながら週刊誌の与太記事を斜め読みしていると、ムイが引き戸を開けてリビングに顔を出した。

「皆さん、四月三日のツアーファイナルはお越しになりますか。シークレットゲストも登場しますよ」

「ゲスト？」彩夏が弾《はじ》かれたようにスマホから顔を上げた。「もしかして――」

「アカダマが主題歌を担当したドラマ『殺人メシ』で主演を務めた、俳優の鯊田アンホさんです」

彩夏は椅子から転げ落ちた。

「行く行く行く。絶対行く」

「春休みは病院の食堂でバイトするんじゃなかったのか」

「それどころじゃないよ。アンちゃんはパルパラの透明探偵の声もやってるからね。絶対行く。首になっても行く」

「それじゃわたしも行こうかな。季々は？」

スマホでメールを打っていた季々はカレンダーのアプリを開き、「あ」と指を止めた。「その日、『マルチなマルチ』の同窓会だ」

「途中で抜けたりできないの？」

「無理。あの人たち、全然帰してくんないから」憂鬱《ゆううつ》そうに肩を落として、「晴太さんと彩夏で行ってきて」

「じゃあ二人分、関係者席を押さえますね」

彩夏がガッツポーズをする。舞冬は呆れたように笑いながら、「感謝しなさいよ」

象山は一人、平穏な日々の尊さを噛み締めていた。

懸念があるとすれば、舞冬がまだ恋人と別れていないことくらいか。とはいえ最近は電話のやり取りを耳にすることもすっかりなくなっていた。あとはタイミングの問題だろう。

何もかも順調だ――思わず口元が緩んだところで、ふと胸騒ぎがよぎる。

こんなときこそ、何か大きなしっぺ返しが待ち受けているのではないか。数カ月ぶりにそんな思いが膨らむ。

これが杞憂《きゆう》と切り捨てられないことは、自分以外の象山たちのことを思い出せば明らかだった。一人は警察に手配され逃亡の身。もう一人は家族を取り戻しつつあるものの、そのために多大な苦労を重ねている。

たった一つでも小さな亀裂《きれつ》を見逃せば、自分も彼らのような状況に陥りかねない。幸い自分はまだシスマを一つ持っているが、それを使ったところで時間遡行《そこう》できる確率は五十パーセント。頼みのエデンの行方も分かっていない。

考えうるリスクをすべて潰《つぶ》しておく。できることは他にない。

象山は近いうちに不死館へ足を運ぼうと決めた。

0　逃亡者

一月八日、金曜日。――分岐から百三十一日。

冷え切った風がマンションのフェンスを鳴らしている。日が傾くにつれ、風の勢いが増していた。

早く寝床を見つけないと、今日もブナ林で夜を明かすことになる。

鼻を啜《すす》り、肩を縮めて歩きながら、左右に並んだ家を眺めた。土壁が崩れ、木舞が露出した平屋に目が留まる。空き家かと期待したが、室外機のファンが回っていた。思わず舌を打ちそうになる。

ふと顔を上げると、マンションの向こうに神々精医科大学附属病院の三つの病棟が見えた。第三病棟の屋上でシイが激しく揺れている。今日の寝床を見つけられないまま、とうとうかつての職場の近くまで来てしまったらしい。

踵《きびす》を返そうとして、歩道を歩いてくる人影に気づいた。

ふいに鼓動が速くなる。キャップの鍔《つば》を下げ、ウィンドブレーカーの襟で口元を隠す。

その少女は彩夏とよく似ていた。

制服は明らかに神々精国際高校のものだ。手にしたスマホのカバーには見覚えのある包帯の男——透明探偵が描かれている。体形が少し変わった気もするが、背丈と髪型はそっくりだ。

顔を逸《そ》らして少女とすれ違った直後、キャップの鍔を持ち上げて後ろを振り返った。

幻覚ではない。やはり彩夏だった。神々精医科大病院から出て来たようだが、新しいバイトを始めたのだろうか。

ふと、それまで思いもよらなかった考えが浮かんだ。

空き家を転々とするばかりでは埒《らち》が明かない。今やるべきは、この状況を変えること。逃げ回るのをやめ、攻撃に転じることだ。

そのためには、あの男の助けが要る。

象山はキャップを被《かぶ》り直し、神々精医科大病院の病棟を見上げた。

2　修復者

三月八日、月曜日。——分岐から百九十日。

象山はついに、騒がしくも愛《いと》おしい、忙《せわ》しなくも充実した家族との朝を取り戻した。

「ねえ、晴太さん」

久しぶりの大きなベッドでよく眠れなかったという季々が、どこか緊張した様子でコーヒーカップを運んでくる。いつもは炭酸水ばかり飲んでいるくせに、何をしゃれこんだのかブランデーまで垂らしていた。相変わらず頬は削げ、眼窩も窪んだままだが、顔色が明るく見えるのは化粧のせいだけではないだろう。

「ねえ。どうしてすぐ本当のこと言ってくれなかったの」

ティースプーンでコーヒーを掻き混ぜながら言う。春が家にやってきたあの日のことだろう。もちろん答えは用意してあった。

「舞冬を守りたかったんだよ」

両手で包むようにカップを受け取り、ため息交じりに言う。

「季々たちの思い込みを解くには、あの男が薬物依存症であることを明かす必要があった。そんな男と付き合っていたことが世間に知れれば、eriminはたちまちワイドショーの餌食《えじき》だ。そうならないようムイさんが手を打ったとしても、舞冬はこれからずっと、後ろめたさを抱えて活動していくことになる。あの子のこれまでの努力を思うと、どうしても本当のことは言えなかった」

廊下から服の擦れる音が聞こえた。舞冬が耳をそばだてていたのだろう。

「今は後悔してるよ。あの子はそんなに弱くない。わたしは自分の娘を見くびっていた」

季々はティースプーンを置くと、ハンドバッグを取り、中から見覚えのある紙を出した。

「サインしないでくれてよかった」

そう言って離婚届を破り、屑《くず》入れに捨てる。

言うまでもなく、季々に言ったことはすべてでたらめだった。数カ月前、第三病棟の屋上で芋窪に言ったことも同じ。そもそも春は薬物依存症ではないし、攫ったのはやくざではなく象山だ。春の口を塞《ふさ》ぎ、一連の出来事は娘をこの男から守るための芝居だったことにする。エデンが見つからないまま敢行した失敗の許されない計画だったが、何もかも思い通りに進んだ。

季々がカップを手に取る。息を吹きかけてからコーヒーに口を付けたところで、スマホが震えた。ディスプレイを見て、「あっ」と叫ぶ。「やばい。時間忘れてた」口紅の付いたカップが倒れ、コーヒーがシャツワンピースの下腹部の辺りを濡《ぬ》らす。「熱っ！」季々が椅子から跳ね上がる。

象山は思わず笑い出しそうになり、慌てて唇を嚙んだ。

やはり象山家の朝はこうでなければ。

季々がシャツワンピースを脱ぎながら洗面所へ駆け込む。引き戸が閉まろうとしたところで、舞冬がリビングに滑り込んできた。

「ねえ、お父さん。聞きたいことあるんだけど」

さっきまで季々のいた椅子に座り、なぜか声を潜めて言う。

「どうした？」

布巾《ふきん》でコーヒーを拭きながら問い返す。

「お父さんが春と会ったときのことだけどさ。お父さん、街中で見かけた若い男の学生証を見て、それがわたしの彼氏だって気づいたんだよね」

「ああ、そうだよ」

家族にも、第三病棟の屋上で芋窪にしたのと同じ説明をしてあった。

「それ、おかしいと思うよ」舞冬はひそひそ話をするように身を乗り出す。「だってその日、春は学生証を持ってなかったんだから」

何？

「わたしが持ってたの」

舞冬はスウェットパンツのポケットから学生証を出した。東北経済大学、メディアコミュニケーション学部。写真には舞冬が写っているのに、その右の欄になぜか春の名前が書いてあった。

「春が台湾ビールが好きだって話、覚えてるよね。神々精のバッズにしか台湾ビールのショップがないから、よくわたしが買ってってたことも」

もちろん覚えている。春がやってくる前日、象山もわざわざバッズへ台湾ビールを買いに行ったのだ。

「でもあの頃、わたしまだ十九だったじゃん。店員さんに身分証出せって言われたら困るでしょ？だからわたし、春の学生証預かってたの」

よく見ると舞冬の顔写真はシールだった。春の写真の上にシールを貼って、自分の学生証に見せかけていたのだ。氏名は加賀美春だから、女性でも違和感はない。区切る位置によって意味が変わる——これもぎなた読みか。

「お父さんが会ったとき、春が自分の学生証を持ってたはずはない。それを見てわたしの彼氏だと気づいたっていうのは嘘だよね」

舞冬の言う通りだ。あのとき春が持っていた学生証は陽川日向なる専門学校生のものだった。

「本当のこと教えてよ。お母さんにも彩夏にも言わないからさ」

舞冬が囁《ささや》く。暗い洞《うろ》から響いてくるような声だった。

「あの日、春と何したの？」

0　逃亡者

三月十六日、火曜日。——分岐から百九十八日。

通行人に見られないように傘で顔を隠しながら、インターホンのボタンを押した。

雨染みの浮いたアルミドアの向こうから、ピンポーン、とチャイムが響く。そそっかしい足音に続いて、ガチャ、と錠が外れる。

「象山先生？」

アイドル顔負けの色男が、ぱっちりした目をさらにでかくして、象山の頭から爪先《つまさき》までを舐《な》めるように見回した。「なんで？」と癖毛を掻き回す仕草も相変わらず様になっている。

「お元気ではなさそうですね。お茶でも飲みますか。お〜いお茶ですけど」

裏島一年は猫でも踏んだように「あ」と目玉を裏返らせた。

「テレビで見たんですけど、先生って erimin ちゃんのお父さんなんですか？　しかも警察に追われてるとか。そりゃお元気なわけありませんね。でも大変だったのは先生だけじゃない。ぼくもです。新しい先生はぼくの言うことを全然信じてくれないんですよ。あれは藪《やぶ》。大藪です」

思い切り下顎《したあご》を突き出す。ハタハタ顔が懐かしい。

「お茶、ください」象山は相手の半分ほどの声量で言った。「それと、もう一つお願いがあります」

「先生が、ぼくに？」

ゆっくりと頷く。

「実はわたしも悪魔に狙われてるみたいなんです」

あああ、と唸《うな》りながらくるりと一回転して、裏島は頭を抱えた。

「なんてことだ。ついに先生まで」

「だからお願いです。わたしを匿《かくま》ってもらえませんか」

妄想症の男は、いやいや、とパーカーの袖《そで》を振る。

「ぼく、何もできませんよ」

「中に入れてもらえるだけでいいんです。悪魔が現れたら自分で身を守りますから」

答えを待たずに玄関に身を差し入れる。

どうしてこんなに打ってつけの潜伏先があることを忘れていたのだろう。ここなら万一、人に見られてもすぐに身を隠せる。

「ほら。裏島さんの部屋の床下には、絶好の隠れ場所があるでしょう？」

1　幸せ者

三月十九日、金曜日。——分岐から二百一日。

ずるずると懸案事項を先延ばしにしていたが、いい加減、片を付けねばならない。象山は腹を決め、妄鳴山の不死館を訪れた。

エレベーターで地下室へ下りる。扉が開いた瞬間、

「死ねっ」

乳を揺らしながらペペ子が突進してきた。

これは話が早い。象山が手に持っていたメスを前に向けると、ペペ子は自分からそこに突っ込んだ。痣《あざ》だらけの下腹部に生えたグリップを見て「何だこりゃあ」と屁《へ》をこく。

「お前はわたしの人生のリスクだ。だから消えてもらうことにした」

ペペ子が涎《よだれ》を垂らし、両手でグリップを摑《つか》んだ。象山は首を振る。

「抜いたら血が噴き出るぞ。どうせ死ぬんだ。きれいに死ね」

「嫌だ」涎が左右に散った。「きったなく死んでやる」

叫びながらメスを抜いた。じょろりとウーロン茶のような液体が垂れる。メスが刺さっていたのは膀胱《ぼうこう》だった。

「本当に汚いな」

象山は腹を蹴ってペペ子を倒し、小便まみれのメスを喉に刺した。

×　×　×

象山が現れるのを待っていたのだろう。棺桶《かんおけ》の中で目を覚ますなり、別の象山が胸倉を摑んで言った。

「きみがペペ子を殺したのか」

「質問に答えろ。幸せ者《ラッキー》、きみがやったのか」

「寝たばかりなんだ。でかい声を出すなよ」

突然の顰《しか》めっ面に戸惑いながら、ゆっくりと身体を起こす。

幸せ者というのは象山の渾名《あだな》だ。毎晩顔を合わせるのにいつまでも1だの2だのと呼んでいては味気ないので、半月前に渾名を決めた。幸運にも一度目のシスマで時間遡行に成功し、まだ二つ目を残していることが渾名の由来だった。

「こっちは待ちくたびれてるんだ。早く答えろ。きみがペペ子を殺したのか？」

さっきから犬のように喚いているのは修復者《リペア》だ。二度目のシスマで時間を遡《さかのぼ》ったものの、首吊《くびつ》りに失敗して床に伸びていたせいでそれを棒に振った、象山2。初めにこの地下室で顔を合わせたときはワインレッドのナイトウェアを着ていた、あいつだ。家族を修復するため、エデンを捜し回ったり春を攫ったりとあらゆる手を尽くしていることが渾名の由来だった。

修復者は三月に入ってから虫の居所が悪かった。春が薬物依存症だったというでたらめな説明で芋窪を騙し、季々の信頼を取り戻したところまでは良かったのだが、家族との同居を再開した矢先、舞冬に嘘を見抜かれていたことが発覚したのだ。

「確かにわたしはペペ子を殺した。だからどうした？」

自分の人生が上手《うま》く行かないからといって八つ当たりされても困る。象山は棺桶から立ち上がり、しっし、と手を振った。蓋を閉め、そこに腰を下ろそうとしたところでふと違和感に気づく。

「待て。どうして知ってるんだ？」

象山はまだ昨日の出来事を彼らに明かしていない。なぜ修復者がこちらの時間の出来事を知っているのか。

「こっちのペペ子も死んだんだよ」

数秒間、その言葉の意味が理解できなかった。

「仕事終わりに不死館へ行ったら、ペペ子が地下室で死んでいた。頸部《けいぶ》と下腹部に刺し傷があって、下腹部のほうからは小便が洩れていた。でも刃物は見当たらない。もちろん部外者が不死館に立ち入った形跡もない。

死体を観察してみると、二つの傷の形状がわたしが人を殺すのに使っているメスの刃と一致していた。ペペ子を殺したのはどうやらわたしらしい。でもこのわたしはペペ子を殺していない。ならば考えられる可能性は一つしかない」

修復者の声が低く、険しくなる。

「わたし以外の象山晴太がペペ子を殺した」

この七カ月、三人の象山はそれぞれの時間を歩んできた。三つの時間は独立しており、互いに影響を及ぼすことはない——そう思っていたのだが。

「ある時間で人が死ぬと、別の時間でも同じ死因で人が死ぬ。ゆえにきみが自分の時間のペペ子を殺したことで、わたしの時間のペペ子も死ぬことになった。これが合理的に導かれる結論だ」

この世界は複数の可能性が重なり合った状態で存在している。世界が一つに収縮するのは、誰かがそれを観測したときだけ。ゆえに三つの意識がそれぞれ世界を観測すれば、世界は三通りに収縮することになる。

とはいえ厳密に言えば、象山の三つの意識は完全に独立しているわけではない。一つの脳の中で重なり合ったような状態で存在していると考えられる。ゆえに一つの時間で人が死ねば、重なり合った他の時間にもその死が波及してしまう、ということだろう。

「なぜペペ子を殺した？」

修復者が象山に詰め寄る。

「リスクを減らすためだよ。ペペ子はわたしの素顔を知ってるし、過去にも地下室から逃亡を試みていた。きみたちのような目に遭わないため、殺しておくべきと判断した」

修復者はしばし象山を睨《にら》んだ後、天窓を見上げ、長々しく息を吐き出した。

「覆水盆に返らずだ。起きてしまったことは仕方ない。だが今後は勝手な真似は控えてもらおう」

「人を殺すときはきみの許可を取ればいいのか？　次は産科の生田を殺そうと思ってるんだが」

たちまち修復者の鼻息が荒くなった。

「駄目に決まってるだろ。きみが生田を殺せば、わたしの時間でも生田が死ぬ」

「何が困るんだ」

「わたしは春を不死館に監禁している。きみにとって用なしでも、わたしはまだあの男に春の世話をさせる必要がある」

そういえばそうだった。春の口を塞ぐだけなら、さっさと殺してしまえばいい。わざわざ地下室に監禁しているのは、春を二代目の〝彩夏〟にするためだろう。

「そう言われてもな。こっちにはこっちの都合があるんだ」

「きみが生田を殺したら、わたしはきみに報復する」

「報復？」

「舞冬を殺す」

気づけば修復者の喉を摑んでいた。

この男はもう舞冬を愛していないのか。嘘を見抜かれたのも、もとを正せば自分の詰めの甘さのせいだというのに。

「おいおい、自分同士で喧嘩すんなよ」

いつの間にかギロチン台に寝そべっていた逃亡者《ラン》が、首をもたげて言った。

こちらは二度のシスマ注射で二度とも時間遡行に失敗した、象山0だ。初めに会ったときは酒の染みついたシャツを着ていたが、裏島一年の部屋に潜り込んでからはピンクのパーカーばかり着ている。強制性交の疑いをかけられ、数日前まで空き家を転々としていたのが渾名の由来だった。

「どうせ一緒にやってかなきゃならねえんだから。殴り合ってもくたびれるだけだぜ」

引っくり返したバケツに座り、草バットを取り出しながら偉そうなことを言う。身の安全を確保したことで不安から解放されたのか、このところの逃亡者はすっかり上機嫌になっていた。不満ばかり洩らしていた以前とは別人のようだ。

「家族に危害を加えるやつは殺す」象山は喉を摑んだ手に力を込めた。「たとえ自分だろうと殺す」

「よしてくれ。せっかくの草がまずくなるじゃねえか」

逃亡者が億劫《おっくう》そうに尻を上げ、二人の間に分け入った。象山の腕を押さえ、修復者から引き離す。

この男は地下室に現れるたび草バットを一つ吸う。夢の中の服装は就寝時のものが反映されるから、ポケットに草バットを忍ばせてベッドに入れば、夢の中でもそれを吸うことができるのだ。もちろん現実の草バットが減ることはない。

「一晩に一本きりの貴重な葉っぱだ。静かに吸わせてくれ」

草バットの先を交互に向けて言う。

象山も草バットを吸いたくなったが、あいにく持ち合わせがなかった。八月三十日にシスマを打って時間遡行した直後、どうやって春を追い返そうかと考えながら吸った二本が、ケースに残っていた最後の草バットだったのだ。その後、エデンが行方を晦《くら》ませてしまったため、新しい大麻も手に入れられないまま。一本でも残しておけば毎晩夢で吸えたのに——そう後悔しても後の祭りだった。

「でもまあ、幸せ者の気持ちも分かる。だからルールを決めよう」

逃亡者は陽気に言って、咽《む》せ込む修復者の鼻先に草バットを突き出した。

「こんなのはどうだ。ルール一。人を殺すときは、残りの二人にその必要性を十分に説明し、許可を得る。ルール二。一人から殺人の要望があったとき、残りの二人は自分の時間への影響を検討し、支障のない場合はそれを許可する」

「それじゃわたしが生田を殺したいと言っても、この男に却下されて終わりだろ」

象山が文句を言うと、

「最後まで聞け。大事なのは次だ。ルール三。もし誰かがこのルールを破り、残りの二人の許可を得ずに人を殺したときは、そいつの大切な人を一人殺す」

ぎし、とギロチンの刃を吊るした紐《ひも》が軋《きし》んだ。

「そんなこと、どうやって――」

「簡単さ。ルールを破ったやつの大切な人を、残りのどちらかが自分の時間で殺せばいい。時間を越えた連鎖現象によって、そいつはすべての時間で死ぬことになる」

なるほど、いかにも象山の考えそうなルールだった。自分たちは常に、別の自分の大切な人を殺すことができる。いわば人質を取り合っているような状況だ。それを殺人の抑止に利用するというわけである。

「殺すのに相応《ふさわ》しいのは、そいつにとって大切で、かつ他の二人はいつ死んでも構わないと思ってる人物だ。今のおれたちでいえば、幸せ者の人質は家族――とくに修復者が愛情をなくしちまった長女の舞冬。修復者の人質は産科の生田。おれの人質は妄想症の裏島かな」

草バットを象山に向けて、

「今回、幸せ者がペペ子を殺したことは不問にする。ただし続けて生田も殺すというなら、まずおれたち二人に理由を説明し、許可を請うこと。修復者が容認するとは思えないが、それでも殺したければ好きにすればいい。ただしそのときは、おれか修復者が舞冬を殺す」

どうだ？　と逃亡者が両手を広げる。

この人質ルールを受け入れれば、これまでのように自由に人を殺すことはできなくなる。だが何より重要なのは家族を守ることだ。死の連鎖現象が確認された以上、象山は修復者や逃亡者からも家族を守らなければならない。

人質ルールがあれば、彼らが無暗《むやみ》に家族を殺す可能性は低くなる。象山にとって、このルールを受け入れるメリットは小さくなかった。

それに——象山はほくそ笑む。

人を直接殺せないからといって、邪魔者を消す方法がなくなったわけではない。象山の頭には、自分で手を下さずに人を死なせる方法が浮かんでいた。

「いいだろう」

象山は逃亡者の手を握った。逃亡者が修復者を見て、顎で催促する。修復者は象山を睨《ね》めつけると、わざとらしくため息を吐き、「分かったよ」と二人の手を摑んだ。

「ではルール成立だ」

逃亡者は満足げにジッポーを取り出し、草バットに火を点《つ》けた。

五／発症

1

「たたた大変だ。ありえないことが起きた」

目を開くと、ふざけたピンクのパーカーを着た逃亡者が猛然と肩を揺すっていた。

棺桶《かんおけ》の縁を摑《つか》んで起き上がる。

「あれを見ろ」

逃亡者が震える指で部屋の端を指す。修復者も同じところを見つめている。

埃《ほこり》を被《かぶ》った木製の手術台。

そこに男がいた。

鼻と口を覆う人工呼吸器のマスク。腕には点滴針。それ以外の大半の部位が包帯に覆われている。

「どうなってるんだ」逃亡者が口をぱくぱくさせる。「なんでおれたちの夢に知らねえ男がいるんだ」

「落ち着けよ」

象山は一つ息を吐き、手術台の男に歩み寄った。ひゅう、ひゅう、と喘息《ぜんそく》患者のような息遣いが聞こえる。

「わたしたちの夢に入ってこれるのはわたしたちだけ。彼も同じだよ」

留め具を外し、顔の包帯を解《ほど》く。どうせ夢の中、現実には影響しない。テープごとガーゼを剝《は》がすと、右の瞼《まぶた》から頬にかけての肌が裂け、血と膿《うみ》の混じった汁が滲《にじ》み出ていた。

「ひでえな」

顔中のガーゼを剝がしていく。髪が剃《そ》られ、あちこちの皮膚が炎症を起こして膨れ上がっていたが、それでも自分と同じ象山晴太であることは辛うじて見て取れた。

逃亡者が顔を覗《のぞ》き込む。十秒ほど黙り込んだ後、

「つまりこういうことか」

象山を睨《にら》んだ。

「幸せ者——あんたはとうとう、二つ目のシスマを使った」

象山は頷《うなず》いた。

「やむをえない事情があってね」

× × ×

遡《さかのぼ》ること四日——三月二十三日、午後八時五十五分。
象山は仕事終わりに不死館を訪れた。

ロードバイクを降りたところで、ハンドルに取り付けたバックミラーに目が留まった。鏡に映った茂みに、木の板のようなものが隠れている。ススキを掻《か》き分けると、「転落注意」と書いた手製の看板が立っていた。

ブナ林を進んだところに犬死崖がある。父さんが気球から落下して重傷を負う前、まだ別荘に子どもたちを招待しようとしていた頃、崖《がけ》への注意を促す看板を作っていたのを思い出した。よもや自分がその崖から落ちて死ぬことになるとは、父さんも思っていなかっただろう。

みすぼらしい看板を引っこ抜いたところで、車の走行音が聞こえた。ダスクブルーのアルトが山道を登ってくる。バンパーがへこんでいるのは、象山が妄想症患者の裏島を撥《は》ねたときに使ったからだ。午後九時——象山の指示通りの時刻に、アルトは不死館の正面に停車した。

「こんにちは、生田です！」

朗らかな声とは裏腹に、生田の顔は真っ青だった。

「ちょうどいい。これを持て」

土まみれの看板を持たせる。親指の泥を拭《ぬぐ》い、扉のセンサーにかざす。

玄関ホールに入るなり、カサカサとゴキブリの足音が聞こえた。生田が不安そうに視線を泳がせる。

「きみには本当に感謝してる。わたしが幸せに暮らせてるのはきみのおかげだ」

象山はスツールに尻《しり》を置き、キングバットの小箱を取り出した。一つ咥《くわ》えて火を点《つ》ける。草バットを決めたいところだが、中身はあいにくただの煙草だ。

「そんな友人にこんなことを頼むのは胸が痛むんだが——」生田にも一本差し出しながら言った。

「そろそろ死んでくれないかな」

生田は煙草を摑み、すぐに落とした。「は？」

「できれば自分で死んでほしいんだ。きみはわたしのことを知り過ぎてる。わたしにとってきみはリスクだ。だから死んでほしい」

生田の抱えた「転落注意」の看板が震えた。「そ、そんなこと、急に言われても」

「何も崖から飛び降りろと言ってるわけじゃない。やり方は自分で決めて構わないよ。塩化カリウムで心不全に見せかければ保険も下りるんじゃないかな」

「嫌です」は、は、と犬のような息を吐いて、「死にたくありません」

「どうしてもか」

「どうしてもです」

「だったら仕方ないな」

象山は足先を走り抜けようとしたゴキブリを踏み潰《つぶ》した。

「本当はこんなことしたくないんだけど」

タブレットの電源を入れ、ドキュメントを開いて生田に見せる。

「きみが借金を返すために〝慈善《スイシャン》〟に売った赤ん坊の母親たちの住所だ。彼女たちにきみのやったことを知らせるお手紙を書こうと思う」

指でスクロールしながら言う。生田は看板を倒し、へなへなと床に尻をついた。

「きみは逮捕され、あらゆるメディアで顔と名前を報じられる。生田家の名は当然、地に落ちるだろう。きみに期待していた親戚《しんせき》の失望といったらないだろうね。きみは一族の汚点として、末代まで蔑《さげす》み、罵《ののし》られ続ける」

生田は、う、う、と唸《うな》りながら、看板に書かれた「転落」の文字を見つめた。やはりこの男、未《いま》だに親族の目を恐れているらしい。

「あと一週間待ってやる。家の名に泥を塗るか、潔く人生の幕を引くか。よく考えて決めることだ」

象山は腰を上げ、ゴキブリの臓物を床に擦《こす》りつけた。

× × ×

「無理やり自殺に追い込めば、人質ルールに触れずに人を死なせられると考えたのか」

逃亡者が堪《た》えかねたように舌を打った。

「お前、ろくな人間じゃねえな」

「後悔してるよ。もうこの手は使わない。そうでなきゃこうして手の内を明かすはずがないだろ？」

「急に殊勝なことを言いやがって」修復者が象山を一睨みして、手術台に目を落とす。「よほどひどい目に遭ったんだな」

象山は鏡の中の時間を三日進めた。

「これは昨日、三月二十六日の記憶だ。この日は家族とストリートキッチンＥＬＭのランチに行く約束をしていた。十一時に家を出ると、ガレージから突然、生田が飛び出してきた」

血相を変えた生田が、死ねっ、死ねっ、と叫びながら迫ってくる。舞冬の悲鳴。生田は和包丁で象山に切りかかると、倒れたところにのしかかって顔をめちゃくちゃに切りつけ、とどめとばかりに刃を胸に押し込んだ。

「包丁は肋骨《ろっこつ》の間から肺へ到達していた。死を覚悟したわたしは、１１９番通報する家族を横目に書斎へ駆け込み、金庫からシスマを取り出した。そして一緒に用意しておいた注射器でそれを打ち、気づいたときには寝室で天井のファンを見上げていた」

　鏡の中が切り替わる。象山は身体を起こしてスマホを見た。時刻は午前六時。

「悪運の強いやつめ」

　象山も思わず頷いた。二回連続で時間遡行《そこう》に成功するとは、自分は本当に運が良い。

「わたしは書斎の窓からガレージを見張り、生田が忍び込むところを撮影して警察を呼んだ。生田は銃刀法違反でしょっ引かれた。

　一方、運の悪かったほうのわたしは救急車で搬送され、辛くも一命を取り留めた。そして今も病院で治療を受けている。そうだろ？」

　象山が耳元で囁《ささや》くと、手術台の象山は薄く目を開き、マスクの中で小さく言った。「死ね」

「するとこの男は――象山３？」

「分岐した順に番号を振るなら、時間遡行で襲撃を回避したわたしが象山3。治療中の彼が象山1ということになる」

　修復者が小道具の木箱から鉛筆と紙を取り出し、新たな系統図を書いた。

「これで全員が二度ずつシスマを打ったわけだ。二つのシスマで分岐できる限りのわたしが揃ったわけだな」

「渾名《あだな》はどうする？」

「死にぞこない《ダイイング》しかねえだろ」

「それよりお前だよ」逃亡者が象山を睨んだ。「ろくでもねえ真似ばっかしやがって。もし死にぞこないが死んでたら、連鎖現象でおれたち全員死ぬところだったんだぞ」

「ああ。悪かった」

「問題は、どうやってこの手の不正を防ぐかだ。せっかくシンプルなルールを作ったのに、お前みたいなやつのせいでまたルールを増やさなきゃならなくなる」

「反省してる」

「だったら知恵を出せ。この中の誰かが、直接人を殺すんじゃなく、間接的に人を死に追い込むのを防ぐにはどうしたらいい？」

象山が答えるより早く、修復者が応じた。

「こうしよう。ルール四。我々の身近な人間が連鎖現象によって死んだときは、それが生じる原因となった時間のわたしが、その人物を死に追い込んだのではないことを証明しなければならない」

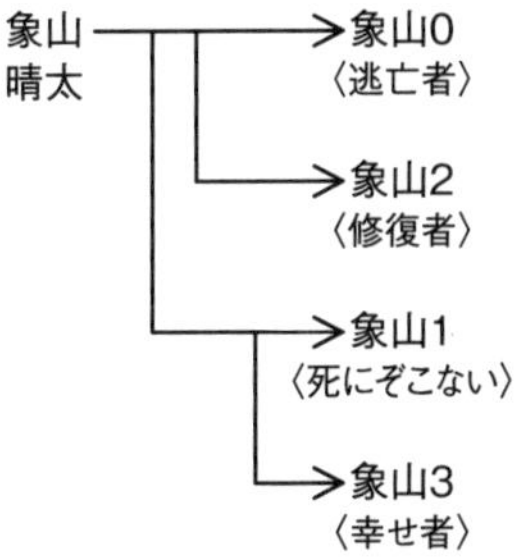

「それが生じる原因が――何だって？」

「今回のケースでいえば、仮に生田が高カリウム血症で死んだ場合、それが幸せ者の言動の結果ではないことを幸せ者自身が証明しなければならないってことだ。それができなければ人を殺した場合と同様、人質を殺すこととする」

　修復者が二人を見る。逃亡者は「なるほど」と腕を組む。

　この追加ルールが提案されることは予想していた。自分に拒む選択肢はない。追加ルールで逃亡者や修復者を縛っておかなければ、同じやり方で家族を殺されてしまうからだ。

「異論がないなら、ルール四も成立だな」

　逃亡者がギロチン台の前のバケツに腰を下ろし、いつものように草バットを咥える。修復者も電気椅子に戻り、背もたれに身体を預ける。どこか仕草がぎこちないのは、突然現れた四人目の象山――死にぞこないとの接し方を摑みかねているせいか。

　象山も棺桶に尻を置く。

　ひゅう、ひゅう。

　死にぞこないの苦しげな息遣いが耳に迫って聞こえた。

2

「産科医の生田って男。ありゃいったい何を考えてんだ？」

　屋上の手すりにもたれて、芋窪がぼやく。どこからか救急車のサイレンが響いていた。

「おたくの長女の恋人を襲った覆面野郎もあの男で間違いないと思うんだが、野郎、すっかり黙り込んじまってね。恨みがあんなら吐きゃいいのに、うんともすんとも言いやしねえ」

象山の報復を恐れているのだろう。赤ん坊の母親のリストを見せたのが効いているようだ。とはいえそんなことは声帯が捻《ね》じれても言えない。

「分かりませんね。ただ――」

象山は手すりから上半身を乗り出し、病棟の前の道路を見下ろした。救急車が速度を落とすことなく救命救急センターへ走っていく。

「わたしの妻は女優ですし、長女の歌手活動も軌道に乗っています。自分で言うのも何ですが、誰に妬《ねた》まれていても驚きませんよ」

芋窪はひどい渋っ面をして象山を見つめた後、手帳に「家族　妬み？」と書き殴った。ペンの頭で首を掻いてから、「そういや」と顔を上げる。

「ラジオで聞いたぜ。おたくの歌姫、青葉市でライブやんだろ？」

興味がないことをアピールするように、唇をへの字に曲げて言う。春が襲われた際の事情聴取で、舞冬は自分がアカダマのeriminであることを警察に打ち明けていた。

「ええ。明後日《あさって》、ツアーの最終公演があります。わたしも次女と見に行く予定です」

風がシイの枝を揺らし、賑《にぎ》やかな木漏れ日が足元を照らす。

「おかしいな。おれもうっかり包丁持って先生の家に乗り込みそうな気がしてきた」

芋窪は人気《ひとけ》のない広場を見回し、

「この幸せ者め」

どこかで聞いたようなことを言った。

年を跨《また》いで全国七カ所で開催されたアカダマのぶっとびトリップツアーは、四月三日、青葉市は一蛮町《いちばんちょう》の老舗ライブハウス、アシッドルームで最終公演を迎えた。

この日の彩夏はひどく浮足立っていた。開場二時間前の午後四時三十分に父親と青葉駅へ降り立つと、スマホでよくやっているゲーム――パルパルなんとかのコラボカフェで「魚人《ギル》探偵のイカ焼き」「巨人《ジャイアント》探偵のジャンボお好み焼き」「増殖《オルゴ》探偵の親子丼」「透明《インビジブル》探偵のバニラゼリータルト」をたいらげ、「吸血《バンプ》探偵のざくろクリームソーダ」を二杯飲み、「電気《エレクトロ》探偵の強炭酸コカコカライム」を注文しようとして「そちらはお酒になりますので」と店員を畏《かしこ》まらせた。

「せっかく鯊田アンホと会うのに、そんなに飲み食いして大丈夫なのか？」

「大丈夫。朝、スーパーヒョロリン飲んできたから」

もはや会話すら嚙み合わない。

はたして会場へ向かう頃には泣き出しそうな顔で「やばい」「死ぬかも」と連呼し始め、クリームソーダに覚醒剤《かくせいざい》でも入っていたのではないかと父親を不安にさせた。

午後七時十分。メンバーとともにアシッドルームのステージに現れた舞冬は、葬式帰りのような黒のフォーマルドレスに、大きなトマトのような形のヘルメットを被っていた。素肌が出ているのは口元だけ。古い映画のサイボーグのようだ。

さすがに視界が狭かったのか、舞冬は何度かステージから落ちそうになり、『ぶっとびシロップ』の演奏中にはギターのterumoと激突していたが、それでも最後まで透明な歌声を響かせ続けた。

アンコールで俳優の鯊田アンホが登場し、ドラマ主題歌の『魔法のきのこ』をデュエットで歌い上げると、千二百人のアカちゃんは「えりみーん」「アンちゃーん」と象山の耳がどうにかなりそうなほど絶叫した。

二時間弱のライブが終わると、象山と彩夏はスタッフの案内で控室を訪ねた。STAFF ONLY とプレートの貼られた扉を開けると、舞冬と鯊田アンホがポーズを変えながら写真を撮っていた。

「無理無理無理無理。死ぬ死ぬ死ぬ死ぬ」

今にも逃げ出しそうな彩夏を舞冬が「妹です」と紹介する。鯊田アンホは頬にえくぼを並べて「初めまして」と会釈する。彩夏は耳を真っ赤にしてバッズで買ったレモンバターケーキを差し出し、「ささささ差し入れ、よかったらどうぞ」

鯊田アンホが「どうもすみません」と手を合わせたところで、プロデューサー兼マネージャーのムイが部屋に入ってきた。

「象山さん、今日は楽しんでいただけましたか」

「お蔭様で」何を褒めようかと考えながら部屋を見回し、舞冬の被り物を手に取る。「まさか娘がトマトになってるとは思いませんでした」

遠目にはパーティーグッズのラバーマスクのように見えたが、実物は石膏《せっこう》でできていた。手作業で色を塗ったらしく、よく見るとむらが残っている。どうやら器用なプロデューサーのお手製らしい。

「なかなか良いでしょう。『魔法のきのこ』にちなんで、きのこの被り物を作ってみたんです」

トマトではなかった。

「アカダマの世界観によくマッチしてるって、関係者の間でも好評なんですよ」

ムイはにっこり笑って、誇らしげに舞冬を見た。舞冬は鯊田アンホにレモンバターケーキを勧めている。鯊田アンホはケーキを一口頬張って、「美味《おい》しいです。お二人も食べてください」彩夏が魂の抜けたような顔で、「はははは」

「三年前、ライヒプロモーションに転がり込んだときは、まさかこんな日が来るとは思っていませんでした」

はしゃぐ三人の姿に目尻を下げ、ムイがつぶやく。

「わたしのやってきたことは間違ってなかった。今回のツアーで、そんな確信が持てたような気がしています」

大食駅から自宅への帰り道、彩夏は数メートルおきにスマホで鯊田アンホとのツーショットを見返しては、はあん、と変なため息を吐いていた。

「わたし、アンちゃんに変なこと言ってなかったよね？」

彩夏の息が白く曇る。午後十時半を回った自然公園には、四月とは思えない冷たい風が吹いていた。

「アンちゃんはかっこいいし、バンドもイケてるし、きのこの被り物はちょっと変だったけど、お姉ちゃんの歌も上手《うま》かったし。わたし、罰当たんないか心配なんだけど」

当の舞冬たちは一蛮町のバーを貸し切って打ち上げをしている。帰りは明日になるらしい。

「去年から十分大変な目に遭ってきたじゃないか。まだお釣りが来てもおかしくないくらいだよ」

「あー、確かに」

彩夏が夜空を見上げる。

「よく考えたらやばいよね。変なフリージャーナリストに家を見張られたと思ったら、お姉ちゃんの彼氏が襲われて、挙句の果てに産科の先生が家に忍び込んでたんだから」

彩夏が指を折って言う。まったくその通りだ。

「でも全部吹っ飛んだ。もうお姉ちゃんに足向けて寝らんない」

はは、と笑ったところで、ふと何かが引っかかった。

気のせいだろうと思ったものの、考えるほどに違和感が大きくなる。ああ、そうだ――。

「変なフリージャーナリストに家を見張られた？」

言葉がこぼれた。

ヒノキに挟まれた小道で足を止める。

「それはどういう意味だ」

彩夏も足を止める。振り返った顔が引き攣《つ》っていた。歪《ゆが》んだ口元に、しまった、と書いてある。

「いや、なんか、そんなこともあったような気がして――」

フリージャーナリストの伊豆美崎――もとい和泉早希が象山の家を見張っていたのは事実だ。昨年の八月二十一日、あの女は家の前に黒のデリカを停め、家族が帰ってくるのを待っていた。

だが象山は彩夏にその話をしていない。家族を心配させたくない、という舞冬の意見に従ったからだ。もちろん舞冬がその話題を口にしたこともなかった。

なぜ、彩夏が和泉早希のことを知っていたのか。

あの車を目にした三人――象山、舞冬、ムイの中の誰かが教えていたことになる。

象山は当初、あの女の素性を知らなかった。彼女がフリーのジャーナリストだと分かったのは、偽の委任状を携えて自動車検査登録事務所へ行き、ナンバープレートの番号を照会した後だ。

でも彩夏はあの女がフリーのジャーナリストだと知っていた。彩夏にあの女のことを教えた人物は、彼女の素性を知っていたことになる。

和泉は芸能界の問題を専門に扱うジャーナリストだった。最近はとくにライヒプロモーション絡みの問題を取材していたという。ライヒプロモーションの社員なら、彼女が周囲を嗅《か》ぎ回っていることに気づいていてもおかしくない。

あの女のことを彩夏に教えたのは、ムイだ。

「お父さん、早く行こうよ――」

胸騒ぎが膨らんでいく。

ムイにとって、彩夏は担当タレントの妹に過ぎない。普通のマネージャーは、タレントが隠そうとしたことを妹に明かしたりしない。ムイと彩夏は、いつからか象山に明かせないような関係を築いていたのではないか。

「何考えてんのか知らないけど、絶対お父さんの思い過ごしだよ」

彩夏が声を上ずらせる。

本当だろうか？

つい数十秒前、彩夏はこんなことを言っていた。

――アンちゃんはかっこいいし、バンドもイケてるし、きのこの被り物はちょっと変だったけど、お姉ちゃんの歌も上手かったし――。

舞冬があの被り物を身に着けてステージに現れたとき、象山はそれがきのこをかたどったものとは思いもしなかった。終演後、ムイがモチーフを明かしたとき、彩夏は鯊田アンホを前に慌てふためいていて、とてもムイの話を聞いているようには見えなかった。

それなのに彩夏は、なぜあの被り物がきのこをかたどったものだと知っていたのか。

やはり思い過ごしではない。あの二人は象山の知らないところで、何らかの親密な関係を築いていたのだ。

ライヒプロモーションはこれまで数々の不祥事で世間を騒がせてきた。だがことアカダマのプロジェクトに関しては、有能なプロデューサーが目を光らせていたこともあり、過去にあったような問題は生じていない——象山はそう信じていた。

自分はとんでもない思い違いをしていたのではないか。

——ライヒプロモーションはこれまで多くの問題を起こしてきました。でもわたしは、それらはほんの氷山の一角に過ぎないのではないかと考えています。

和泉もそう口にしていたではないか。

彼女がとくにマークしていたのがムイだったとしたら。あの日、彼女が話を聞こうとしていたのが舞冬ではなく、彩夏だったとしたら——。

「ねえ、帰んないの？」

彩夏が寒さで赤くなった鼻を擦る。象山が口を開こうとすると、不自然に目を逸《そ》らした。必死に動揺を抑え込んでいるのが分かる。

ムイとの関係を質《ただ》すべきか。ここはいったんやり過ごし、外から堀を埋めるべきか。迷っている間に時間が過ぎていく。

「先帰るよ——」

そう言って象山に背を向ける。一陣の風が彩夏の髪を揺らした、そのとき。

パン、と音が鳴り、彩夏が消えた。

硬い物が顔にぶつかる。熱い液体が降り注ぐ。嘔吐《えず》きを誘う強烈な臭い。

右目を覆うようにこびりついた何かを剝がす。点滴バッグのような薄い袋に詰まった赤紫の組織。人間の腎臓《じんぞう》だった。顔からぽたぽた垂れているのは血の混じったどろどろの消化物だ。黒く焦げたイカの欠片《かけら》がぬるりと頰を滑り落ちていく。

彩夏の立っていたところを見て、目を疑った。抉《えぐ》れた膵臓《すいぞう》、小臼歯《しょうきゅうし》、腸管の切れ端、ミサンガ、潰れた右心房、三角筋付きの鎖骨、どこかの脳、下顎骨《かがくこつ》、肋骨の生えた胸骨、腸管の切れ端、スマートフォン、折れた橈骨《とうこつ》、長趾《ちょうし》伸筋付きの脛骨《けいこつ》、萎《しぼ》んだ膀胱《ぼうこう》、食道、手の親指、デニムの切れ端、指輪、頰の皮、舌、犬歯、腸管の切れ端、腓腹筋《ひふくきん》付きの腓骨、卵管の千切れた卵巣、足の小指、仙骨の砕けた骨盤——その他あらゆる人間の欠片が半径三メートルほどの範囲に飛散している。

何だこれは。

つい数秒前まで小さな唇を尖《とが》らせていた彩夏が、ばらばらになって公園の小道を赤黒く染めている。まるで爆発したかのように。

ふいに恐怖が込み上げた。腎臓を投げ捨て、向かいのヒノキ林に駆け込む。彩夏のいたところを横切ると、ぬちゃっ、と血が跳ねた。ヒノキの陰に身を隠し、おそるおそる辺りを見回す。

誰かが銃器で彩夏を撃ったのか。だが発砲音は聞こえなかったし、火薬の臭いもしない。だいいち、どこかから弾丸を撃ち込まれたのなら、肉や血もそれと同じ方向に飛散するはずだ。でも彩夏の欠片は円状に広がっている。彼女自身が爆発したとしか思えない。

人間の身体は勝手に爆発したりはしない。教科書でも症例データベースでもそんな話は見たことがない。

ミイラ取りがミイラに、精神科医が精神病に――そんな言葉が真実味を帯びる。自分は幻覚に囚《とら》われているのか？

「違う」

この奇っ怪な事態を合理的に説明しうる仮説が一つある。

彩夏はこの時間ではなく、他の時間で死んだのだ。

象山がメスでペペ子を刺し殺すと、他の時間のペペ子もメスで刺されたような傷ができて死んだ。同じことが彩夏にも起きたのだろう。

かつて父さんが不死館の地下室に運び込んだ奇術道具の中には、ショーに使う爆薬や、それを起爆させるための雷管や導火線があった。ペペ子を閉じ込めた際、別の部屋へ運んだが、探せばすぐに見つかるだろう。他の時間の象山があの爆薬で彩夏を爆破し、それがこちらの時間にも波及したのだ。

これは象山たちの定めた人質ルール――人を殺すときは残りの自分たちの許可を得ること――に反している。犯人を突き止め、人質を殺さなければならない。勝手に彩夏の命を奪ったのだから当然の報いだ。

だが今はそれどころではない。別の時間のことを考える前に、どうやってこの現実を切り抜けるかを考えなければならない。

頬に付いた液体を拭う。娘の血と消化物を浴びた姿を見られたら言い訳はできない。娘が突然爆発したと訴えても誰も信じないだろう。シスマはもう残っていないから、時間を遡って手を打つこともできない。

幸い、自然公園に人気《ひとけ》はなかった。舞冬の打ち上げは朝まで続くはずだし、季々も『マルチなマルチ』の同窓会はなかなか帰れないとぼやいていた。時間は十分ある。

肉と骨をビニール袋にまとめる。水を運び、地面を洗う。身体から血や消化物を洗い流し、肉と骨の入った袋を不死館へ運ぶ。

大丈夫。これまでも大勢の人間を殺し、死体を消し去ってきた。実の娘というだけでやることは変わらない。

ヒノキの陰からゆっくり顔を出したところで、甘酸っぱい匂いが鼻を突いた。黄色っぽいどろどろが目の前の幹を濡《ぬ》らしている。この匂いは、そう——彩夏が差し入れに持って行ったレモンバターケーキだ。

そんな黄色のどろどろと一緒に、潰れた腎臓が一つ、きのこのようにこびりついていた。

3

大食駅から電車の走る音が聞こえ始めた、午前五時過ぎ。

象山はマイスリーを飲んでベッドに横たわり、無理やり地下室を訪れた。

他の自分たちの時間でも彩夏が死んでいるはずだ。犯人はもう名乗り出たのか。よもや自分がいないのをいいことに欠席裁判が進められているのではないか。

　そんな想像を膨らませていたのだが、いざ棺桶から起き上がると、部屋にいたのはただ一人、手術台に横たわった死にぞこないだけだった。

　生田の襲撃から九日。顔のガーゼは半分ほどに減ったものの、敗血症による発熱が治まらないらしく、人工呼吸器のマスクも取り付けられたままだった。

　死にぞこないが彩夏を殺した可能性はあるか？　答えはノーだろう。

　人間を爆発させるのは簡単ではない。爆薬や起爆装置を手に入れた上、狙った場所に標的を誘《おび》き出し、あるいは標的を拘束した上で爆弾を取り付けて、それを起爆させる必要がある。自分と分岐して以降、病院を一歩も出られていない死にぞこないに、そんな機会があったとは思えない。

「きみは……幸せ者か」死にぞこないが首をもたげ、擦《かす》れた声でつぶやく。包帯から老人の下着のような臭いがした。「今日は誰も来ないのかと思ったよ。何かあったのか？」

　隠しても仕方ない。象山はライブの帰り道に彩夏が爆発したことを明かした。

「あ、彩夏が……？」

　さらに喉《のど》が嗄《か》れる。やはり何も知らず、昨日から病室のベッドで眠り続けていたようだ。

「誰が何のために彩夏を爆破するっていうんだ。からかってるならやめてくれ」

「からかってねえよ」

　ぶっきら棒に割って入ったのは逃亡者だった。ちょうど眠りに落ちたところらしく、隈《くま》の浮いた目で地下室を見回し、

「彩夏を吹っ飛ばしたのはお前か」

血の付いた指を象山に向けた。

「馬鹿言うな。わたしはきみたちと違って家族と円満に暮らしていた。娘を殺すはずがないだろ」

「御託はいい。証拠を見せろ」

逃亡者はにべもない。

象山は鏡のベールを剝がし、約六時間半前、夜の自然公園を歩いていたときの記憶を鏡に映した。

「先帰るよ」と象山に背を向けたところで、地雷でも踏んだように彩夏の身体が消える。

「見ての通り、わたしは彩夏に指一つ触れてない。散弾銃を撃ってもないし、娘の身体に爆弾を括《くく》りつけてもいない」

逃亡者は「そうだな」と頷き、手術台の死にぞこないに目を向けた。

死にぞこないは台に横たわったまま首をもたげ、鏡の中の出来事に息を呑《の》んでいた。

「さすがにこいつは無理か」

「そういうきみは自分が犯人でないことを証明できるのか？」

逃亡者に球を投げ返す。逃亡者は一瞬、眉間《みけん》を力ませた後、「当たり前だ」と鏡に記憶を映した。

「おれはいつも通り、裏島の住んでる東栄荘の部屋にいた。裏島がコンビニへ酒を買いに行った隙に、おれはやつのスマホで配信アプリのスナッチを開いた。タイミングのいいことに〈あやかやか〉がゲーム配信を始めたところだった」

鏡の中の逃亡者がスマホの左下をピンチアウトする。拡大された彩夏が「さ、やってきましょうか」とヘッドセットを着ける。

こちらの時間の彩夏はアカダマのツアーファイナルに呼ばれなかったらしい。象山の時間のムイが自分たちを招待したのは、象山の機嫌を取るためだったのだろう。逃亡者は警察に追われる身だし、彩夏一人を招待しても意味がない。

――今日の配信はちょっとだけです。

画面の中の彩夏が鼻声で言って、なぜか脚を持ち上げた。

――ぼーっとしてたらマンションの階段で転んじゃったんですよ。ほら。

膝小《ひざこ》僧《ぞう》をカメラに近づける。テープで貼りつけたガーゼが真っ赤に染まっていた。

――熱あるっぽいんで、風邪薬飲みますね。

彩夏は右手で透明探偵を走らせながら、左手で瓶の蓋《ふた》を開け、カプセル剤を三錠、口へ放り込む。

さすがに片手での操作は難しかったのか、画面の右横に「反応遅すぎ」「そっちじゃないよ」「こりゃだめだ」と辛辣《しんらつ》なコメントが並んだ。

「こんな雰囲気の彩夏、珍しいだろ。なかなか悪くないと思ったんだが、数分後に異変が起きた」

鏡の中の記憶が早回しになる。数分後の逃亡者は左手にスマホを持ち、右手で股間《こかん》をまさぐっていた。

――あ、またぼーっとしてた。やっぱ今日、駄目かも。

彩夏が目を擦った直後、パン、と聞き覚えのある音が鳴った。画面から彩夏が消える。カメラのレンズが赤く濁り、肉片らしい影がずるずる滑り落ちる。時刻は午後十時三十一分。こちらの彩夏が爆発した時刻と同じだ。

逃亡者が震える指で画面をピンチインすると、透明探偵が鼻の曲がった男に酒瓶で殴り倒されていた。You Dead と文字が浮かぶ。右横には「なにいまの」「ドッキリ？」「こわいこわい」とコメントが並ぶ。

「おれは裏島が帰ってくるのを待って、やつの原付で季々たちの住んでるマンション――シャイン醤窯へ向かった。足を運ぶのはもちろん初めてだ。錠を抉《こ》じ開けて中へ入ると、彩夏の部屋に肉やら骨やらが散乱していた」

鏡の中の場面が切り替わる。

逃亡者が扉を開けると、床にこびりついていた肉が押されてぬちゃぬちゃと音を立てた。自然公園のときと同様、彩夏のいたところから血や肉が円状に広がっている。ハイバックチェアが後ろに倒れ、髪と肉の絡みついたヘッドセットが転がっていた。スマホの画面の罅《ひび》が爆発の威力を示している。

「見ての通り。彩夏が爆発したとき、おれは十キロ離れた空躁の東栄荘にいた。おれに彩夏は殺せねえよ」

「現場が屋内なら、その場にいなくてもやり方はあるんじゃないか。時限式の爆破装置を椅子の背もたれに取り付けておくとか」

象山が思い付きを口にすると、

「だったら彩夏は背中からテーブルの方へ吹っ飛ぶはずだろ。見ての通り、彩夏の血は円状に広がってる。彩夏自身が爆発したとしか思えない」

逃亡者が即答した。すでに可能性を検討していたのだろう。

「そもそも部屋ん中で爆弾が爆発したんなら、どんなに損傷が激しくても導火線や雷管の破片が残るはずだ。隅々まで調べたが、そんなもんは見当たらなかった。何度見てもらっても構わねえが、この部屋に爆弾が使われた形跡はないぜ」

逃亡者の言う通り、鏡に映っているのは彩夏の血と肉と骨ばかり。この男は犯人ではありえない。すると残る一人が犯人ということになるが――。

「わたしでもないよ」

いつの間にか電気椅子に座っていた修復者が、興奮気味に言った。

「百歩譲って舞冬ならさておき、わたしを疑っていなかった彩夏を殺すはずがない」

「御託はいい。証拠を見せろ」

逃亡者が先ほどと同じことを言う。

修復者は「分かってる」と頷いて、鏡の中の記憶を切り替えた。

「爆発が起きたとき、わたしの時間の彩夏は神々精医科大病院の前の歩道にいた。春休みに短期で働いていた呼子鳥食堂の休憩室に荷物を取りに来ていたらしい」

こちらの彩夏もやはりアカダマのツアーファイナルには呼ばれなかったようだ。ムイから象山に打診があったのは一月の頭のこと。修復者はその頃、まだ家族と別居状態だった。そんな父親の機嫌を取る必要はない――ムイはそう判断したのだろう。

「わたしは週明けのカンファレンスの準備をしていた。九階の自販機で缶コーヒーを買って医局へ戻ろうとしたところで、長期入院中の患者の一人――夢沢文哉と鉢合わせしてね。彼女と話しながらふと窓を見ると、彩夏が病院を出て行くのが見えた」

鏡に第三病棟の廊下が映る。窓の向こうに制服姿の彩夏が見えた。横断歩道の信号が変わるのを待っているようだ。

「実はこの二人、ちょっとだけ仲良くなってたんだ。彩夏が呼子鳥食堂でバイトしてた頃、夢沢文哉が声をかけたらしい。つい数日前まで閉鎖病棟に入ってたんだけど、ずっと彩夏に会いたかったみたいで。彼女、彩夏に気づくなり走り出して行っちゃったんだ」

横断歩道を渡った彩夏を、病衣の文哉が呼び止める。二人は道路を挟んで言葉を交わした後、互いに手を振った。トラックが通り過ぎたところで、パン、と彩夏が消える。通りがかった自転車が倒れ、文哉が悲鳴を上げた。

「見ての通り、わたしのいた廊下からこの歩道までは直線距離でも五十メートルくらい離れてる。わたしは銃器を持ち歩いてないし、舗装された道に地雷を埋められるはずもない。わたしに彩夏は殺せないよ」

地下室が静まり返った。

四人の視線が交錯したが、誰からも言葉が出てこない。

「信じられないな」

修復者が小道具の木箱から鉛筆と紙を取り、素早く鉛筆を走らせる。くるりとこちらへ向けた紙には四人の状況がまとめてあった。

「人間は普通、爆発しない。この中の誰かが彩夏を爆破したのは明らかだ。それなのに、それができた者が見当たらない」

まるでゲームに出てくる〝見えない爆弾〟が使われたかのようだ。

「何か手があるんだろ」

「もちろんだ。犯人はわたしたちにばれずに人を殺す方法を見つけたことになる。これはまずいよ。犯人は人質ルールに縛られず、いつでも人を殺せてしまうんだから」

彩夏死亡時の状況

幸せ者	象山と彩夏はライブからの帰り道、 自然公園を一緒に歩いていた。 彩夏が小道を歩き出そうとしたところで爆発した。
修復者	象山は病院の廊下から彩夏を見ていた。 彩夏は病院内の食堂の休憩室に荷物を取りにきた帰り道、 歩道を歩いていたところで爆発した。
逃亡者	象山は東栄荘でゲーム配信を見ていた。 彩夏は醬窯のマンションの自室でゲーム配信中に爆発した。
死にぞこない	象山は重傷を負い入院していた。 彩夏の状況は不明。

修復者の言う通りだった。残る二人の家族を守るには、犯人を突き止め、ルールに則《のっと》って罰を与えるしかない。

だが犯人は、どうやって彩夏を爆発させたのだろうか？

4

「起きて。お願い」

瞼を開けると、季々が象山の肩を乱暴に揺すっていた。時刻は午前十時四十分。マイスリーを飲んだせいか、ひどく頭が重い。

「彩夏がいないの。電話も出ないし。一緒に舞冬のライブ行ったんでしょ。どこ行ったか知らない？」

季々の声が近づいたり遠くなったりする。唾《つば》を呑んで耳に空気を通し、ゆっくりと身体を起こした。

「遊んできたいって言うから、先に帰ってきたんだ。まだ戻ってないのか？」

考えておいた台詞《せりふ》を口にする。

犯人でもないのに嘘をつくのは癪《しゃく》だったが、公園を歩いていたら娘が爆発した、と寝言めいたことを言うわけにもいかない。自ら死体を処分した以上、しらを切り通す以外の道は残されていなかった。

「二十四時間営業のゲームセンターでも行ったんだろ。パルパルなんとかのコラボカフェで朝ご飯食べて帰ってくるんじゃないか？」

　季々を落ち着かせながら階段を下り、眠気覚ましに炭酸水メーカーをセットする。「誘拐されたのかも」「排水路に落ちたとか」「変な宗教に洗脳されたってことも」とさまざまに想像を膨らませる季々を宥《なだ》めていると、二階の部屋から舞冬が階段を下りてきた。

「お父さん、昨日はありがと」

　母親とは対照的に、ひどく落ち着いた調子で言う。朝方まで打ち上げに参加していたはずだが、数時間の睡眠ですっかり目を覚ましたようだ。

「車借りていい？　運転の練習したくて」ハンドルを回すジェスチャーをしながら、「ジャガーじゃないほうね」

　断る理由はない。

　象山は二階の書斎へ行き、暗証番号を入力して金庫を開けた。カローラには久しく乗っていない。内側のフックに並んだ鍵《かぎ》の中からそれらしい電子キーを取り、リビングへ戻る。

「たぶん、これだと思う」

「ありがと」

　舞冬は簡単に化粧を済ませると、ショルダーバッグに折り畳み傘と手袋を入れ、玄関へ向かった。

カットソーにネックレスを下げただけのラフな装いで、半日前に千二百人のファンを熱狂させていたようにはとても見えない。

「けっこう遅くなるかも。高速乗る練習したくて」

春が退院して間もない頃、電話で舞冬を温泉に誘っていたのを思い出す。最近はめっきり話題に出なくなっていたが、まだ交際は続いていたようだ。

舞冬はクマの耳が付いたマフラーを脇に抱え、眩《まぶ》しそうに手を翳《かざ》しながら玄関の扉を開けた。後を追って玄関を出ると、屋根の向こうから朗らかな日が差している。ガレージの壁のボタンを押し、シャッターを開けた。

「いけっ」

舞冬が電子キーのボタンを押す。ピッ、とカローラのドアのロックが外れた。

「一年くらい乗ってなかったからガソリン入れ替えたほうがいいかもな。高速だからって飛ばすんじゃないぞ」

舞冬は、はいはい、と笑いながらショルダーバッグとマフラーを助手席に投げ込む。運転席に乗り込んでシートベルトを締めると、こなれた手つきでエンジンをふかし、ドライブにギアを入れた。パワーウィンドウを下げ、「じゃあね」と手を振って自然公園の前の道路を走り去る。

家に戻ると、季々が彩夏の同級生の家に電話をかけていた。「すみません」と頭を下げて通話を切る。それを四、五回繰り返したところで、とうとう床に尻をついた。

「晴太さんも舞冬も、なんでそんな平然としてるの？」

瞼を腫《は》らした季々を見てさすがに不憫《ふびん》になった。時刻は午前十一時。そろそろ芋窪に連絡を入れ

てみるか。象山がスマホを手に取ったところで、

「わたし、捜してくる」

季々がふらふらと立ち上がった。炭酸の抜けた水をまずそうに飲み干し、トレンチコートを羽織ってリビングを出て行く。象山は聞こえないようにため息をつき、「わたしも行くよ」と背中を追いかけた。

玄関を出ると、隣家の軒先で腕の太い男が靴を磨いていた。

「乙田《おとだ》さん。うちの彩夏、見かけませんでしたか」

季々が声をかける。男は目を丸くして、「いや」と黒ずんだ指で額を掻いた。

「どうもすみません」横から割って入った。「次女がなかなか帰らないもんですから。ちょっと動揺してまして――」

ふいに日差しが翳《かげ》った。

季々が倒れる。

右手で口を、左手で胸を押さえ、何かを懇願するように象山を見る。疲労による迷走神経反射か。額には脂汗が光っている。

「大丈夫か？　落ち着いて深呼吸してみろ」

季々は嘔吐《おうと》を堪《こら》えるように喉を力ませる。

「なんか、変――」

おえええっ、と口を開け、大量の血とともに大きな袋を吐き出した。表面が薄桃色に湿っていて、細くうねった管が喉へ伸びている。胃袋だった。

濁った双眸《そうぼう》が象山を捉《とら》えた直後、おげぇっ、と一際大きく嘔吐いた。太くうねった管がにゅるにゅると出てくる。腸管だ。おえっ。肺の欠片が落ちる。おげぇっ。肝臓と脾臓《ひぞう》が転がる。おげぇっ。とうとう腎臓まで飛び出す。肋骨の下が紙のように薄くなる。

「た、大変だ――」

隣家の男が道路へ出て来て言う。季々は釣られた魚のように目と口を開いてぴくぴく震えている。男は腰を屈《かが》めると、両手で季々の胃袋を掬《すく》い、あろうことか口へ戻そうとした。血まみれの胃袋は滑ってばかりでうまく中へ入らない。それでも無理やり口へ押し込もうとすると、犬歯が膜に刺さり、ぽこっ、と透明な消化液が溢《こぼ》れた。

もう駄目だ。季々は助からない。

言うまでもなく、人間が内臓を吐くことは普通、ない。別の時間の誰かが季々の内臓を引き摺《ず》り出したのだろう。恐れていたことが起きたのだ。

「これ、何なんです？」

両手から血を垂らしながら、男が言う。自然公園の出口からも男女の囁く声が聞こえた。人が倒れているのに気づいたのだろう。

「ご主人、お医者さんでしたよね。いったいどうしたらこんなことになるんです？」

どうすればいいのか分からない。とりあえず男を殺しておくか？　だが人に見られていてはそれもできない。

「――糞《くそ》」

象山は踵《きびす》を返し、十字路へ駆け出した。

◆

右腕に冷たいものを感じ、空を見上げた。家を出たときは晴れていたのに、いつの間にか重みのある雲が空を覆っている。気のせいであってくれ、と思ったところでミラーの表面を水滴が流れた。地平線まで伸びた道路に目を戻す。前の大型トラックのコンテナが近づいていたことに気づき、軽くブレーキをかけた。見たことのない外車が対向車線を走り去る。

両手でハンドルを握りながら、象山舞冬は自分の将来に思いを巡らせた。

自分はこれからどうなってしまうのか。

傍目《はため》には順風満帆な人生を歩んでいるように見えるだろう。大学に通いながら音楽活動を成功させ、家族や友人、少々身勝手ながら恋人にも恵まれている。

だが舞冬は、この二年間、悪魔の拵《しつら》えた檻《おり》に囚われ続けていた。

チャウワット・クラダート。それが悪魔の名前だ。普段はムイという愛称で呼ばれている。

ムイは陶人形のような男だった。プロデューサーとしての実力は間違いない。大衆の心を摑む才能は卓越している。だがそこに魂はない。良い仕事がしたいとか、優れた才能を世に問いたい、といった思いは一欠片もない。ただ、自分に求められた役割をこなしているだけだ。

だからムイは平然と人を騙《だま》す。もっともらしい顔ででたらめな経歴を語るし、恋人と心中したバンドマンを声の出なくなる病だったことにしてしまう。人を人と思っていないから金にならないタレントには身体を売らせるし、担当タレントの妹にも平気で手を出す。

彩夏はムイとの関係を誰にも気づかれていないと思っている。姉の当たりがきついことをおかしく思っているかもしれないが、そのことと二人の関係を結びつけてはいない。

一方のムイはというと、本気で彩夏との関係を隠そうとはしていないように思える。今、スキャンダルが発覚したら失うものが一番多いのは誰か、口にせずとも分かっているからだ。

あの冷淡な男のこと。アカダマの人気が傾けば、眉《まゆ》一つ動かさずに自分を切り捨てるだろう。

道路は視界の果てまで伸びている。どこへでも行けそうな気になるが、たどり着く場所は決まっている。舞冬の人生と同じだ。

冷たい雨粒が肩を濡らす。

ハンドル横のレバーに指をかけたところで、顔に強い衝撃を受けた。

視界が赤く歪む。べきべき、と板を折ったような音。なぜか息ができない。

「――は？」

バックミラーを見て、目を疑った。

顔が歪んでいる。額が窪《くぼ》み、眼球が浮き出し、鼻梁《びりよう》が割れ、顎《あご》から肉が垂れ下がっている。左右の鼻孔と唇の端からぼたぼたと血が落ちた。耳の辺りからこぼれているのは――脳？

何だこれは。なぜ自分の頭が破裂しているのか。

クラクションが鼓膜を貫いた。

慌てて前を見る。タイヤがガードレールを擦りかけていた。ハンドルを動かそうとしたが、腕に力が入らない。ペダルに載せた足もびくともしない。まるで他人の身体のようだ。後ろからクラクションが鳴り響く。

「あーあ」

もう駄目だ。鈍色《にびいろ》の空を見上げようとしたところで、タイヤがガードレールに触れた。半回転した車体に後ろからトラックが突っ込む。シートの感触が消えた。

鉄が撓《たわ》み、ガラスが砕ける音。

お父さんの顔が浮かんだ。ごめん。愛車、壊しちゃったみたい。

数秒後、舞冬は冷たいアスファルトに転がっていた。

自分は死ぬ。

何がなんだか分からないまま死ぬのは気に食わないが、それが運命だったのだろう。あの悪魔が自分にやったこともすべて闇に葬られる。やつはこの死もビジネスに利用するだろう。腹が立つがどうしようもない。

意識が途切れる瞬間、目尻に涙が浮かんだが、数秒後には雨がそれを洗い流した。

5

「舞冬さんが亡くなりました」

スピーカーから荒い息遣いが洩《も》れる。象山は大声で叫びたくなったが、スマホを握り締め、なんとか感情を抑え込んだ。

「交通警察隊から事務所に連絡がありました。東北自動車道の一関《いちのせき》インターチェンジ付近を走行中に事故に遭ったようです。わたしもこれから現地へ向かいますが、頭部の損傷が激しいため家族の方にも遺体を確認してほしいとのことでした」

　ムイがわざとらしく声を軋《きし》ませる。外を歩いているらしく、雨が傘を打つ音が声を濁らせている。

「詳しい見分はこれからですが、舞冬さんの乗っていたカローラがガードレールと接触した形跡があったそうで、運転中に何らかの過失があったのは間違いないそうです。近いうちに会社からもリリースを出しますが、内容はご相談させてください」

「勝手にしろ」

　ムイは数秒、黙り込んだ。

「お父様。動揺されるのは分かりますが、自棄《やけ》になっては――」

「彩夏に何をした？」

　さらに長い沈黙。

「きみはまともじゃない。まともなプロデューサーは担当タレントの妹と関係を持ったりしない。善人面にすっかり騙されたよ」

「証拠でもあるんですか？」

　別人のように素っ気ない声だった。建物に入ったのか、雨音もやんでいる。

「ないよ。彩夏も舞冬も死んでしまったからね」

　象山は通話を切った。

　娘に勝手なことをされたのは腹が立つが、こいつはただの悪党だ。報復はいつでもできる。

　一番に考えなければならないのは、家族を殺した犯人にどう立ち向かうか。これだ。

　逃亡者、修復者、死にぞこない。あの三人の中に犯人がいるのは間違いない。犯人を突き止め、やったことを後悔させる。そうしなければ気持ちが収まらない。

とはいえ犯人を探るには、まず三つの時間の事件の状況を知る必要がある。今夜、地下室に集まるまでは、知恵も絞りようがない。

警察は今ごろ、季々を残して逃走した象山を捜しているだろう。もう自宅には戻れない。かといって妄鳴山の不死館へ歩いて行ったら到着までに夜が明けてしまう。

幸い、象山には逃亡生活の先輩がいた。象山0こと逃亡者は、かれこれ半年以上、警察の目を掻いくぐって潜伏を続けている。彼の過ごした場所から隠れ家を選べば大きな危険はないはずだ。

十一月ごろ、まだ妄想症の裏島の家に乗り込む前、逃亡者が身を潜めていた神霧山の麓《ふもと》の空き家。
象山はそこを今夜の寝床に決めた。

コンビニでレインコートを買い、フードを目深に被る。人気《ひとけ》のない路地を選んで大食の住宅街を離れる。

坂道を一時間ほど歩いたところで、キャンプ場の入り口が見えた。逃亡者が麓の空き家に潜伏していた頃、よくゴミを漁《あさ》っていた神霧山キャンプランドだ。入り口の前でライムグリーンのレインコートを着た女が二人、コカコカライムの試供品を配っていた。

思わず喉が疼《うず》いたが、さすがに酒を飲んでいる場合ではない。女たちに見つからないよう、キャンプ場の手前でブナ林に入った。

十分ほど斜面を登ったところに、放棄された畑が現れる。群生したススキを掻き分けて畦道《あぜみち》を進むと、トタン小屋を大きくしたような家があった。

立て付けの悪い引き戸を開ける。薄暗い土間に人形《ひとがた》の置き物——案山子《かかし》だろうか——が布をかけて置かれている。黴《かび》と土の交ざったような湿っぽい臭い。快適な寝床にはほど遠いが、贅沢《ぜいたく》は言えない。

レインコートのフードを下ろしたところで、壁の向こうから布の擦れる音が聞こえた。

誰かがいる。

よもや警察官が張り込んでいるはずもない。先客だろうか。

おそるおそる奥の部屋を覗く。毛布を重ねた寝床から男が立ち上がったところだった。屋内だというのにニューエラのキャップを被り、ウレタンマスクで顔を覆っている。丈のあるダウンにレザーの手袋。目元の印象はかなり若い。こぎれいな身なりを見るに借金取りに追われているのではなさそうだが、やくざの女にでも手を出したのか。

「邪魔してすまないね」

ごくりと喉仏が上下する。何も答えない。

「寝床が欲しいんだ。空いてる部屋を貸してくれ」

男が顔を伏せる。視線を追うと、毛布の上にスマホがあった。古代ギリシア兵のような重装備の男が小さなピエロと対峙《たいじ》している。いや、よく見るとピエロが小さいのではなく、ギリシア兵のほうがビルのように大きいらしい。彩夏の配信で見たことがある。巨人探偵だ。

ふと疑問が浮かんだ。そこから一つの可能性に気づく。

象山は男の胸倉を摑んだ。押しのけようとする手を払い、ダウンのジッパーを下ろす。見覚えのあるニシキヘビが鎌首をもたげていた。

「ここにいたのか、エデン」

六／進行

1

地下室は狂乱状態に陥っていた。

「病院に着替えを持ってきた季々が内臓をぶちまけたんだよ。警察はわたしを異常者と疑ってる。このままじゃ豚箱行きだ！」

死にぞこないが手術台に蹲《うずくま》って叫び、苦しそうに胸を押さえる。それを見た修復者が指を突き立て、

「そんなことで喚《わめ》くな。こっちはライブ中に舞冬の頭が吹っ飛んだんだぞ。ステージは血まみれ、観客はパニック、警察は完全にテロ扱いだ。動画が出回って世界中で騒ぎになってる。誰だか知らないが、わたしの時間を滅茶苦茶にしやがって。糞《くそ》！　糞！」

「二人ともシャバにいんだろ？　だったらいいじゃねえか」くたびれた声を出したのは逃亡者だ。

「おれはとうとう警察にパクられちまった。半年以上逃げ回った結果がこれだよ。ふざけやがって」

「羨《うらや》ましいな。留置場にいれば娘の頭が破裂しても疑われずに済む」

修復者の憎まれ口に、逃亡者が煙草ケースを床に叩《たた》きつけた。

「人を踏み台にしたカスが偉そうな口を利くな」

「見ろ。本性を現したぞ」

「野郎、ぶっ殺してやる」

「落ち着け」

象山は二人の間に分け入り、同時に肩を押さえた。

「一つ、いい知らせがある」

「なんだラッキー野郎。犯人が分かったのか？」

「違う。だがそれに匹敵する朗報だ」

象山は指を三つ立てた。

「わたしたちが直面してる問題はこの三つだ。一、彩夏、季々、舞冬を殺した犯人は誰か。二、その犯人はどうやって彼女たちを殺したのか。三、わたしたちはその犯人をどう罰すればいいのか」
三、のところで三人が怪訝《けげん》な顔をした。
「よく考えろ。人質ルールは、我々がそれぞれに暮らしを守ろうとしていたからこそ成立したルールだ。全員の暮らしがこれだけ滅茶苦茶になったらもう意味をなさない。犯人がこの四人以外の誰かなら煮るなり焼くなり刻むなりするところだが、我々は同じ人間だからそうもいかない。何もお灸《きゅう》を据えられなけりゃ、犯人を見つけたところで意味がない」

「つまり、こう言いたいのか」死にぞこないが声を力ませた。「あんたは犯人を懲らしめる方法を見つけた、と」

頷《うなず》く代わりに、象山は二時間前の記憶を鏡に映した。

× × ×

「象山さん、おれが巨人探偵使いなの知ってたんすか」

ウレタンマスクを顎《あご》に下げたエデンが唾《つば》を落とす。アクセサリーを外したエデンは毛刈り後の羊のように二回り小さく見えた。

「知るわけないだろ」

「じゃあなんで分かったんすか」自分の鼻を指し、「これがおれだって」

象山はエデンのダウンをつまんだ。

「普通に考えれば、このダウンと手袋は寒さを凌《しの》ぐため、キャップとマスクは顔を隠すためってことになる。でも人のいない家で顔を隠しておく必要はない。何者かが突然、ねぐらに乗り込んできたのに気づいて、とっさにキャップとマスクを身に着けたと考えられる」

エデンは中途半端に頷く。「そすね」

「だがきみのスマホにはプレイ中のゲームが映っていた。レザーの手袋を嵌《は》めていたらスマホの操作はできない。きみはついさっきまで手袋を外しており、わたしが扉を開ける音に気づいてキャップやマスクと一緒にそれを嵌めたんだ」

「なるほど」

「ではなぜ手袋を嵌めたのか。知っている人が見たら素性がばれてしまうような特徴がそこにあったからだ。そんな変わった手をしてる人間はめったにいない。わたしの知り合いの中じゃ一人だけ。さらにその男は、半年ほど前から忽然《こつぜん》と行方を晦《くら》ませていた」

　手袋を摑《つか》み、引き抜く。人差し指から小指まで、E、D、E、N、とタトゥーが彫ってあった。

「いや、頭いいっすね。さすがドクターっす」

　キャップを外し、〝E〟と〝D〟の指で頭の裏を搔《か》く。

「でもこれで、おれの言ったことも証明されたんじゃないすか」

　何のことだ。

「肌に刻まれたものには必ず大きな意味がある。ほら、このタトゥーがなければ、先生の名推理も成り立たなかったわけでしょ」

　相変わらず楽天的だ。象山は適当に相槌《あいづち》を打ち、黴《かび》臭い六畳間を見回した。

「腕利きのドラッグディーラーだった男が廃屋暮らしとは、随分派手に落ちぶれたな。やっぱりやくざに目を付けられたのか？」

「やくざ」頭を搔いていた指が止まった。「おれ、やくざと何かあったんすか」

　違ったらしい。

「なんでこんなところにいるんだ」

「週刊誌のカメラマンが家の周りうろついてんすよ。どっからばれたのか知りませんけど、あの人は今、みたいなサムい記事載せようとしてんでしょう。何誌か競ってるみたいで、あっちもこっちもでかいバッグのおっさんが見張ってるんです」

　かつて天才子役と呼ばれた男は、毛布の下から商売道具の入ったボディバッグを取り出した。

「ま、写真撮られるだけなら別にいいんすけどね。仕事してるとこ見られちゃったらさすがにまずいじゃないすか。殺して埋めんのも面倒だし。だからしばらく身を隠すことにしたんです」

ふと思い出したように、「そういえば例のやつ、どうでした？」と腕に注射を刺すジェスチャーをする。「頭が割れてないってことは、効かなかったすか」

「効き過ぎて途方に暮れてたところだ」

笑みを堪《こら》えて言った。

四つの時間の象山は皆、エデンを捜していた。修復者に至っては戌庭台の闇カジノまで出かけていったほど。この幸運を逃す手はない。

「残りのシスマを買いたい。金ならいくらでも出す」

「まじすか」

エデンがボディバッグのジッパーを下げる。中身は空だった。

「毛布が臭くなったんで新しいの買いに行ったら、カメラマンのおっさんに見つかっちゃって。しつこく追いかけてくるんで閉口したんすけど、そこでふと閃《ひらめ》いたんです」

こっち、と手を振りながら部屋を出る。框《かまち》から土間へ下りると、人形の置き物——案山子《かかし》ではなかったのか——から布を取った。

「脳を引っ掻き出すとこ、見てみたいなと思って。実験台にしてみました」

紙袋を被《かぶ》せられた人間が柱に縛られていた。稲穂のように頭が垂れている。胸には一眼レフ。袖《そで》を捲《まく》り上げた右腕には赤い注射痕《こん》が並んでいた。

「せっかくなんで余ってた十八個、全部打っちゃいました」

切れ目の入った舌をぺろりと出して、

「でも駄目でしたね。脳は出てきませんでした。頭ん中がうるさい、死なせてほしいって泣き出したんでちょっと期待したんすけど、うるさいって怒鳴ったら、柱に頭打ってすぐ死んじゃいました」

気づけば全身の肌が粟立《あわだ》っていた。

一度のシスマ注射で意識が二つに分かれるとすると、このカメラマンの脳には2^{18}、つまり262,144の意識が同居していたことになる。たった四つでも気が滅入《めい》るのだから、これではまともではいられないだろう。

「なんで、残念ながらシスマはもうありません」

「仕入れ先を教えてくれ」

「企業秘密っす」

人差し指で×をつくる。象山はスマホを取り出し、エデンを撮った。

「週刊袋叩の編集部に位置情報付きで写真を送ってやろうか」

エデンが青くなった。

「ひどいっすよ。まじで」

「どこから仕入れた？」

いやあ、困ったな、と腕を組んで、

「あれは韓国から流れてきたんです」

穴だらけの唇に指を当て、声を潜めて言った。

「四年前、韓国の新村《シンチョン》大学精神医学研究所で、精神科の患者さんがいっぱい飛び降り自殺した事件、覚えてますか」

　象山は頷いた。もちろん覚えている。

　院内で虐待があったのではないか。何者かが患者を突き落としたのではないか。はたまた数年前に自殺した患者の呪いではないかと、当時は根も葉もない当て推量が盛んに飛び交っていた。神々精医科大病院の理事長が屋上への患者の出入りを禁止するきっかけになった事件でもある。

「自殺した患者さんたち、実は同じ薬の治験に参加してたらしくて。もちろん開発は中止、研究所も閉鎖になったんすけど、この研究所、銀行や製薬会社からたくさん融資を受けてたんです。患者の家族がいっぱい訴訟を起こしたのもあって、大学はべらぼうな負債を抱えることになりました。で、ちょっとでも資金を回収したいと思った彼らは、研究所に保管されていた未承認の医薬品を売り飛ばしたんです」

　背筋が寒くなった。まさか——。

「もちろん正規じゃ無理ですから、マフィアやブローカーの手を借りて平壌《ピョンヤン》や延辺《えんぺん》へばらまいたんだとか。でも効果も分からない代物ばかりですから、大した値は付きません。で、最後まで買い手のなかった余り物が、海を渡っておれんとこに流れてきた。それがB‐シスマチン溶液。仮薬名、シスマです」

　自殺した患者たちもシスマを投与されていたのだろう。十八回投与されたこの男ほどでなくとも、頭の中にたくさんの自分が現れ、勝手なことを喋《しゃべ》り出したら、自分は気が変になってしまった、もう生きていたくないという気になってもおかしくない。

「きみはこれがどんな薬か知ってたのか」

「噂は聞いてました。胡散臭《うさんくさ》い話ばっかでしたけどね。快楽のあまり生きる意味を感じなくなるとか、自分の脳を掻き出すとかいうのもその一つです」

別の時間で脳をかち割られた結果、自分で脳を掻き出したとしか思えない死に方をした者がいたのだろう。

「他には？」

「こんなのもありました。意識が分裂して、夢の中にいくつもの自分が現れるようになる」

この男、知ってやがったのか。

「ま、眉唾《まゆつば》もんすよね。いかにも都市伝説っぽいっていうか」肩を竦《すく》めたまま象山を見て、目をでかくする。「まさか、象山さん。分裂したんすか、意識」

時間も、世界も、何もかもだ。

「あ」エデンは手を打った。「実はもう一つあるんすよ」ボディバッグの側面のポケットを開け、錠剤の入ったアルミシートを取り出す。

「ロシェンナトリウム水和物。仮薬名がロシェンです。ブローカーによると、これはシスマの薬効を抑制するために開発されたものだそうです」

抑制？

ということは、つまり――。

「分裂した意識を元に戻すってことでしょうね」そう言いながら〝E〟で顎を掻く。「ま、無理でしょうけど」

「なんでだよ」

「一度生まれた意識を脳から消すんすよ。そんなの胎内で育った赤ん坊を受精卵に戻すようなもんです。こんな錠剤一つでそんなことができると思います？」

片頬を歪《ゆが》めて、嫌にまともなことを言う。

象山は何も言い返せなかった。

× × ×

「結論を言えば、やはりエデンの言った通りだった。この薬で一度生まれた意識を消し去ることはできない」

寝る前にポケットに入れておいたアルミシートを取り出し、象山は言った。

「何が朗報だ。何の役にも立たねえじゃねえか」

バケツに座り、ギロチン台に肘《ひじ》を置いて、逃亡者が毒づく。

「話は終わってない。わたしはエデンを脅し、賢祐《ヒョンウ》というブローカーに連絡させた。そして相応の金額と引き換えに、シスマとロシェンの正確な薬効を確かめさせた」

象山は二十四年前、解剖実習で観察した脳を鏡に映した。スマホをピンチアウトするように側面のひだを拡大する。

「わたしたちの脳の縁上回にはカウフマン野と呼ばれる神経の集合体がある。カウフマン野が海馬に蓄積された膨大な情報を順序立てて整理することで、我々は〝時間〟を認識していると考えられる。シスマは本来、このカウフマン野の機能が減衰し、時間の認識が曖昧《あいまい》になった高齢者や認知症患者のために開発されたものだった。

だが治験の結果は予期せぬものだった。シスマを投与された人間の縁上回では、カウフマン野そのものが分裂、増殖してしまっていた。わたしたちの意識、ひいては時間が分裂したのもそれが理由だろう」

修復者が首を屈《かが》め、電気椅子から身を乗り出す。「それで？」

「一方のロシェンには、このカウフマン野の働きを抑制する作用がある。シスマと同時に投与することで、シスマの効能を制御できるのではないかと期待されていた。

とはいえエデンの言った通り、一度分裂してしまったカウフマン野を消し去ることはできない。ただしシスマとロシェンの両方を投与された人間は、極めて高度に、ほとんど随意的といっていい要領でカウフマン野を制御できるようになる。治験担当医の記録によれば、患者の中には特定の有害なカウフマン野を脳から隔離し、意識を平静に保つことに成功した者もいたという」

「カウフマン野を、隔離？」

逃亡者がゆっくりと繰り返す。

「その患者の脳では、一つのカウフマン野だけが蛋白質《たんぱくしつ》に覆われ、海馬や脳幹、他のカウフマン野などとの繋《つな》がりが失われていたそうだ。

海馬との繋がりがなくなれば、その意識は記憶を失う。脳幹との繋がりを失えば、その意識は肉体を失う。そうなったら何もできない。過去を思い出すことも、世界を認識することもない。ただ脳の中にあるだけの存在になる」

「つまりこういうことだな」修復者が唇の端を持ち上げる。「ロシェンを摂取し、犯人の意識を隔離する。すると我々の人生は守られ、犯人は何もない場所で無限の罰を受け続けることになる」

死にぞこないも頷いた。「素晴らしい」

「残された問題は二つ。犯人は誰か。どうやって三人を殺したのか。全員が納得の行く形でこの謎を解く必要がある」

指でアルミシートを転がしながら三人を見回した。異論は上がらない。

「季々と舞冬が死んだとき、この四人がどこで何をしていたのかを確かめたい。まずわたしから説明しよう」

象山は鏡に記憶を映し、二人の死の状況——季々が家の前で内臓を吐いたこと、象山は指一つ触れていないこと、舞冬は東北自動車道をドライブ中に死んだこと、象山は七十キロ以上離れた神々精市内にいたことを説明した。

「カローラのブレーキに細工して事故を起こさせたんじゃないのか？」

本気とも冗談ともつかぬ表情で修復者が言う。象山は「まさか」と鏡を指し、ニュースの映像を映した。柔道の上手《うま》そうな餃子《ギョーザ》耳のアナウンサーが原稿を読み上げる。

——関係者への取材によりますと、自動車に故障や不具合が生じていた形跡はなく、事故の原因は運転手の不注意とみられるということです。

「エデンのスマホで見た動画だ。自動車に細工はされてない。別のニュースによれば、死体から睡眠薬や幻覚剤の類《たぐい》も検出されていないそうだ。舞冬はこの時間で殺されたんじゃない。他の時間からの連鎖現象によって運転中に命を落とし、その結果、この事故が起きたんだ」

「確かにそうとしか思えないな」

妙に余裕ぶった態度で、逃亡者が鏡の中を切り替える。

「だがアリバイの固さはおれが数段上だ。なぜかって？　警察にパクられたからだよ」

そう言って無地のスウェットの袖をひらひらさせる。どうやら今も留置場にいるらしい。

「昨日の夜、裏島のスマホで彩夏が吹っ飛ぶのを見て、醤窯のマンションへ駆けつけたって話はしたよな。裏島の原付で東栄荘に帰った数時間後、仲間を連れた芋窪が訪ねてきたんだ」

――あんた、主治医匿《かくま》ってんだろ。

鏡の中の芋窪が裏島を問い詰める。逃亡者は息を殺し、板を剝《は》がして床下へ潜り込もうとする。

「どこで足が付いたんだ？」

「実はシャイン醤窯に乗り込んだとき、彩夏たちの住んでる５０５号室に入ろうとして、うっかり５０６号室の錠を抉《こ》じ開けちまったんだ」

よほど動揺していたのだろう。エレベーターを降りた逃亡者は、５０１、５０２、５０３の扉の前を通り過ぎ、その二つ隣りの扉を開けてしまった。あいにくそこは５０６号室。今どき珍しく、このマンションは4の付く番号を飛ばしていたのである。

「玄関の靴を見てすぐ間違いに気づき、おれは廊下に戻った。こんとき風呂《ふろ》場に隠れていた住人の女がおれの顔を見ていたらしい。そいつが警察に通報し、芋窪たちが防犯カメラの映像をたどっておれの帰った場所を突き止めたってわけだ」

鏡の中では芋窪が板を外し、床下に蹲った逃亡者を覗《のぞ》き込んだ。この男は昨年の夏も同じ場所で〝もぐら男〟を捕まえている。当然、この部屋の地下に人が身を潜められる空間があることも知っていた。

「おれは強制性交の容疑で逮捕され、神々精警察署の留置場に入れられた。もっともやつらの本命は彩夏殺しだ。ださいスウェットに着替えて取り調べを待ってると、正午を過ぎた辺りで連中が急に騒がしくなった。そこから延々と待たされ、取調室に入れられたのは夜の八時過ぎ。そこでようやく季々と舞冬が死んだことを知らされた」

――先生、あんたいったいどんな手を使ったんだ。

白い煙の向こうで、憔悴《しょうすい》し切った面の芋窪がキャメルを嚙《か》む。

「季々は午前十一時過ぎ、自宅での事情聴取の最中に内臓を吐き出したらしい。舞冬は午後一時五十分ごろ、保護されていた醬窯警察署の小会議室で頭を破裂させたそうだ。どちらの時間もおれは神々精警察署の留置場の中にいた。

取り調べでは一生分の罵声《ばせい》を浴びたよ。飯抜き、飲み物なし、休憩なし。それが五時間だ。とはいえおれには鉄壁のアリバイがある。午前一時過ぎにようやく取調室を蹴《け》り出され、留置場の薄っぺらい布団に潜り込んだ。そんでここへやってきたってわけだ」

何らかの時限装置を使えば、留置場にいても遠隔殺人は可能だろう。ただしそんな装置を使えば必ず証拠が残る。芋窪が「どんな手を使ったんだ」と言っている以上、そうした手がかりは見つからなかったのだろう。

「というわけで、おれに家族は殺せねえよ」

逃亡者はいつものようにポケットから草バットを取り出そうとして、ああ、とため息を吐いた。さすがに留置場へ大麻入りの煙草を持っていくことはできなかったらしい。

「わたしはきみと違って警察に捕まるようなへまはしない」

呆《あき》れたような笑みを浮かべ、修復者が静かに切り出す。電気椅子に浅く腰かけ、顔の前に手を組んでいた。

「その意味じゃきみほど強固なアリバイはないかもしれないが、犯人ではないのは明らかだ。わたしは家族を取り戻すためにあらゆる手を尽くしてきた。嘘を見抜いた舞冬を疎ましく思っていたのは事実だが、だからって殺したりはしない」

「くだらねえ感情論だな。おれらしくない」

逃亡者がやり返す。修復者は肩を竦めて、

「わたしの時間の舞冬が死んだのはライブハウスのステージだ。わたしもそのとき、現場にいた」

「アリバイはねえってことか。怪しいな」

「あいにくわたしの時間に舞冬を殺せた人間はいないよ」

修復者は第三病棟の会議室を鏡に映した。

「三日に病院の前で彩夏が爆発した後、わたしは深夜まで事情聴取を受けた。その傍ら、何度も季々と舞冬のスマホを鳴らしたが、どちらとも連絡がつかなかった。季々は『マルチなマルチ』の同窓会に、舞冬はツアーファイナル公演の打ち上げに参加していて、結局朝まで連絡が取れずじまいだった」

修復者の時間では、象山も彩夏も三日のツアーファイナル公演に招待されていない。象山がムイから誘いを受けたとき、修復者はまだ家族と別居していたからだ。

「朝方に帰宅して仮眠を取ったわたしは、ジャガーを転がして青葉市麻林区半町《なかまち》のライブハウス、モンキーハウスへ向かった。わたしの時間の舞冬はこの日、一蛮町のホテルで休憩を取った後、事務所の先輩であるコカインベビーズの主催イベントに出演することになっていた。一刻も早く娘を捕まえるには、直接会場へ行くしかないと思ったんだ」

鏡の中の修復者は窓口で当日券を買い、厚い扉を開けてライブハウスに入っていく。象山の時間の舞冬はスケジュールを理由にこのイベントの出演を断っていたが、修復者の時間では都合が合ったらしい。

「予定の午後一時を五分ほど過ぎたところでアカダマのライブが始まった。舞冬は喪服みたいなフォーマルドレスを着て、巨大なトマト――じゃなくてきのこの被り物で顔を隠していた」

モンキーハウスの収容人数は三百人ほど。前日のツアーファイナル公演が行われたアシッドルームと比べるとキャパは四分の一だ。空調設備も年季が入っているらしく、修復者の前の薄毛の男はサウナにいるような汗を掻いている。それでも人気沸騰中のアカダマがオープニングアクトに登場するとあって、フロアは芋を洗うような混雑ぶりだった。

「この日の舞冬は少し緊張してるようだった。やっぱり自分たちのライブと別のバンドのイベントじゃ勝手が違うんだろう。声もあまり出てなかったし、一曲目の『あんぱんトリップ』の後には水を飲もうとしてペットボトルを倒してしまった。あのときはわたしまで冷や汗を掻いたよ。床を拭《ふ》きにムイが出てきたのはおかしかったけどね」

はは、と笑いながら、鏡の中の時間を進める。

「それでも途中から調子を取り戻したようだったけど、持ち時間も残り少なくなった午後一時五十分。最後の曲と言って始まった『魔法のきのこ』がBメロに入ったところで、なぜか舞冬の歌声が途切れた。ステージを見ると、舞冬の頭がぺしゃんこに潰《つぶ》れていた」

鏡の中の舞冬は頭のあるはずのところから大量に血を垂らして、ステージの中央に立ち尽くしていた。ギターのterumoが腰を抜かし、ステージ近くの観客から悲鳴が上がる。舞冬は酔っ払いのようにたたらを踏んだ後、右の眼球とマイクを同時に落とし、数秒後に俯《うつぶ》せに倒れた。

「三百人の観客はパニックに陥り、二つしかない出口へ殺到した。後で見たニュースによると、百人以上の怪我人が出たらしい。わたしも目撃者として警察に事情を聞かれた。舞冬の父親であることを明かすと、ステージで死体の確認をさせられた」

修復者がステージに上がり、死体を見下ろす。頭蓋骨《ずがいこつ》が砕け、脳と血と肉が混ざり合いながらフロアのほうへ飛び散っていた。首も平たく潰れているが、胸から下に異変は見当たらない。

――娘です。間違いありません。

一メートルほど離れたところにはきのこの被り物が落ちていた。色が赤いせいで一見、ただ落下しただけのように見えるが、よく見ると舞冬の血が大量にかかっていた。

「ご覧の通り。舞冬が死んだとき、わたしはフロアの後方にいた。もちろん他の誰も、三百人が見守っていたステージの真ん中で舞冬の頭を破裂させるなんて真似はできない。わたしの時間に犯人はいない」

もう一度、爆発の前後の記憶を確認したが、ステージの舞冬に近づいた者は見当たらなかった。修復者の言う通り、舞冬がこの時間で殺されたとは思えない。

「前日に続いてモンキーハウスの控室で刑事たちに問い詰められながら、わたしは季々のスマホを鳴らし続けた。事情聴取を終えて帰宅したのは午後十一時過ぎだ。それまで連絡が取れなかったことから、何となく予想はしていた。はたして寝室を覗いてみると、冷たくなった季々がベッドに横たわっていた」

それでも何が起きているかまでは予想できなかったのだろう。腹がへこんで抜け殻のようになった季々、そして口からベッドへこぼれた腸管やら肝臓やらを目にして、修復者は「うおっ」と壁に腰を打ちつけた。

「幸せ者や逃亡者の話によると、季々が死んだのは午前十一時過ぎだったはずだね。同窓会で朝まで飲み食いした後、ベッドで休んでいたところで内臓を吐いたんだろう」

象山の時間の季々はこのときすでに目を覚ましていた。修復者の時間のほうが同窓会が長引き、帰宅も遅くなったのだろう。夫との別居から同居再開に至るまで詮索《せんさく》されそうな話題が多く、なかなか帰らせてもらえなかったのかもしれない。

「季々が死んだ時間、わたしはジャガーで半町へ向かっていた。ライブまではまだ時間があったけど、早めに行けばどこかで舞冬を捕まえられるんじゃないかと思ってね」

鏡の中の時間が遡《さかのぼ》る。修復者はジャガーで見覚えのある県道を走っていた。モニターの時刻は午前十一時二分。確かにアリバイがある。

「見ての通り、人の内臓を引き摺《ず》り出すような時限装置があった形跡もない。わたしは犯人じゃないよ」

再び時間が進み、寝室。死体の周囲に目を凝らしたが、そんな虫の良い装置は確かに見当たらなかった。

「残る容疑者は死にぞこないか」

逃亡者が手術台に横たわった男に水を向ける。

「わたしが家族を殺したと？　人工呼吸器に繋がれてベッドを下りることもままならない、このわたしが？」

　ベッドに肘を突いて上半身を浮かせ、ざらついた声を吐く。

「疑われたくないなら、ちゃんと状況を説明しろ」

　逃亡者はにべもない。死にぞこないは大きく息を吸い込み、

「午前十一時過ぎ、季々が内臓を吐いて死んだとき。わたしと季々は同じ部屋にいた。季々は着替えの下着を届けに病室へ来ていたんだ」

　ひゅう、と逃亡者が口笛を吹く。「一緒にいたのか？　怪しいな」

　死にぞこないは鏡に病室を映した。ベッドを囲んだカーテンが開き、スマホを耳に当てた季々が顔を出す。窓の向こうではシイの新芽が揺れていた。

　――あの子、いったいどこ行ったのよ。

　季々が不安そうにつぶやく。彩夏が爆発したことはまだ知らないようだ。死にぞこないの時間の彩夏もアカダマのツアーファイナル公演に呼ばれていたはずだから、その帰り道で爆発した可能性が高い。この時刻ならすでに死体は見つかっているだろうが、まだ身元が分かっていないのだろう。

　――ご飯食べて帰ってくるんじゃないか？

　夢で彩夏の死を知っているはずの死にぞこないが、象山と同じことを言ってとぼける。病室のテレビが点《つ》いているらしく、何やら不気味なＢＧＭ――コントラバスの不協和音が響いていた。おかげで死にぞこないの楽観的な言葉に説得力が感じられない。

　――舞冬も勝手に出かけちゃうし。いったい何考えてんのよ。

季々がトートバッグを肩から下ろす。死にぞこないがベッドの上で姿勢を変えたのだろう、鏡の中がぐらりと揺れる。

——着替え持ってきたよ。

そこで季々が視界から消えた。窓の外のシイが揺れる。

——おえええっ。

物を吐く音に、ぼとぼとと重い物の落ちる音が重なった。救急車のサイレンが聞こえたかと思えばみるみる大きくなり、すぐに小さくなって消える。

死にぞこないが点滴スタンドを摑み、上半身を起こす。季々は床に手足を突き、苦しそうに肩を上下させていた。

「見ての通りだ。わたしにアリバイがあるかと問われれば、ない。なにせ季々が死んだとき、同じ部屋にいたんだからね」

鏡の中の時間を巻き戻し、季々がカーテンを開けた場面を見せる。

「でもわたしは幸せ者と分岐してからの九日間、一歩も病室を出ていない。病室に内臓を引き摺り出すような道具はないし、そんなことをする体力もない。わたしが犯人というのは荒唐無《む》稽《けい》だよ」

逃亡者を真っすぐに見て言う。逃亡者は何も答えない。

象山はふと妙な感覚を覚えた。死にぞこないが鏡に映した記憶の中の何かを、自分は見たことがある——そんな気がする。

内臓を吐き出す季々の仕草は、象山の時間の季々とよく似ていた。だがそれだけではない。他にもこの記憶の中の何かが、自分の記憶と重なっている。いったい何だ?

「その後はどうなったんだ」

　象山の動揺など知るはずもなく、修復者が尋ねる。

「病院が警察を呼んで、わたしは別の階の病室へ移された。ムイからの電話で舞冬の死を知らされたのはその四時間後だ。死体が見つかったのは神々精駅から西へ二百メートルほどの市道。舞冬はそこでロードバイクを漕《こ》いでいた。わたしもよく乗っていたあの自転車だ。前の籠《かご》に図書館の本が入っていたというから、その先の図書館へ向かっていたんだろう。午後一時五十分ごろ、道の端を走っていた舞冬の頭が破裂するのを複数の通行人や車の運転手が目撃していた」

　さぞかし肝を潰したことだろう。

「ほぼ同時に警察官が病室へやって来て、大食の自然公園で見つかった変死体が彩夏のものである可能性が高いと伝えられた。この二つの事件はどちらも病院の外で起きてる。当然、わたしには固いアリバイがある」

　反論が上がらないのを確かめると、死にぞこないは疲れ果てた様子で手術台に横たわり、マスクを押さえて大きく息を吸った。

「またこうなるのか」

　修復者が重苦しくつぶやいて、木箱を開ける。紙を取り出し、鉛筆を走らせる。

「四人の容疑者の状況をまとめるとこんなところだ。残念ながら、季々の内臓を引き摺り出せた者も、舞冬の頭を破裂させられた者も見当たらない」

　紙を三人に向けて言った。

「もちろんそんなはずはない。彩夏のときと同様、犯人はわたしたちが気づいていない何らかの方

	季々死亡時の状況	舞冬死亡時の状況
幸せ者	象山と季々が彩夏を捜しに行こうと家を出たところで、隣人に話しかけた季々が内臓を吐いて死亡した。	象山は警察に見つからないように神々精市内を移動していた。舞冬は東北自動車道を走行中に頭が破裂して死亡した。
修復者	象山は自動車で青葉市半町へ移動していた。季々は同窓会から帰宅後、自宅のベッドで内臓を吐いて死亡した。	象山はモンキーハウスでアカダマのライブを見ていた。舞冬はステージでの歌唱中に頭が破裂して死亡した。
逃亡者	象山は神々精警察署の留置場にいた。季々は自宅での事情聴取の最中に内臓を吐いて死亡した。	象山は神々精警察署の留置場にいた。舞冬は保護されていた醬窯警察署の小会議室で頭が破裂して死亡した。
死にぞこない	象山は重傷を負い入院していた。季々は病室に下着を届けにきたところで内臓を吐いて死亡した。	象山は重傷を負い入院していた。舞冬は自転車で図書館へ向かっている途中、頭が破裂して死亡した。

法で季々と舞冬を殺したことになる」

　でも、と修復者は声を上ずらせる。

「そんなことが本当にできるのか？　彩夏が爆発しただけでも十分不可解だったのに、犯人は内臓を引き摺り出したり、頭だけを破裂させたりすることもできるらしい。まるで人間の身体を自在に操れるみたいだ。そんなことがありえるのか？」

　本当はすべて幻覚なのではないのか——修復者はそんな疑念に囚《とら》われ始めているようだった。

　もちろんそうではない。自分たちはまだ正気を失ってはいない。

　犯人は必ずいる。悪魔のようなやり方で家族を殺した犯人が。

　象山は家族のために生きてきた。その家族を奪われた自分が、今も生き続けている理由は一つしかない。

　犯人を突き止め、終わりのない地獄へ落とす。

　だがそのためには、犯人が家族を殺した方法を突き止めなければならない。

　象山は棺桶《かんおけ》に腰を下ろし、アルミシートを握り締めた。

◆

「各種メディアにて報じられております通り、一昨日の午後二時ごろ、弊社所属アーティストのerimin が東北自動車道の下り車線を走行中、事故に遭い亡くなりました。遺体の損傷が激しかったこと、また親族の方とも連絡が付かなかったことから、発表が遅れましたことをお詫《わ》び申し上げます」

ムイが深々と頭を下げる。カメラのフラッシュがスーツを光らせる。

「また一昨日の午前十一時ごろ、erimin さんのお母様である女優の象山季々さんが自宅付近で亡くなっているのが発見されました。お父様と妹さんも現在、行方が分からなくなっています。当社ではご家族の無事を祈りつつ、引き続き警察の捜査に協力して参りたいと考えています」

ハンカチで目《め》尻《じり》を拭《ぬぐ》い、絞り出すように続ける。

「なお近日中に当社主催で erimin さんとのお別れの会を開催いたします。レコーディングを済ませておりました新曲『ポンカス』も予定通りリリースさせていただきます」

さすがに告知が早すぎたかと思ったが、動画サイトのコメント欄には「泣いた」「死ぬほど泣いた」「学校休んで行く」「新曲予約した」と好意的な声が並んでいた。そこに時折り「流出写真やばい」「死体見たけどグロすぎ」といったコメントが交ざっている。

ムイは動画を流したままブラウザのタブを増やし、掲示板のまとめサイトにアクセスした。トップに『【グロ注意】アカダマ erimin 事故現場画像』と記事タイトルがある。モザイクのかかった画像をクリックすると、道路に横たわった象山舞冬の死体が画面いっぱいに表示された。

　舞冬の頭はきれいに破裂していた。頭蓋骨が砕け、脳と血と肉が混ざり合いながら散らばっている。首も平たく潰れているが、胸から下の損傷は少ない。

　死体の周りには一センチほどのシルバーボールがいくつか転がっていた。首元をよく見ると、首の左の付け根から右下へ向かって、細い糸を押しつけたような痕《あと》がついている。

「警察からの情報によりますと、erimin の乗っていたカローラは中央分離帯のガードレールに接触し、急激に減速したところを後続車両に突き飛ばされたものとみられます」

　動画のムイが記者の質問に答えて言う。

「その際の衝撃でシートベルトのバックルが破損したため、erimin はフロントガラスを突き破り、道路に転がった状態で発見されました」

　まさにそのとき、ネックレスが肌に押しつけられ、首元に痕を残したのだろう。直後にワイヤーが切れ、ボールが道路に飛び散った。舞冬の命はこのネックレスとともに散ったのだ。

　記事の下に並んだ阿鼻《あび》叫喚の書き込みを斜め読みして、ムイは思わずほくそ笑んだ。

　死体の画像をネットに流したのはムイだった。警察官に見せられたポラロイド写真を隠し撮りし、色調を整えて掲示板に投稿した。

　狙いは人々の心に erimin の死を刻み込むことだった。今はワイドショーもＳＮＳも事故の話題で持ち切りだが、ニュースの賞味期限は短い。瞬く間に新たな話題が人々の心を攫《さら》っていく。彼らの関心を繋ぎとめるには、他のニュースにはない視覚的なインパクトが必要だった。

　ブラウザのタブをすべて閉じ、固まった腕を伸ばす。この三日間は警察による再三の事情聴取にマスコミ向けの記者会見、そして一日も早く追悼イベントを行うための会場予約にスタッフのアサインと、目の回るような忙しさだった。

画面に映った顔を見て苦笑する。目元が腫《は》れ、頬と顎が無精髭《ぶしょうひげ》に覆われていた。一度帰ってシャワーを浴びよう。ガムを口に入れ、肩を回しながらテナントビルの地下駐車場へ向かった。

フーガのドアロックを外そうと電子キーのボタンを押す。ドアが反応しない。ハンドルを引くとロックが外れたままになっていた。昨夜、会見場のホテルから事務所に戻ってきたとき、錠をかけ忘れたらしい。

シートに腰を沈めたところで、スマホが震えた。

着信を切ろうとして、オレンジ色のアイコン——スキャナーズだ——に目が留まる。スキャナーズはドバイの技術者が開発した秘匿性の高い通信アプリで、詐欺や強盗などの犯罪グループに愛用されていた。

ガムを灰皿に吐き捨て、白目を剝《む》いた男のアイコンをタップする。

「お前が erimin を殺したのか」

ドスの利いた声が聞こえた。

「わたしなら見つからないようにやりますよ」

「じゃあ事故か。だったら余計問題だ。ネットに死体の画像が流出してる。このままじゃ誰もおれたちに付いてこなくなるぞ」

「余計なお世話ですね」つい険のある声が出た。「あなたたちは何も分かってない。画像を洩《も》らしたのはわたしです。この事故によって、アカダマは日本のポップミュージック史に名を刻む存在になります」

男は気圧《けお》されたように数秒黙り込んだが、

「親分《チヤナイ》も腹に据えかねてる。ライヒプロモーションが潰れたらお前は終わりだ。お行儀よくベッドで死ねると思うなよ」

捨て台詞《ぜりふ》を吐いて通話を切った。

コンソールボックスにスマホを投げ込む。勝手なやつらだ。

苛立《いらだ》ちを鎮めようと深呼吸すると、汗の臭いが鼻を突いた。窓を開けようとスイッチに指をかけた、そのとき。

「ストップ」

肩を摑まれた。

ルームミラーを見ると、象山晴太がバックシートで足を組んでいた。

「普段は随分横柄なんだな。会見の好青年はどこへ行ったんだ?」

グローブボックスからサバイバルナイフを取り、象山の手の甲へ振り下ろす。象山は腕を引っ込め、ジャケットからスマホを取り出した。電話番号と通話時間が表示されている。

「わたしの仲間がきみの言葉を聞いてる。わたしが戻らなければ、明日の『ハローどっこいしょ東北』で蓑家閑がため息交じりにこう言うだろう。涙の記者会見で注目された敏腕プロデューサーが、erimin の死体画像を流出させたことを告白しました」

ムイは舌を打った。この男は馬鹿ではない。対処を誤ればライヒプロモーションは致命傷を負う。

「この前の質問に答えてもらおうか」象山は静かに言った。「彩夏に何をした?」

この男はムイのやったことに気づいている。はぐらかしても無駄だ。

「少し遊ばせてもらっただけですよ。それに見合う仕事はしたつもりですけど」

「狙いは何だ」

「別に。どうせ面倒な仕事をするなら、楽しくやったほうがいいでしょう」

象山は、ぽきっ、と親指を鳴らした。

「きみをライヒプロモーションに送り込んだのはタイのマフィアか？」

「まあ、そう呼ぶのが無難でしょうね」

「どうしてシノギが音楽事務所なんだ。金を稼ぐならもっと手っ取り早い方法があるだろ」

「釣り餌《え》ですよ」

正直に答えた。

「K－POPにはすっかり水をあけられましたが、日本のポップミュージックもタイやベトナムではそれなりに知られています。あなたの娘さんのような歌手に憧《あこが》れる若い女性も珍しくない。わたしの仲間たちはそんな女性を探しています。そしてナイトクラブでわたしの名刺を差し出し、魔法の呪文《じゅもん》を唱える。——一緒に日本で仕事をしませんか？」

ドアミラーに映った自分の顔が笑っていた。アカダマのデビューが決まったとき、ファーストツアーのチケットが完売したとき、『魔法のきのこ』がドラマの主題歌に決まったとき、象山に見せたのと同じ笑みだった。

「彼女たちが日本でデビューすることはありません。でも大丈夫。どんな腕利きの弁護士も我々を訴えることはできません。詐欺だと言われたらこう返せばいい」

――この名刺は本物です。チャウワット・クラダートはライヒプロモーションに籍を置く本物の音楽プロデューサーです。

「わたしはその一言のためにここにいるんです」

象山は「ご立派なことだな」とヘッドレストに頭をもたれさせた。

「正直、うんざりしてますよ。三年前にわたしが入社した時点で、ライヒプロモーションの経営は火の車でした。何もしなければ一年足らずで倒産していたでしょう。わたしはアーティストを発掘し、作品をヒットさせて、今日までライヒプロモーションを守り抜いてきました。

でも親分《チャヤナイ》はそんなこと何の興味もない。わたしのことはアリバイのために籍を置いているだけの能なしと思ってるんでしょう。こんなに気の滅入ることはありません」

思わず息を荒らげていたことに気づき、ムイは咳払《せきばら》いした。

「とにかく、所属タレントの妹と少し遊んだくらいで罰は当たりませんよ」

「きみの苦労話はどうでもいい」通話中であることを思い出させるように、象山はスマホを振った。

「頼みがある。わたしを海外へ逃がしてくれないか？」

ムイは呆れた。さっきまで自分を脅していたくせに、今度は頼み事とは厚かましいやつだ。

「礼はする。わたしをタイへ連れて行ってくれたら、きみをこの島国で働かせて甘い汁を吸ってる親分を殺してやるよ」

はは、と喉《のど》から笑い声が洩れた。

「親分《チャヤナイ》はノンタブリーのバンクワン刑務所にいます。あなたは面会することもできません」

「テレビを点けてみろ」

聞き間違いかと思った。「は？」

「いいから点けろ」

シートの間から象山の手が伸び、カーナビの画面をタップする。

「――ご覧いただくのは、三日の午後十時半ごろ、神々精市内の自然公園で撮影された映像です」

七インチの画面の真ん中で耳の潰れたアナウンサーが眉間《みけん》を強張《こわば》らせていた。

「ビデオカメラを設置していたのは神々精市に住む男性。コミミズクの巣を定点撮影するため、ヒノキの幹に小型カメラを設置していたという」

ナレーションが女の低い声に変わり、低画質のモノクロ映像が流れる。ヒノキに挟まれた道の真ん中で男女が何やら言葉を交わしていた。背格好や服装を見るに、どうやら象山と彩夏らしい。

「だが次の瞬間」

画面の半分ほどにモザイクがかかった。カメラが揺れ、彩夏が消える。無数の肉片が地面に散らばったのが分かる。

いったい何が起きたのか。自然公園に地雷が埋まっているはずもない。となると――。

「わたしがやった」

象山が耳元で囁《ささや》く。ムイは悲鳴を上げた。

「タイへ運んでくれたら、きみの願いを叶《かな》えてやる」象山は人差し指でモニターを指し、その指をムイの鼻先に向けた。「わたしには人を爆発させる力がある。面会せずとも、簡単にきみの親分を殺せる」

ムイは画面を叩いてテレビを消した。

「条件があります」喉に力を込め、声の震えを抑える。「船代が二百万——口止め料込みで二百五十万用意してください」

「お安い御用だ」

「もう一つ」せり上がる胃液を呑《の》み込んで、「日本を出るまで、二度とそのいかれた力を使わないと約束してください」

象山は一瞬、逡巡《しゅんじゅん》するように目を泳がせたが、

「分かったよ」すぐにこちらを見返し、「約束しよう」

いつかのムイと同じ笑みを浮かべた。

2

夕暮れ前に神霧山の麓《ふもと》の空き家へ戻ると、エデンの姿が消えていた。

寝床の部屋に書き置きがあった。神霧山キャンプランドの前の道路でカメラマンと鉢合わせしそうになり、潜伏先を変えることにしたという。土間の柱に縛られていた男の死体もなくなっていた。

象山にとってもここは決して安全ではない。逃亡者が滞在していたときも近くで子どもが遊んでいたことがあったという。

この先どうすべきか。

すでに考えは決まっていた。

警察は死力を尽くして象山を捜しているだろう。頭の破裂した舞冬は交通事故として処理できた

としても、全身が爆発した彩夏や、内臓を吐いた季々はどうしようもない。警察はどこまでも象山を追い回すだろうし、一度捕まえればどんな屁理屈《へりくつ》を捏《こ》ねてでも刑務所へ叩き込むはずだ。

自分に残された道は一つしかない。国外へ逃れるのだ。

日本に未練はない。もう家族はいないのだから、この街に留《とど》まる理由もない。

幸いムイのおかげでタイへ逃れる段取りが付いた。ライヒプロモーションの事務所へ向かう途中、一蛮町の雑踏でかすめたスマホの通話画面を見せると、ムイは象山の仲間が話を聞いていると信じ込んだ。さらにテレビのニュースで彩夏の爆発の映像を見せると、期待通り、象山を超自然的な力の持ち主と思い込んだ。

とはいえまだ安心できる状況ではない。象山はフーガのバックシートで、日本を出るまでは力を使わないとムイに約束した。売り言葉に買い言葉で安請け合いしたものの、肝心の力がはったりなのだから制御することもできない。別の時間の象山がまた人を殺せば、連鎖現象によって似たような事件が起こりうる。それを防ぐには、犯人を見つけ、世界との繋がりを断つほかない。

季々と舞冬が死んだ四日以降、別の時間の象山たちは自分への疑いを強めていた。

明確な根拠はない。あえて言うなら、象山に前科があることくらいか。まだ人質ルールがなかった先月、象山はペペ子を殺した。それを機に人質ルールが採用されると、今度は生田を脅し、自殺を迫った。この手も追加ルールで封じられたものの、また新たな方法を見つけ、実行したのではないか。彼らがそう疑いたくなるのも理解できる。

だが何より彼らを焚《た》きつけているのは、象山への妬《ねた》みだった。

二度シスマを打ち、二度とも時間遡行《そこう》に成功したのは一人だけ。自分たちを踏み台にしてうまい汁を吸ってきた象山に、今度こそしっぺ返しを食らわせてやりたい——そんな思いが胸の底にあるのは確かだろう。

自分を守る方法は一つしかない。疑いの余地のない推理を披露し、真犯人を突き止めるのだ。

とはいえ他の象山たちにも彼女たちを殺すのは不可能だったように思える。犯人はいったいどんな手を使ったのか。

盗んだスマホでブラウザを開き、掲示板のまとめサイトにアクセスする。トップの見出しをタップし、ムイが投稿したという死体の画像を開いた。頭部の潰れた舞冬が高速道路に転がっている。ぐちゃぐちゃに散らばった頭蓋骨、脳、肉。この上なく無残な死体の周りに、つるつるしたネックレスのボールが転がっているのがおかしい。

死体の首元には細い糸を押しつけたような痕が残っていた。夢の中で見た修復者の時間の死体——モンキーハウスのステージで頭が破裂した死体には、こんな痕はなかった。この痕は舞冬の死と関係なく、この時間に固有の出来事によって生じたことになる。車が減速し、身体が放り出された際、ネックレスが肌に強く食い込んだのだろう。

画像を拡大したり、ＳＮＳの投稿を漁《あさ》ったりしてみたが、犯行方法の特定に繋がりそうな手がかりは見つからなかった。

動画アプリを開き、ニュース映像を再生する。コミミズクを定点撮影していたカメラに映っていたという、例の動画だ。自然公園の小道で象山と彩夏が言葉を交わしている。彩夏が歩き出そうとしたところで小道にモザイクがかかる。画面が揺れ、彩夏の欠片《かけら》が地面を転がる。

何か見落としていた手がかりはないか。期待を込めてモザイクに目を凝らしたが、やはり新しい発見はなかった。

もとより彩夏が別の時間からの連鎖現象で命を落としたとすれば、この時間に手がかりが残っているはずもない。

スマホの画面を消そうとして、ふと映像の中のもう一人の人物——死体を見下ろした自分に違和感を覚えた。

シークバーを戻し、爆発の瞬間を見る。彩夏が飛び散るのと同時に、象山は顔の向きを変えていた。まるで頬を打たれたかのように。

数秒考えて、そのときのことを思い出す。彩夏の腎臓《じんぞう》が飛んできて、象山の顔にへばりついたのだ。

一つの仮説が浮かんだ。

犯人は誰か。どうやって彩夏を殺したのか。そんな答えに飛びつこうとすると、足元の穴に落ちてしまう。

大事なのは、どこで爆発が起きたか——これだ。

それさえ分かれば、残る疑問の答えも明らかになる。

スマホを置き、漆喰《しっくい》の壁に目をやる。窓から茜《あかね》色の日が差していた。夜更けはまだ遠い。

地下室で自分たちと会うのが待ち遠しい。象山は初めてそう思った。

七／拡散

1

瞼《まぶた》を開くと、無数の肉が浮いていた。

「ラッキー野郎が来たぞ」

擦《かす》れた声が聞こえる。

棺桶《かんおけ》に肉が降ってきた。黒く硬くなった繊維に青灰色の黴《かび》が浮いている。象山の顔や腕を殴り、そのまま皮膚に張りつく。象山が眠りに落ちるのを待ち構えていたのだろう。みるみる身体が重くなっていく。

両足の肉を払い落とし、棺桶から床へ転げ出た。ギロチン台に立った逃亡者が顔を力ませ、懸命に指を振っている。泥沼に浸《つ》かって歩くようにゆっくりと地下室を横切り、喉《のど》を摑《つか》んで後頭部を支柱に押しつけた。

「何のつもりだ」

逃亡者も負けじと象山の前髪を摑む。

「お前が季々たちを殺したんだろ？　お前にはここから消えてもらう」

象山の口を肉で塞《ふさ》ぐ。この肉は、まさか。

「ロシェンだよ」後ろで修復者が言った。「エデンと会い、ロシェンを手に入れた。それを飲んで眠ると、地下室に肉が浮いていた」

シスマとロシェンの両方を摂取した者は、ほぼ随意的にカウフマン野を制御できるようになる。新村大学精神医学研究所でそれらを投与された患者の中には、特定のカウフマン野を蛋白《たんぱく》質で覆い、脳から隔離することに成功した者もいたという。

修復者がロシェンを飲んだことで、自分たちも特定の意識を蛋白質で隔離することが可能になったのだろう。そこに留置場で居眠りを始めた逃亡者が現れ、さっそくこの象山——幸せ者を隔離しようとしたのだ。

「お前はほら吹きだ。おれたちの前ではルールを守る素振りを見せておいて、生田を脅し、無理やり死なせようとした。それが失敗に終わったもんだから、別のやり方で今度は家族を殺したんだろ」

「違う」無理やり口を開き、声を絞り出した。「話を聞いてくれ。事件の真相がわはったんだ」

肉が顎《あご》を殴る。前歯がぐらつく。

「お前の話を聞く気はない」

左右の瞼に肉が張りついた。世界が暗闇に覆われる。身体が岩のように重くなっていく。

「わたしは真実を知ってる。わたしを消ひたら、きみたちは一生それをひらずに生きていふことになるぞ」

「黙れ――」

ふいに雨がやんだ。肉がぼたぼた剝《は》がれ、身体が軽くなる。

「邪魔するな！」

逃亡者が叫ぶ。視線の先に死にぞこないがいた。

「きみこそ勝手なことをするな」

手術台から上半身を起こし、頭上に浮いた肉を払いのける。

「怪しいというだけで自分たちを消していったら、すぐに誰もいなくなる。幸せ者は事件の真相が分かったと言ってるんだから、まずは話を聞くべきだ。それともきみは犯人が三人を殺した方法を説明できるのか？」

逃亡者が黙り込む。修復者が「一理あるな」と頷《うなず》く。宙に浮いた肉が一斉に落ちる。

象山は頭や腕に付いた肉を払った。生臭く湿った髪を掻《か》き上げ、ため息とともに口を開く。

「三人を殺した犯人はこの中にいる。今からその正体と犯行方法を説明する」

鏡からベールを取り、夜の自然公園を映した。

「まずは彩夏の事件だ。わたしの時間の彩夏はアカダマのライブからの帰宅途中、自然公園を歩いていたところで突然、爆発した。死にぞこないの時間も、彼が入院していて現場にいなかった点を除けば状況はほぼ同じ。修復者の時間では呼子鳥食堂の休憩室に荷物を取りに行った帰り道に、逃亡者の時間では醬窯のマンションの自室でゲーム配信中に、それぞれ爆発が起きた」

パン。鏡の中の彩夏が消え、象山の目が腎臓《じんぞう》で塞がる。

「まるでゲームの世界の〝見えない爆弾〟が使われたかのようだが、もちろんそんなものはない。

人間爆発というとひどく突拍子もない印象を受けるが、爆発はあくまで爆発だ。キッチンから学校の理科室、油田から戦場まで、地球上のあらゆるところで日々数え切れないほどの爆発が起きてる。どんな爆発も原因を解明する手順は同じ。初めにやるべきことは、中心の特定だ」

「中心？」バケツに尻《しり》をついた逃亡者がオウム並みの反応をする。「そんなの分かり切ってるだろ」

顎で鏡を指し、「彩夏だよ。お前も吹っ飛ぶところを見たんだろ？」

「わたしが言ってるのは、彩夏のどの部分が爆発の中心だったのかってことさ。

爆発は瞬間的な燃焼の拡散だ。どこが発火点かを一目で見抜くのは難しい。ゆえに現場の調査が重要になる。ガス爆発や粉塵《ふんじん》爆発なら、破損物の形状や吹き飛び方から爆風の向きを確かめ、中心を推定する。中心が分かれば、その地点で爆発が生じた原因を具体的に検討することができる。

では彩夏の場合はどうか。彼女のどこから爆発が広がったのか？」

三人の象山が一斉に鏡を見た。

「手がかりはいくつかある。一つは腎臓だ。彩夏が爆発したとき、わたしの顔を腎臓が直撃した。その後、道を横切ってヒノキの陰に隠れると、その木にもう一つの腎臓がこびりついていた。腎臓は身体の裏側、胃袋の下から、大腸、小腸と重なる辺りに横に二つ並んでいる。それが反対側へ吹っ飛んだとすると、爆発の中心は二つの腎臓の真ん中、つまりちょうど身体の中心の辺りだったことになる。具体的に言えば、胸椎《きょうつい》、腹部大動脈、下大静脈、そして腸管の詰まった辺りだ」

「それは怪しいな」修復者が訝《いぶか》しげに目を細める。「現実の爆発は映画みたいにきれいなものばかりじゃない。爆発に巻き込まれた物の数、大きさ、硬さ、その他いろんな要因次第で広がり方も複雑に変化するはずだ。たまたま腎臓が反対側へ吹っ飛んだからって、そこが中心とは言えない」

「彩夏の吐物も腎臓と同じ結論を示していた」

「とぶつ」

「げぼだよ」

鏡の中の時間を進める。象山の顔からぬるりと硬そうな物が落ちる。

「彩夏が爆発したとき、わたしの顔にかかった消化物の中に、黒く焦げたイカの欠片《かけら》があった。アカダマのライブの前、パラパラなんとかのコラボカフェで食べた『魚人探偵のイカ焼き』の嚙《か》み残しだろう。彩夏がこれを食べたのは午後五時ごろだから、爆発の起きた午後十時半の時点で約五時間半が経過していた。イカは胃袋を通過して、小腸を少し進んだ辺りにあったはずだ。

一方、道を横切った反対側のヒノキにかかった消化物からは、うっすらレモンバターの匂いがしていた。これはツアーファイナル公演の後、鯊田アンホに差し入れたレモンバターケーキの匂いだ。ライブが終わって控室へ行ったのは午後九時ごろだから、爆発の時点では一時間半ほどしか経ってない。このケーキはまだ胃袋の中にあったはずだ。

腸管は腹の中にぎゅうぎゅうに詰まっている。その中の別の位置にあった消化物が、正反対の方向へ飛んでいた。これもやはり、腸管の真ん中の辺りで爆発が起きたことを示している」

ヒノキにかかったどろどろの消化物を見つめ、修復者は「なるほど」と腕を組んだ。

「では具体的に、爆発はどこで起きたのか。彩夏の死体を観察すると、あちこちに腸管の細かい切れ端が散らばっていた。仮に爆発の中心が腸管以外のところ——たとえば背中の胸椎付近だったとすると、腸管全体が前へ吹き飛ばされていたはずだ。もちろんそれでも腸管は傷むだろうけど、細かくばらばらになることはない。

では腸管の内部で爆発が起きていたとしたらどうか。人間の小腸は細かく曲がりながら腹に収まっている。その内側で爆発が起きれば、ある部位は右方向、ある部位は左方向、ある部位は上方向といった具合に、部位ごとに違う向きの力が働くことになる。腸管が細かく千切れていたのはその結果だ。

以上のことから、彩夏を破裂させた爆発の中心は、腸管の中だったと考えられる」

死にぞこないが無言で腹を押さえた。

「このことから爆発の原因も絞り込まれる。言うまでもなく、人間の腹は勝手に爆発したりしない。犯人は予め《あらかじ》彩夏の腸管に時限式の爆弾を隠していたことになる」

いやいや、と逃亡者が失笑するのを無視して、

「よく考えると、このやり方は大変理に適《かな》っている。仮に爆発の中心が脳や心臓だったとしたら、犯人は事前に開頭手術や開胸手術を行って爆弾を埋め込んでいたことになる。必要な技術も手間も馬鹿にならない。でも腸管なら話は別だ。こんなに分かりやすいところに入り口があるんだからね」

象山は自分の口を指した。

「犯人は予め、彩夏に〝見えない爆弾〟を呑み込ませていたんだ」

「ありえねえだろ、そんなの――」

「生まれつき腎臓の血管に狭窄《きょうさく》があった彩夏は、血圧が上がらないよう、毎食後にカルシウム拮抗《きっこう》薬を服用していた。〝見えない爆弾〟の正体はこれだ。犯人はカプセル剤をシートから取り出し、中身を偽物と掏《す》り替えた上、気づかれないようにシートを糊《のり》づけしていた」

んぐっ、と修復者がげっぷをする。

「偽物のカプセルの中身は想像するしかないが、たとえばアルカリ金属と含水爆薬を使ったとしよう。アルカリ金属は水と反応して熱を生じる。リチウム、ナトリウム、カリウムあたりならネットで簡単に手に入る。爆薬は父さんの奇術道具の中にあったのを使えばいい。

彩夏は三日、何も知らずにこのカプセルを飲んだ。溶解時間の長いカプセルを使っておけば、それから数時間は何も起こらない。だがひとたびカプセルが溶けてアルカリ金属が体液に触れれば、酸化還元反応で熱が生じる。熱は爆薬を起爆させ、彩夏は腹の真ん中からばらばらに吹っ飛ぶ」

象山は鏡の中の記憶を巻き戻し、彩夏をもう一度爆発させた。

「舞冬はどうなる？」逃亡者が眉《まゆ》を寄せて言う。「舞冬は頭を破裂させて死んだ。カプセル爆弾を飲ませる手は使えねえぞ。犯人は舞冬の脳にアルカリ金属と爆薬を埋め込んだのか？」

象山は舞冬の死体の写真を鏡に映した。

「これはムイがネットに流した画像だ。きみの言う通り、弾《はじ》け飛んだのは頭だけ。爆発の中心は当然、頭だ。

でも犯人のやったことは変わらない。舞冬の死の状況を知って犯人も驚いたんじゃないかな。これは犯人も想定していなかった、ある種の事故だったんだ」

「事故」修復者がつぶやく。「事故？」

「舞冬は毎朝、スズナールなる喉ケアサプリを飲んでいた。四日の朝、舞冬が飲んだカプセルは、例によって犯人が中身を掏り替えたものだった。

数時間後、舞冬はとある場所にいた。わたしが犯人なら、そこは高速道路を走る車の中。修復者が犯人なら、そこはモンキーハウスのステージ。逃亡者が犯人なら、そこは警察署の小会議室。死にそこないが犯人なら、そこは市道の路肩を走るロードバイクの上。どの時間で犯行が行われたかによって多少の差はあるものの、舞冬はそれぞれに緊張を強いられる場所にいた。そして彼女は、緊張すると胃の中の消化物が逆流してしまう癖があった」

　ああ、と修復者が喉を押さえる。

「緊張のあまり、数時間前に飲んだカプセルが溶けかけの状態で喉へせり上がってきてしまったんだろう。そこでアルカリ金属が唾液《だえき》に触れ、熱が生じた。舞冬はそうとは知らず、唇を閉じて消化物を呑《の》み込もうとする。その瞬間、熱が爆薬に伝わり、口の中で爆発が起きた。舞冬の頭は血を撒《ま》き散らして破裂した」

「季々は？」逃亡者が声を荒らげる。「カプセル爆弾じゃさすがに説明が付かねえだろ。なんたって内臓を吐き出したんだから」

「ところがそうでもない。季々は毎朝、スーパーヒョロリンなるダイエットサプリを飲んでいた。例によって犯人は、その中の一つの中身を掏り替えていたんだ。

　一方で季々は、体形を細く見せるため、ポリウレタン製のコルセットを身に着けていた。かつて大食い女優としてその名を知られた彼女が、年を重ねるにつれ体形の維持に苦労していたのはきみたちも知っての通りだ。

　カプセル爆弾を飲んだ数時間後。アルカリ金属が体液に触れ、熱が発生。その熱が爆薬に伝わり、腸内で爆発が起きた。ただしコルセットが外から身体を覆っていたことで、季々の身体はさしずめ、開口部のある容器のような状態になっていた。爆発の衝撃はただ一つの開口部である喉へ集中する。結果、爆風とともに内臓がせり上がり、口から豪快に飛び出すことになった」

鏡に季々を映す。おえええっ、と胃袋を吐いたのを皮切りに、次々と内臓を吐き出す。

「なんで犯人はそんなまどろっこしいことをしたんだ？　家族を殺したかったんなら、もっと簡単なやり方がいくらでもあるだろ」

「もちろんアリバイを作るためさ」

象山は逃亡者に笑みを返した。

「といっても普通のアリバイじゃない。捜査機関にアリバイを主張したいなら、きみの言う通り簡単なやり方がいくらでもある。犯人の作ったアリバイは、ここにいる我々に向けられたものだ。自分は犯人ではないと別の時間の自分たちに思わせるのは容易じゃない。不可解な状況で人が死ねば、わたしたちはそのとき、自分たちがどこで何をしていたかを確かめ合う。刺したり殴ったり轢《ひ》いたりといった直接的な手は使えない。

ならば間接的な手――遅効性の毒を飲ませたり何らかの罠《わな》に嵌《は》めたりといった手を使えばいいのかというと、そう単純な話でもない。殺害の方法が分かれば、やはり我々はそれを仕込むことができた時間の記憶を確かめ合うはずだ。自分の分身たちから犯行を隠すには、直接手を下さず、かつ殺害方法すら見当の付かないような手段を用いる必要があった。それがこれさ」

親指を鏡に向け、季々の死体を指した。逃亡者が苦笑し、修復者が電気椅子の背もたれに首を預ける。

「残る問題は一つ」鏡の中の死体を消し、三人を見回す。「カプセル剤という〝見えない爆弾〟を使って、彩夏、季々、舞冬の三人を殺した犯人は誰か」

修復者の喉仏が上下した。

「厳密に言えば、ここにいるわたしたち以外の誰かがこの方法でわたしたちの家族を殺し、それが別の時間まで波及した可能性もある。とはいえ犯人は、わたしたちの家族の飲んでいた薬やサプリを掏り替えていた。ここにいる四人の他に、それができた者がいるとは思えない」

「そりゃそうだな」

「ではこの中で犯人たりうるのは誰か。第一に、それはわたしではない」

すかさずケチを付けようとする逃亡者を制し、頬の膨らんだ彩夏を鏡に映す。箸《はし》で持ち上げているのはお好み焼きの切れ端。テーブルの右には親子丼、左にはイカ焼きが並んでいた。

「わたしの時間の彩夏は、アカダマのライブの前にパレパレなんとかのコラボカフェを訪れ、腹がどうにかなりそうなほど物を食べていた。鯊田アンホと会う前にそんなに腹いっぱい食べて大丈夫なのかと尋ねると、彩夏はこう言った」

――大丈夫。朝、スーパーヒョロリン飲んできたから。

「この日、彩夏はこっそり母親のダイエットサプリを飲んでいた。でも彩夏には日頃、薬の飲み合わせに気を付けるよう口酸っぱく言い聞かせてる。そんな彩夏がスーパーヒョロリンと血圧の薬を一緒に飲んだとは思えない。彩夏はこの日、カルシウム拮抗薬を飲んでいなかったはずだ」

三人揃って釈然としない顔をした。

「犯人は季々のサプリにもカプセル爆弾を交ぜてたんだろ？　こっそり飲んだ母親のサプリが〝はずれ〟だったとしても同じことじゃないか」

修復者が代表して反論する。

「どうかな。季々も翌日、カプセル爆弾を飲んで命を落としてる。季々が娘のカルシウム拮抗薬を飲むことはないから、この場合、スーパーヒョロリンの容器には二つ〝はずれ〟が入っていたことになる。

　これはおかしい。容器に一つ〝はずれ〟を入れておけば、標的はいずれそれを飲む。二つ〝はずれ〟を入れておいても、警察に証拠を押さえられるリスクを増やすだけだ」

「そう言って犯人でないふりをするためにわざと二つ入れておいたんじゃねえか？」

　逃亡者が食い下がる。

「ないね。彩夏が三日の朝に母親のスーパーヒョロリンを飲むことは誰にも予想できなかった。予測不能な可能性に期待して〝はずれ〟を二つ入れていた、というのは論理的におかしい」

「分かった。きみ――幸せ者は犯人じゃない」修復者が頷いた。「それで？」

「必然的に、死にぞこないも犯人ではないということになる」

　当の死にぞこないが眉を顰《ひそ》めた。「なぜ？」

「わたしがシスマを打って死にぞこないと分岐したのは三月二十六日、彩夏が死ぬ八日前だ。死にぞこないが犯人だとしたら、三月二十六日から四月三日までの間に薬やサプリを掏り替えたことになる。でも死にぞこないは一度も病室を出ていない。今も人工呼吸器のマスクを着けたままだ。彼は犯人ではない」

　死にぞこないが「なるほど」とマスクを押さえる。残る二人――修復者と逃亡者が顔を見合わせる。

「じゃあ逃亡者はどうか。きみの時間の家族は八月にきみと別居した後、醬窯のマンションに住んでいた。カプセル爆弾を忍ばせるには、まずこのマンションに潜り込む必要がある。だが彼は彩夏の事件が起きるまで一度もそこを訪れていない」

　修復者が電気椅子から腰を浮かせた。

「それこそ逃亡者がそう言ってるだけだろ」

「確かに我々は逃亡者の記憶をすべて確かめたわけじゃない。鏡に映していない時間にシャイン醤窯に忍び込んでいた可能性も否定できない。

　ただ逃亡者は、四日に配信アプリで彩夏が爆発するのを見て現場へ駆けつけた際、誤ってこのマンションの５０６号室の錠を抉《こ》じ開けるミスを犯している。もしそれまでに一度でも５０５号室に忍び込んでいたら、部屋の位置くらい覚えていただろう。たとえ慌てていたとしても、一つ隣りの部屋に押し入るとは思えない」

「そう言い訳するために芝居をした可能性はないか？」

「ないね。この男は部屋を間違えたせいで警察に尻尾《しっぽ》を摑まれ、今じゃ留置場に入れられてるんだ。わざとだとすれば代償が大き過ぎる」

　逃亡者が「その通りだ」と頷いて、にやにや笑いながら修復者を見る。

「残る容疑者は一人だけ」

　不自然に腰を浮かせたまま凍りついた男を見据え、象山は言った。

「カプセル爆弾を使って、彩夏、季々、舞冬の三人を殺した犯人は、修復者。きみだ」

2

修復者は何も答えなかった。

焦点のずれた目が何もないところを見つめている。肘《ひじ》置きを摑んだ指の爪が板に食い込む。

「一つだけ分からないことがある」

象山は電気椅子の前に立ち、逃亡者を真似て人差し指を振った。床の肉がふわりと浮き上がる。

「きみは春を不死館に監禁し、嘘の筋書きをでっち上げて、無事に家族を取り戻していたはずだ。舞冬に嘘を見抜かれていたとはいえ、家族を皆殺しにする理由は見当たらない。なぜこんなことをしたんだ？」

鼻先に肉を浮かせ、修復者を問い詰める。

「それは――」

修復者は首を屈《かが》め、

「分からない」

ゆっくりと息を吐いた。

「分からない？」

「そうだ。わたしにはそんなこと分からない」

そこで顔を上げる。口元には薄笑い。双眸《そうぼう》には獣のような光が宿っていた。

「わたしは家族を殺していないからね」

電気椅子から手を伸ばし、宙に浮いた肉を叩《たた》き落とす。

「わたしは娘二人を爆発させていないし、妻の内臓を噴き出させてもいない。きみの推理——カプセル爆弾説はなかなか素《す》っ頓狂《とんきょう》で面白かったけど、残念ながら正解じゃない。こんな杜撰《ずさん》な推理で悦に入るなんて同じ象山晴太として恥ずかしいね」

そう言ってわざとらしく腕を擦《さす》る。恥ずかしいのはこちらのほうだ。

「往生際が悪いぞ」

「これを見てくれ」

修復者が鏡に季々を映した。自宅のリビング。テーブルのコーヒーカップから湯気が上っている。

——サインしないでくれてよかった。

季々が離婚届を破り、屑《くず》入れに捨てる。三月八日、修復者が家族との同居を再開した日の記憶だった。

「おかしいと思わないか」

鏡の中のリビングを見回す。こちらの時間と違いはない。何を言っているのか——。

「季々だよ」

修復者が時間を停める。

鏡に映った季々をよく見て、血の気が引いた。

「一度も別居していないきみの時間の季々と違って、わたしの時間の季々の身体はひどく痩《や》せてしまっていた」

頰が削《そ》げ、眼窩《がんか》が窪《くぼ》み、甲状軟骨がくっきりと浮き出ている。

「きみの推理によれば、季々が口から内臓を吐いたのは、コルセットが爆発の衝撃を内側へ押さえ込んでいたからだという。だがこれだけ痩せていた季々が、わざわざ体形を隠すためにコルセットを着けていたと思うか？」

「コルセットの役割は体形の補整だけじゃない。今は腰痛のケアに使うことのほうが多いくらいだ。季々もそのためにコルセットを使い続けていたんだろう」

「わたしの妻はよほどあのコルセットがお気に入りだったんだな」

修復者が笑いながら鏡の中の時間を動かした。

季々がカップを手に取る。息を吹きかけてからコーヒーに口を付けたところで、スマホが震える。

――やばい。時間忘れてた。

口紅の付いたカップが倒れ、コーヒーがシャツワンピースの下腹部の辺りを濡《ぬ》らす。

――熱っ！

季々が椅子から跳ね上がった。

「ああ」

思わず声が洩《も》れていた。修復者が顔中に笑みを広げる。

「お気づきの通り。季々は下腹部にコーヒーをこぼし、すぐに『熱っ』と声を上げて跳び上がっている。これは熱いコーヒーが肌に直接触れたことによる脊髄反射だ。もしポリウレタン製のコルセットを着けていたのなら、こぼれたコーヒーが肌に直接触れるはずがない」

鏡の中の季々はすでに化粧を済ませていた。象山の時間の季々ならコルセットも身に着けていたはずだ。つまり――。

「わたしの時間の季々はこの時点でコルセットを着けるのをやめていた。内臓を吐いて死んだのはおよそ一月後だ。これだけ痩せていた季々がその間に元の体形に戻るはずもない。季々にコルセットを着ける理由はなかった。よって季々の体内で爆発が起きても、口から内臓が飛び出すことはない」

「だとしても、娘二人を殺したのはきみだ。間違いない――」

「もう一つ」

修復者が鏡の景色を変える。舞冬がモンキーハウスの小さなステージでマイクを握っていた。

「わたしの時間の舞冬が死んだとき、彼女は例のきのこを被《かぶ》って『魔法のきのこ』を歌っていた。この被り物はムイが石膏《せっこう》で自作したものだ。でも」

景色が切り替わる。修復者が死体を確認するためステージへ上がったところだった。死体から一メートルほどのところにきのこの被り物が落ちている。

「頭から落ちた被り物は血こそ浴びていたものの、割れたり罅《ひび》が入ったりはしていなかった。これはおかしい。もし本当に頭の中で爆発が起きたのなら、この被り物が無傷で済むはずがない」

ああ、と誰かが息を吐いた。

「素人が石膏を固めて作った被り物じゃ、ポリウレタン製のコルセットとはまったく強度が違う。頭蓋骨《ずがいこつ》が弾け飛ぶほどの爆発が起きたのに、その外側を覆っていた被り物が無傷で済むとは思えない」

「でも、それじゃ舞冬は、どうして――」

「きみの推理は前提から間違っていた。向きが逆だったんだよ。頭を破裂させた力は内から外へ働いたんじゃなく、外から内へ働いていた。舞冬の頭は中から爆発したんじゃなく、外側から潰《つぶ》されたんだ。石膏の被り物が無傷だった以上、そうでなければ説明がつかない。当然、誰かがカプセル爆弾を飲ませて吹っ飛ばしたという推理も成り立たない」

「嘘だ」

口走ってから後悔した。修復者がわざとらしく眉を上げる。まるで癇癪《かんしゃく》を起こした子どものようだが、口を閉ざすわけにもいかない。

「きみの言うことが正しいなら、季々や舞冬を殺すことのできた犯人はいなくなってしまう。もはや怪奇現象だ。わたしたちには太刀打《たちう》ちできない」

「わたしたち？」修復者が、ぷっ、と唾《つば》を飛ばした。「きみたちと一緒にしないでくれよ」

「何？」

逃亡者が声にドスを利かせる。

「運の良さに胡坐《あぐら》を掻いてのうのうと生きてきた幸せ者や、現実と向き合わずに患者の家に棲《す》みついた逃亡者と一緒にしないでくれと言ったんだ。わたしはこれを使って、絶望的な現実を乗り越えてきた」

そう言って蟀谷《こめかみ》をぐりぐり押す。

「じゃあ三人を殺した犯人が分かったのか？」

「もちろんさ」修復者は電気椅子から颯爽《さっそう》と立ち上がると、「三日前からおかしいと思ってたんだが、ようやく頭の整理がついた。犯人はなかなか機転が利くようだよ。さっきから妙に口数が少ないが、そこにいるってことはちゃんと聞こえてるんだろ？」

手術台の前に立ち、ガーゼの隙間から覗《のぞ》いた二つの目を見下ろした。

「彩夏、季々、舞冬の三人を殺した犯人は、死にぞこない——きみだ」

3

「無茶言うな」

黙り込んだままの死にぞこないに代わって反論したのは、逃亡者だった。

「こいつは生田の野郎に刺されて入院してるんだぜ。肺を損傷して人工呼吸器を付けてるようなやつに人を殺せるはずがない」

「そう思わせることがこの男の狙いだったのさ」

ギィ、と手術台が軋《きし》んだ。死にぞこないが身を強張《こわば》らせたのが分かる。

「彩夏と舞冬が死んだとき、死にぞこないは現場から距離のある病院のベッドにいた。唯一、季々だけが、病室の床で内臓を吐いて死んだ。——と、少なくとも死にぞこないはそう主張している。

三日前の夜、死にぞこないは季々が死んだときの記憶を鏡に映した。わたしは一目見たときから、その記憶に違和感を覚えていた」

象山も思い当たる節があった。死にぞこないの記憶の中の何かを自分も見たことがある——そんな感覚に囚《とら》われたのだ。

修復者は手術台の縁を摑み、死にぞこないの顔を覗き込んだ。

「もしわたしの話を聞く気があるなら、あの記憶をもう一度見せてもらえるかな」

数秒の沈黙。

プラスチックのマスクが曇った直後、鏡に病室のカーテンが映った。スマホを耳に当てた季々がそれを開く。窓の向こうではシイの新芽が揺れている。

――あの子、いったいどこ行ったのよ。

――ご飯食べて帰ってくるんじゃないか？

テレビが点《つ》いているらしく、何やら場違いなＢＧＭ――コントラバスの不協和音が響いている。

――舞冬も勝手に出かけちゃうし。いったい何考えてんのよ。

季々がトートバッグを下ろす。死にぞこないの視界が大きく揺れる。

――着替え持ってきたよ。

窓の外のシイが揺れる。

――おえええっ。

物を吐く音に、ぼとぼとと重い物の落ちる音が重なる。救急車のサイレンが大きくなり、すぐに小さくなって消える。

死にぞこないが点滴スタンドを摑んで上半身を起こす。季々は床に手足を突き、苦しそうに肩を上下させている。

「思った通りだ。この記憶には矛盾がある」

修復者が鏡を叩いて、逃亡者と象山を見た。鏡に映ったものを反芻《はんすう》してみたが、修復者が何を言おうとしているのか分からない。

「まったく嘆かわしいな。せっかく立派な頭脳があるんだから、きみたちももっと活用すべきだよ」

嫌みったらしく肩を竦《すく》めて、

「まず注目すべきは窓の外のシイだ。季々がカーテンを開けたとき、新芽が揺れているのが見えた。でもシイは本来、もっと温暖な地域の木だ。東北のほとんどの地域には自生しない。神々精医科大病院の周辺でシイが植えられているのは、第三病棟の屋上——かつて精神科の患者が日を浴びるために整備された、あの広場だけ。すると死にぞこないの病室の窓から見えたシイも、あの屋上に植えられていたものだったことになる」

「まあ、そうだな」

「神々精医科大病院には第一から第三まで三つの病棟がある。順に十五階、十六階、十三階建て。窓から第三病棟の屋上の木が見えたということは、死にぞこないの病室は十四階以上の場所にあったことになる」

「だからいったい——」

「その一方、季々が内臓を吐いたとき、部屋の外から救急車のサイレンが聞こえた。この救急車は病棟の前を通って救命救急センターへ向かったのだろうが、おかしいのはその音だ」

「こう言いたいのか」

逃亡者が足元の肉を蹴《け》った。

「十四階以上の場所にいたはずの死にぞこないに、地上を走る救急車のサイレンがあんなにはっきり聞こえたはずがない、と。なるほど立派な脳味噌《のうみそ》の持ち主に相応《ふさわ》しいご指摘だ」

引っくり返った肉を転がして、

「だがどうかな。一層あたりの天井高が四メートルだとして、最上の十六階でも4×15で地上六十メートルだ。救急車の通った道路と病棟が五十メートル離れていたとして、病室との距離を求めると——」

逃亡者は計算式を書くように指を動かし、

$$d=\sqrt{60^2+50^2}$$

「およそ七十八メートルだ」その指先を修復者に向けた。「サイレンが聞こえないほどの距離じゃない」

「確かにきみの言う通りだ」

修復者が鷹揚《おうよう》に頷く。出来の悪い子どもを窘《たしな》めるような顔だった。

「サイレンが聞こえたこと、それ自体は何も変じゃない。わたしがおかしいと言ってるのは音の聞こえ方だよ」

鏡を振り返り、人差し指を耳に当てる。

「大きくなったと思ったらすぐに小さくなっていく——救急車のサイレンはそんなふうに聞こえた。もちろん本当に音量が変わっていたわけじゃない。音が増減して聞こえたのは、救急車が移動することで死にぞこないの部屋との距離が変わっていたからだ。救急車が近づけば音は大きく聞こえるし、遠ざかれば小さく聞こえるようになる。

でも死にぞこないは十四階以上の場所にいた。一層あたり四メートルという仮定に従えば、死にぞこないは4×13で地上五十二メートル以上の高さにいたことになる。救急車との間にそれだけの距離が空いていたら、あんなふうに音量がはっきり上下して聞こえることはない」

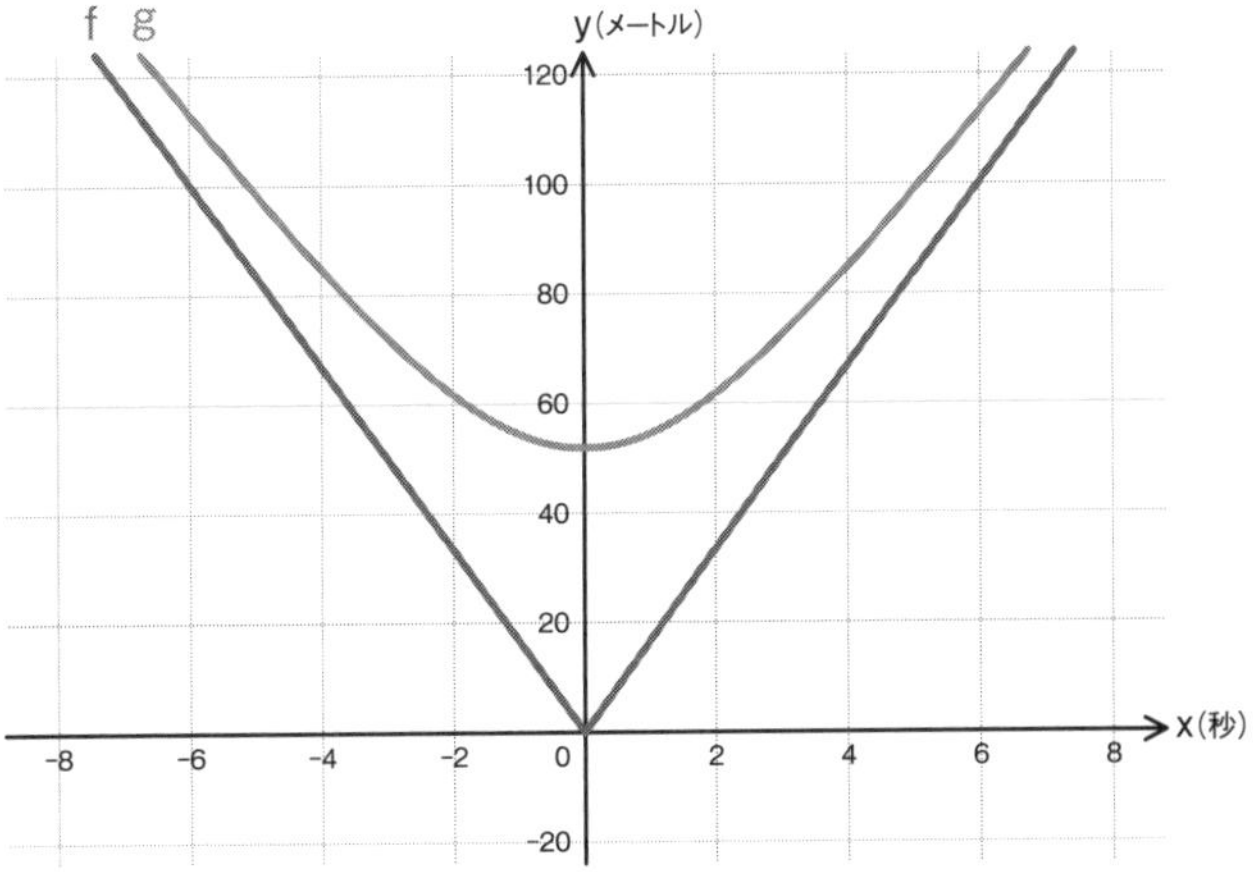

修復者は木箱を開け、鉛筆と紙を取り出した。

「逃亡者に倣って算数ごっこをしておこうか。病棟の目の前の道路を救急車が時速六十キロで通り過ぎたとする。通過からの時間をx秒、救急車と病室の距離をyメートルとすると、地上一階の病室にいた場合は $f：y=|16.7x|$、十四階の病室にいた場合は $g：y=\sqrt{(16.7x)^2+52^2}$ となる。このグラフを比べればはっきり違いが分かるはずだ」

素早くグラフを描いて三人に見せる。結果は一目瞭然《りようぜん》だった。

「地上一階では救急車との距離がはっきり増減するのに対し、十四階では緩やかに変化していく。実際は病棟と道路にも距離があるから、音の変化はさらに曖昧《あいまい》になる。これはおかしい。死にぞこないが本当に窓からシイの見える病室にいたなら、あんなにはっきり音の増減が聞き取れたはずがないんだ。

死にぞこないは我々に嘘をついている。この男が我々に見せた記憶には、まったく別の場所のものが紛れ込んでいたことになる」

修復者は死にぞこないを見下ろして啖呵《たんか》を切った。死にぞこないはゆっくり胸を上下させながら、修復者の言葉に耳を澄ましている。

「狙いはもちろん、自分が家族を殺したことを隠すため。幸せ者の言葉を借りるなら、別の自分たちに対してアリバイをつくるためだ。

季々が内臓を吐く前――スマホを耳に当てながら病室のカーテンを開け、娘たちに小言を言ってトートバッグを下ろすところまでは、実際にきみが入院していたときの記憶だ。三月二十六日に生田に襲われた後、退院するまでの記憶から、それらしく見えるものを選んだんだろう。

でもその後、寝返りを打ったように死にぞこないの視界が揺れる。この瞬間、死にぞこないは記憶を切り替えた。間髪入れずに別の日の記憶を鏡に映すことで、二つの場面が連続しているように見せかけたんだ」

「そりゃ無理があるだろ」

思わずぼやいた。修復者が肩を竦めて先を促す。

「鏡越しに見た限り、季々は確かに病室で吐いていた。こんな都合の良い記憶を偽造できるとは思えない。ちょっと病室で内臓を吐く真似をしてくれ――そんな不気味な頼み事をしても断られるに決まってる」

「そりゃそうだ」

逃亡者が手を叩く。修復者は余裕ぶった態度を崩さない。

「幸せ者の言う通り、そんな都合のいい記憶を捏造《ねつぞう》するのは無理がある。発想を逆転させるんだ。死にぞこないは内臓を吐かせて季々を殺し、その場面の記憶を捏造したんじゃない。すでに脳の中にあった記憶を再利用するために、内臓を吐かせて季々を殺したんだ」

　ふいにあらゆる音が消える。

「わたしたち全員の中に眠っているが、決して事件と結びつけることのなかった記憶。それは二十三年前の春、劇団員の女に朝までしこたま赤ワインを飲ませ、ガネーシャに連れ込んだときの記憶だ」

　逃亡者が凍りついた。見開いた目がどこか遠くを見つめている。

「わたしはまだ研修医で、季々も無名の劇団員だった。よく確かめずに選んだ部屋に入ると、そこはよりによって病室風の部屋だった。あのホテルのコンセプトへのこだわりっぷりは知っての通り。ベッドが医療用だったのはもちろん、ベッドサイドには心電図モニターや点滴スタンドが置かれ、天井にはカーテンレールまで引かれていた。

　季々がシャワーを浴びている間のいたたまれなさといったらなかったね。学園風イメクラに通う教師の同類だと白状したようなものなんだから。

　でもシャワールームから出てきた季々は、『着替え持ってきたよ』とコスプレ用の白衣を差し出して――その直後、蹲《うずくま》って大量のげぼを吐いた」

　知らぬ間に催眠術をかけられていたような気分だった。

　つい三日前の光景と思い込んでいたものが、実は二十三年も前のものだったというのか。

「当時の季々の食事量は尋常じゃなかった。あの日のげぼの量も凄《すさ》まじかっただろ。さっき死にぞこないが見せた記憶の中で、季々は何やら重みのある物を吐き出していた。あれは内臓じゃない。げぼだ。死にぞこないは三日前の記憶を途中から二十三年前の記憶と掏り替えることで、季々が病室で死んだように見せかけていたんだ」

　三日前に死にぞこないが鏡に記憶を映したとき、象山はその中の何かを自分も見たことがあるような感覚に囚われた。象山の記憶と重なっていたのは、鏡の中の何かではなく、その光景そのものだった。自分もあのとき、死にぞこないの仕掛けを見抜きかけていたのだろう。

「実際の死にぞこないは、遅くとも彩夏が死んだ四月三日の時点ですでに退院していた。生田に襲われた際の負傷は、せいぜい一週間も治療すれば済む程度のものだったんだろう。ガーゼで顔を覆い、プラスチックのマスクと病衣をまとって眠りに就くことで、彼はその後も入院を続けているように見せかけていたんだ」

　修復者は死にぞこないの頭の先に立ち、マスクの着いた顔を見下ろす。

「きみが今、どこにいるのかは分からない。無難なのは不死館だが、どこか他の場所に新たな拠点を構えているのかもしれない。

　いずれにせよ、きみはそこに家族を監禁した。その上で奇術道具の中にあった爆薬で彩夏を爆破し、季々の内臓を引き摺《ず》り出し、舞冬の頭を破裂させた。ひどく残虐なやり方を選んだのは、わたしたちが二十三年前の甘酸っぱい記憶との類似に気づくのを防ぐためだ。わざわざ二人の娘まで吹っ飛ばしたのは、三つの残虐な死の中に季々の異様な死に様を埋もれさせるためだろう」

　修復者がマスクに指をかけ、ベルトの留め具を外す。びく、と死にぞこないの肩が波打つ。

「残る疑問は一つ。きみはなぜ家族を殺したんだ？」

　そう言って死にぞこないの顔からマスクを下ろした。

4

目を剝《む》き、歯をきつく嚙んで、病衣の張りついた胸を荒く上下させる。マスクへ伸ばした右手が空を切り、力なく落ちる。叩き潰されたゴキブリが最後に一足《ひとあ》搔《が》きするような——死にぞこないが見せたのはそんな動きだった。

「名演だな。主演男優賞ものだ」修復者は得意げにマスクを持ち上げる。「いつまで続ける気だ?」

はっ、はっ、と喉が収縮する。歯茎に血が滲《にじ》み、額には汗が光る。

様子がおかしい。

こんな演技力は自分にはない。

「やめろ」

手術台に駆け寄ったところで、逃亡者と目が合った。頷きを交わし、修復者の首に後ろから腕を回す。「糞《くそ》っ」と身を捩《よじ》った修復者の顔に逃亡者が肉を打ち込んだ。姿勢が崩れた隙にマスクをもぎ取り、死にぞこないの顔に押しつける。

「演技じゃない。こいつは本物の死にぞこないだ」

絞め落とす寸前で力を抜き、修復者を床に転がした。

ここは夢の中だ。呼吸が止まったからといって現実で命を落とすとは限らない。だが小便を洩らす夢を見た子どもはたいていおねしょをしているし、悲しい夢から覚めたら本当に泣いていたという話も聞く。

死にぞこないは両手でマスクを摑み、咳《せ》き込みながら大きく深呼吸すると、

「修復者。きみは恥ずかしいやつだな」

か細くも、芯《しん》の通った声を出した。

「何だと？」

床に尻をついた修復者が、ナイトウェアの襟を揃えながら死にぞこないを睨《にら》む。

「きみはひどく得意げに幸せ者のカプセル爆弾説を切り捨てた。そのくせ自分もまったく同じ轍《てつ》を踏んでる」

「いったい何を――」

「自分の考えに陶酔するあまり、至極簡単な誤りを見落としてるってことさ。きみが力説した記憶掏り替え説には致命的な欠陥がある。自らその事実に言及しながら、それが問題であることに気づいていない」

「何言ってんだよ」

「シイだ」

死にぞこないは鏡の中の記憶を巻き戻し、もう一度再生した。季々がトートバッグを下ろす。死にぞこないの視界が揺れる。季々が物を吐く音が響く。

「きみはこの病室の記憶の後半が、二十三年前にガネーシャを訪れたときのものだと言い張っている。発想が大胆なのは結構だが、きちんと見ろ。きみが記憶を繫《つな》げたと主張している瞬間の後――わたしがベッドの上で寝返りを打った後にも、わたしの視界にシイの木が映っている」

鏡に目を凝らす。季々が「着替え持ってきたよ」と口にした直後、窓の外のシイが揺れるのが見

えた。

「だからそこは本物の病室だと言いたいのか？　ガネーシャの近くの街路にもシイの木が植えてあった。きみはこの符合に気づいたからこそ記憶の掏り替えを敢行したのさ」

「そんなことはどうでもいい」

修復者の眉がぴくりと揺れる。

「問題はシイそのものじゃない。窓からシイが見えたこと自体がおかしいんだ」

死にぞこないは大きく息を吸い込んで、

「コンセプトホテルとかいう妙な能書きを付けてるが、ガネーシャは要するにラブホテルだ。ごく一部の高級志向のところを除いて、この手のホテルの客室には窓がない。あっても塞がれてることが大半だ。ガネーシャの客室にいたわたしに街路樹が見えたはずがないんだよ」

　半年前の記憶をたどる。ガールズクラブを叩き出された春を連れ込んだガネーシャの部屋――寺の本堂風の２０５号室も、壁に火灯窓を描いた紙が貼ってあるだけで、窓はなかった。外から行為が見えないようにというのが一番の理由だろうが、日中の利用者が部屋を暗くできるように、あるいは妙な性的嗜《し》好《こう》の持ち主が行為を見せようとしないように、というのもあるだろう。

「根拠はそれだけか？」

　修復者が声を張った。強がった態度からかえって慌てているのが分かる。

「わたしたちはガネーシャのすべての部屋を見て回ったわけじゃない。確かにあのすきっ歯男を連れ込んだ部屋には窓がなかったが、二十三年前に季々と泊まった病室風の部屋には窓があった。それだけのことさ」

「では一万歩譲って、そこが窓を開けられる部屋だったとしよう」

死にぞこないは動じなかった。

「ついでにその立派な脳をもう少し働かせて、季々がシャワールームを出てきたときに口にした言葉を思い出してくれないかな」

何のことだ？　象山も記憶を掘り返す。

「季々はめっぽう酒に強かった。いくら飲ませても酔いの回る気配がない。わたしは朝までワインを飲ませ続けた挙句、最後は霧雨にかこつけて無理やりガネーシャに連れ込んだ。そんなわたしをからかったのか、季々はこう言ったんだ」

——雨、もうやんだかな？

ああ、そうだ。

その後にこの言葉が続いたのだ。

——服、濡れたでしょ。着替え持ってきたよ。

「もしきみの言うようにこの部屋に窓があり、外のシイの木が見えていたのなら、季々がこんなことを言うはずがない。窓の外を見れば雨が降っているかどうかは一目瞭然だからね。二十三年前、わたしが季々を連れ込んだ部屋に窓はなかった。これは事実だ」

違う、と修復者の唇が動いたが、声は出ていなかった。

「記憶が掏り替えられていない以上、わたしは季々を殺した犯人ではありえない。ついでに付け加えると、わたしが入院しているのは第二病棟の十四階の病室だよ。もちろん窓から見えたシイは第三病棟の屋上に植えられていたものだ」

「違う」ようやく声が出た。「それじゃ救急車のサイレンがあんなふうに聞こえるはずがない」

「それもきみの早とちりだ。病室で季々が彩夏のことをぼやいていたとき、テレビから重苦しいBGMが聞こえただろ？　あれは鯊田アンホ演じるシリアルキラーにメッタ刺しにされた刑事が、病院に搬送される場面だった」

死にぞこないは憐《あわ》れむように首を振った。

「わたしはあのとき、『殺人メシ』の再放送を見ていたんだよ」

5

酒でも飲んだような千鳥足で電気椅子に腰を下ろすと、修復者は「糞っ」と床の肉を蹴飛ばした。わざわざグラフまで描いて論証してみせた推理が素っ頓狂な勘違いに基づいていたのだから、穴があったら飛び込みたい気分だろう。修復者は爪先《つまさき》に付いた肉を振り落とし、後頭部を背もたれに打ちつけた。

「よせよ。自分の頭蓋骨まで修復する羽目になるぜ」

今にも噴き出しそうな逃亡者の顔に、修復者が肉を押し込む。逃亡者は剥がした肉を器用に操り、修復者の頭を殴り返した。

「喧嘩《けんか》してる場合じゃないだろ」象山はため息を吐いた。「犯人はカプセル爆弾を使って三人を爆破したんじゃなかった。鏡に映した記憶も掏り替えられていなかった。さっきから事件の不可解さが際立っていくばかりだ。また誰かがやられても指を咥《くわ》えて見ていることになるぞ」

「一ついいかな」

数秒考えて、死にぞこないの声であることに気づく。プラスチックのマスクが白く濁っていた。

「どうした。よだれでも詰まったか？」

修復者が悪態をつく。

「幸せ者が鏡に映した、舞冬の死体の写真をもう一度見せてほしい」

死にぞこないは落ち着き払っていた。

言われるまま、鏡に画像を映す。道路に倒れた舞冬。頭蓋骨が砕け、脳と血と肉が溢《あふ》れている。平たく潰れた首に、散らばったシルバーのボール。

「もう一つ。きみの時間の舞冬が家を出たときの様子も」

記憶を切り替える。カットソーにネックレスとラフな装いの舞冬がガレージへ向かう。助手席にショルダーバッグとマフラーを投げ込み、運転席に乗り込む。こなれた手つきでエンジンをふかすと、下ろした窓から「じゃあね」と手を振って道路を走り去る。

「やはりそうだ」マスクから洩れる声がわずかに弾んだ。「きみたちは根本的な勘違いをしている」

「は？」と修復者。

「カプセル爆弾説も記憶掏り替え説も同じ前提に基づいていた。この中の誰かが我々の家族を殺した、ということだ。でもそれは正しくない」

「わたしたち以外の誰かが犯人だってことか？」

第三者が何らかの方法で家族を殺し、それが他の時間にも波及したという可能性もゼロではない。

――だが。

「違う。犯人は存在しない」

　マスクが一気に曇る。

「それでもあえて犯人を指摘するなら、それはこの世界だ」

　修復者は頭の横で指をくるくる回した。

「あんた、駄目んなっちゃったのか」

「さっきの舞冬の写真をもう一度見せてほしい。死体の周りにシルバーのボールが転がってるだろ。これは舞冬が首に下げていたボールチェーンのネックレスだ」

だよな？　と確かめるようにこちらを見る。象山は頷いた。

「会見でのムイの発表によると、舞冬の乗っていたカローラは中央分離帯のガードレールに接触して、減速したところを後続車両に突き飛ばされたらしい。その衝撃でシートベルトのバックルが破損し、舞冬はフロントガラスを突き破って道路に転がった。同時にネックレスのワイヤーが切れ、ボールも道路へ散らばったんだろう」

「妥当な説明だね。一見、何の矛盾もないように思える」

　死にぞこないは思わせぶりな言い方をした。

「でもよく見てほしい。舞冬が潰れているのは頭だけじゃない。首もだ。頸椎《けいつい》や食道が潰れて、まるでストローを嚙み潰したみたいになっている。

　想像してくれ。きみがネックレスを下げて車を運転していたら、突然、自分の首が平たく潰れた。するとネックレスはどうなるか。当然、本来の位置よりも前へ垂れてしまうはずだ。でも死体の首元に付いた痕《あと》を見てほしい」

全員が鏡に目を凝らす。首の左の付け根から右下へ向かって、細い糸を押しつけたような線状の痕が残っていた。

「見ての通り、舞冬の首元にはネックレスとよく似た形の痕が残っている。舞冬は前にもこのネックレスを着けてたけど、こんな痕ができてるのは見たことがない。身体が車体から飛び出したとき、その衝撃でネックレスが肌に強く食い込んだ。そしてこの痕ができたんだろう。でも妙なことに、この痕は普通にネックレスを下げているときと変わらない位置に付いている」

ああ、と誰かがつぶやいた。

「舞冬はただの交通事故で死んだんじゃない。運転中に頭が破裂して運転が続けられなくなり、結果的に事故に至ったんだ。でも頭が破裂した後、身体が車体から飛び出すまでの間、ネックレスは元の位置に下がったままだった。なぜか？」

死にぞこないは両手で自分の首を摑んだ。

「首元を覆っていた別のものによって、ネックレスがそこに固定されていたからだ」

「なるほど」象山は舞冬が家を出るとき、ショルダーバッグと一緒にカローラの助手席に放り込んだものを思い出した。「マフラーだね」

「そうだ。舞冬は車の中で、例のクマの耳が付いたマフラーを巻いていた。首が潰れても肩にかかったマフラーは落ちないし、マフラーが被さっていればネックレスが落ちることもない。ムイが流出させた写真の死体がマフラーを巻いていなかったのは、車から飛び出して道路に転がったときに外れてしまったからだろう。

ただ、そうなるとまた疑問が現れる。家を出発したとき、舞冬はマフラーを首に巻いていなかった。なぜ高速道路を走っている途中でマフラーを巻いたんだろうか」

「そんなの決まってるだろ」修復者がナイトウェアの袖《そで》を引っ張る。「寒かったから、じゃないのか」

「その通り。舞冬の頭が破裂したとき、カローラの中はマフラーを巻かずにいられないほどの寒さだったんだ。

でも車は普通、そんなに寒くならない。カーエアコンがあるからね。車内が暖まる前に到着するような短い距離の移動ならさておき、高速道路を運転するのに車内が冷えたままというのは普通じゃない。

舞冬が運転していたカローラはエアコンが故障していた。そのせいで車内が暖められなくなっていたんだ」

象山は普段、もう一台のジャガーを使っていた。カローラにエンジンをかけたのは一年ぶり。舞冬が家を出たときは晴れていたから、エアコンが故障していることに気づかなかったとしてもおかしくない。

「これは憶測だけど、パワーウィンドウのモーターが故障して窓を閉められなくなっていた可能性もあると思う。舞冬が窓を下ろし、幸せ者に手を振って出て行ったのが午前十一時ごろ。このときは穏やかな日が差していたから、窓を開けたままでも問題はなかった。でも午後から雨が降り出し、気温も下がっていく。四月の東北はまだ寒い。ましてや東北自動車道を北上する車の中だ。急な冷え込みに気づき、舞冬は暖房を入れようとした。そしてようやくカーエアコンの故障に気づいたんだ。

車内はみるみる冷えていく。窓からは身を切るような風が吹きつける。雨も入ってくる。でもサービスエリアは遠い。舞冬はマフラーを巻き、歯を嚙み締めて寒さを堪《こら》えながら、必死に運転を続けた」

「待て。何の話をしてるんだ?」修復者が声を荒らげる。「いくら寒くても人間の頭は破裂しないぞ」

「体温の低下は脳から正常な働きを奪っていく。かといってうっかりハンドル操作を誤れば大事故だ。舞冬は必死にハンドルを握り続けた。それでも気持ちだけではどうにもならない。舞冬の脳は低温障害を起こし、正常な代謝を行えなくなった」

「何度も言わせるな。舞冬は凍えて死んだんじゃない――」

「一方、そのとき。修復者の時間の舞冬はモンキーハウスのステージに立っていた」

修復者は猫でも踏んだような顔をした。「あ、え?」

「モンキーハウスは小規模なライブハウスだ。フロアは狭く、空調設備も年季が入っている。そこに三百人の観客が鮨詰《すしづ》めになっていた。きみの前にいた薄毛の男がひどい汗を掻いていたことからも、気温がかなり高くなっていたのが分かる。ましてや照明の当たるステージはとてつもない暑さだったはずだ。そんな場所で舞冬は四十五分間、パフォーマンスを続けた」

「それがどうした」

「体温が上がると、人の身体は汗を掻いて熱を逃がそうとする。だが舞冬は喪服のような黒のドレスを着て、頭には通気性のまったくない石膏のヘルメットを被っていた。これではほとんど熱を逃がせない。

さらに運の悪いことに、舞冬は一曲目の演奏後に水を飲もうとして、ペットボトルを倒してしまった。それから約四十分、舞冬は水を口にしていない。持ち時間が終わりに近づく頃には、舞冬は灼熱《しゃくねつ》のステージで熱中症を起こしていた」

死にぞこないの言おうとしていることが分かった気がした。

修復者の顔が青褪《あおざ》める。逃亡者も頰を引き攣《つ》らせている。

「全身の体温が上がっていただろうけど、中でも被り物に覆われた頭部はかなりの高温になっていたはずだ。仕事を投げ出すのを良しとしない真面目な性格も仇《あだ》となって、この熱が脳に致命的な損傷を与えてしまった」

ああ、と呻《うめ》いたのは逃亡者だ。

「幸せ者の時間の舞冬と、修復者の時間の舞冬。二人の舞冬は、それぞれ異なる理由で命を落とした。問題は、二つの死が同時に起きたことだ。

ある時間で人が死ぬと、連鎖現象により、別の時間のその人物も同じ原因で命を落とすことになる。それがシスマで分裂した時間のルールだ。ではある人間が、二つの時間で同時に、異なる原因で死んだらどうなるか。しかもそれが、互いに矛盾する原因によるものだったとしたら」

修復者が大きく息を吸い込む。

「ある時間の舞冬は低温障害で命を落とした。別の時間の舞冬は熱中症で命を落とした。互いに連鎖現象が起こり、舞冬の身体は低体温でありながら高体温という矛盾した状態になった」

とてつもない偶然だ。だがありえないとは言い切れない。

「波動関数で表現される電子のように、舞冬の身体は複数の可能性が重なり合った状態になっていた。でもわたしたちの世界は、それぞれの意識が観測することですでに一つに収縮している。こんなパラドクスめいた状態は存在しえない。
舞冬の脳は、破裂し、消滅することで、その矛盾を解消した。舞冬は誰かに殺されたんじゃない。ただ、世界が正常であるためにそこから消えなければならなかったんだ」

　ふとドラッグディーラーのエデンの言葉がよみがえった。

――肌に刻まれたものには必ず大きな意味があるんすよ。

　なるほど、あの男の言った通りだ。舞冬の肌に残っていたネックレスの痕から、よりによってこんな推理が導かれてしまうとは。

「それじゃ、あとの二人も？」

　修復者が喘《あえ》ぐように言う。死にぞこないは頷いた。

「彩夏の場合、主役は幸せ者の時間の彩夏と、逃亡者の時間の彩夏だ」

　逃亡者は万引きでも見つかったような顔で「おれ？」と鼻を指す。

「彩夏は生まれつき腎臓の血管に狭窄があった。ナトリウムや水分の排出が十分に行われないため、体内の血液が増え、血圧が高くなりやすい。そのため毎食後、カルシウム拮抗薬を服用して血圧を抑えていた。

　幸せ者の時間の彩夏は三日、父親とアカダマのライブに出かけた。開場の二時間前に一蛮町へ到着したきみたちは、開場前にスマホゲームのコラボカフェで腹ごしらえをした。きみが鏡に映した記憶には、とても一人分とは思えない料理が並んでいたね。彩夏は相当な量の食事を摂《と》っていたはずだ」

あの日の彩夏はすっかり浮足立っていた。「魚人探偵のイカ焼き」「巨人探偵のジャンボお好み焼き」「増殖探偵の親子丼」「透明探偵のバニラゼリータルト」をたいらげ、「吸血探偵のざくろクリームソーダ」を二杯飲んでいた。

「おまけにさっきのきみの話によると、彩夏はこの日、こっそり母親のダイエットサプリを飲んでいたらしい。一方できみは、薬の飲み合わせに注意するよう口酸っぱく言い聞かせていた。つまり彩夏はこの日、血圧を抑えるカルシウム拮抗薬を飲んでいなかった可能性が高い」

「危ないな」

修復者がつぶやく。死にぞこないも頷いて、

「おまけにライブの後には、鯊田アンホに差し入れたレモンバターケーキを食べていたそうじゃないか。すでに腹はぱんぱんに膨れていたはずだが、憧《あこが》れの鯊田アンホに勧められては断れなかったんだろう。

食事を摂ると消化のために血液量が増え、血圧が上がる。薬を飲んでいなかったこと、憧れの鯊田アンホと会い緊張したことも重なって、彩夏の血圧は著しく上昇していた。

とどめは自宅へ戻る途中、自然公園で夜風を浴びたことだ。夜は当然、気温が下がる。寒い場所では血管が収縮するから、血圧は上がる。凍《い》てつくような風を全身に浴びたことで、彩夏の血管はとうとう限界を迎えた。全身の循環系で出血が多発した結果、彩夏は多臓器不全により命を落としてしまった」

死にぞこないはマスクを押さえて息を吸い込み、逃亡者に目を向けた。

「同じ頃、きみの時間の彩夏は自宅でゲーム配信をしていた。この日の彩夏は風邪を引いていたは

ずだ。鼻声だったし、熱もありそうと口にしていた。おまけにマンションの階段で転んだらしく、膝小僧《ひざこぞう》から血を流していた。ガーゼが真っ赤になっていたから、かなり出血があったんじゃないかな。

　ゲーム配信を始めたところで、彩夏はまず風邪薬を飲んだ——いや、飲もうとした。でも発熱でぼんやりしていたこと、怪我の痛みを堪えていたこと、さらに片手でプレイを始めていたこともあって、風邪薬ではなく、普段から飲んでいたカルシウム拮抗薬を口に入れてしまった」

——そっちじゃないよ

　配信画面の右横をそんなコメントが流れていたのを思い出す。あれはひょっとすると、彩夏が手に取った薬についてのコメントだったのかもしれない。

「毎食後に一錠ずつ飲んでいたカルシウム拮抗薬を、彩夏はまとめて三錠飲んでしまった。カルシウム拮抗薬には血管を広げ、血圧を下げる作用がある。ただでさえ膝の出血で血液が失われていたところに薬剤の作用が重なり、血圧は急低下。配信を続けながらも、彩夏の意識は朦朧《もうろう》としていく。やがて全身に酸素が行き渡らなくなり、失神。不運にもそのまま意識が回復せず、命を落としてしまった」

　誰も口を開かない。死にぞこないは静かに続ける。

「ある時間の彩夏は血圧の急激な上昇により命を落とした。別の時間の彩夏は血圧の急激な低下により命を落とした。互いに連鎖現象が起こり、彩夏の循環系は高血圧でありながら低血圧という矛盾した状態になった。

　存在しえない状態になった彩夏の全身の血管は、爆発し、消滅することでその矛盾を解消した。

世界が正常であるためには、彩夏の身体はそこから消えなければならなかった」

残るパズルは一つ。すでに大まかな答えが浮かんでいるのは自分だけではないだろう。

「最後は季々だ。主役は修復者の時間の季々と、逃亡者の時間の季々の二人」

修復者と逃亡者が目を合わせ、すぐに逸《そ》らす。

「この二つの時間の季々は、どちらも夫の乱行が露呈し、醬窯のマンションに居を移していた。この騒動が季々にとって大きなストレスだったのは間違いない。現に修復者の時間の季々はひどく痩せてしまっていた。おそらく逃亡者の時間の季々も同じだろう。

だが三月に入り、二つの時間の季々の状況は大きく変わっていくことになる」

死にぞこないは首の汗を拭《ぬぐ》い、修復者に顔を向けた。

「きみは春を拉致《らち》し、嘘の筋書きをでっち上げることで、家族を元の姿に戻すことに成功した。鏡越しに見た限りでも、季々の顔色はだいぶ良くなっていたようだ。とはいえ一度変わった食習慣はすぐには戻らない。四月に入った時点ではまだ、以前より食の細い状態が続いていただろう。

そんな折り、季々は『マルチなマルチ』出演者の同窓会に出席することになる。象山季々といえば大食いだ。世話焼きな出演者たちは当時と変わらず季々に次々料理を食べさせようとする。最近は食事絡みの仕事は減っていたものの、昨年の夏に『もぐもぐ食育フェスタ』なんてイベントに呼ばれていたように、決してゼロになったわけじゃない。すっかり食が細くなったことが知れれば、大食い著名人というポジションを失いかねない。季々は無理やり、当時と変わらない量の食事を口へ運ばなければならなかった」

――あの人たち、全然帰してくんないから。

象山の時間の季々が憂鬱《ゆううつ》げにこぼしていたのを思い出す。

「季々は這々《ほうほう》の体で帰宅する。そこでニュースを見て、彩夏が病院の前の道路で変死したことを知った。パニックに陥った季々は、気持ちを落ち着かせようと炭酸水を飲んだのかもしれない。腸内で生じたガスが最後の一押しになって、季々の腸管は破裂した。大量の出血によるショック症状で意識を失い、そのまま命を落としてしまった」

死にぞこないが一つ咳《せき》をして、逃亡者に目を向ける。象山と修復者もそれに倣う。

「一方、きみの時間の季々の状況は変わらないままだった。夫は依然として警察から逃げ続けている。季々もシャイン醬窯で人目を憚《はばか》る暮らしを続けていた。修復者の時間の季々と同様——いやそれ以上に痩せ細り、衰弱していたのは間違いない。

そこにとどめを刺すようなことが起きる。次女の彩夏が自室で爆発し、夫が空躁のアパートで逮捕されたんだ」

ははは、と逃亡者が気弱に笑う。

「彩夏に何が起きたのか、刑事たちは見当もつかなかっただろう。できることといえば、同居していた季々と舞冬を質《ただ》すくらいだ。別居中のきみが密《ひそ》かに出入りしていたことからも、刑事たちは同じマンションに住んでいた二人が何か事情を知っているはずと考えたんじゃないかな。

刑事たちは季々を厳しく追及した。きみも知っての通り、飯抜き、飲み物なし、休憩なしが連中のやり方だ。極度の栄養失調に精神的なショック、さらに長時間の事情聴取による肉体的な負荷が加わって、季々の身体は限界に達した。彼女が事情聴取の最中に息絶えたのはそれが理由だ」

「つまり、そっちの季々は衰弱死したのか」

嘔吐《えず》きを堪えるように、修復者が胸を押さえる。死にぞこないは頷いて、

「ある時間の季々は過食により命を落とした。別の時間の季々は栄養失調により衰弱死した。互いに連鎖現象が起こり、季々の内臓は過食でありながら栄養失調という矛盾した状態になった。存在しえない状態になった季々の身体は、内臓を肉体から分離させることでその矛盾を解消した。世界が正常であるためには、季々の腹の中に内臓があってはならなかった」

死にぞこないは大きく肩を落とすと、顔のマスクを取り、ゆっくりと地下室を見回した。

「一連の事件に犯人は存在しない。強いて言うならそれはこの世界そのものだ。複数の時間の間で連鎖現象が生じる以上、そこには矛盾が生じうる。確率を考えると気が遠くなるが、決してゼロではない。その奇蹟《きせき》のような偶然が彩夏を爆発させ、舞冬の頭を潰し、季々に内臓を吐かせたんだ」

死にぞこないの荒い息遣いに、手術台の軋む音が重なる。

誰も口を開かない。

得体の知れない世界のルールへの無力感だけが地下室を満たしていた。

6

ドン――ズズッ。

その音を聞くのは久しぶりだった。

瞼を開く。暗闇。ああ、またこの夢か。

ドン――ズズッ。

左足を前に踏み出し、右足を引き寄せる。父さんの足音だ。

ドン――ズズッ。

音は徐々に近づいてくる。地下室へ閉じ込めた息子を解放しにきたのだろう。あの男が自分の足で歩くのは、不死館の本館から別館へ来るときだけ。廊下の入り口と出口に段差があって、車椅子が使えないのだ。

ドン――ズズッ。

象山は首を傾げた。

おかしい。

これは夢だ。

この音――父さんの足音は、象山の恐れるもの、つまり家族の崩壊を表していたのではなかったか。

だが妻と娘が命を落とした今、過去を悔やむことはあっても、家族の崩壊を恐れることはない。

それなのに、なぜまたこの夢を見ているのか。

ドン――ズズッ。

さらに音が近づく。

自分はまだ何かを恐れているのだろうか?

倉庫の戸を開けると、夜空に白い月が出ていた。

駐車場を見回す。人はいない。キャップを目深に被り、原付バイクに駆け寄る。

ボディがへこみ、左のバックミラーが折れたその原付は、妄想症の男、裏島一年のものだった。鉄屑と見紛うような見てくれをしているのは、昨年の八月、象山が生田医久彦の車で撥《は》ね飛ばしたからだ。

ビニールテープだらけのシートに跨《またが》り、エンジンをかける。鍵《かぎ》は日中、裏島がビールを買いに行った隙に部屋からくすねておいた。あの男なら愛車がなくなっても悪魔のしわざと思い込んでくれるだろう。

深夜の県道を北上し、神々精市を出る。四十六年暮らした街ともこれでお別れだ。いくらか感慨が湧き上がるかと思ったが、心は凪《な》いだままだった。自分にとって大事だったのはこの街ではなく、そこに暮らす家族だったのだ。

トンネルを抜け、神霧山の山道を十キロほど走ったところで、ブナ林に原付を停めた。潮の匂いが鼻をくすぐる。

舗装された道を下ると、醬窯の港が広がった。弧を描いた岸壁から波止が二つ、角のように伸びている。その左右に漁船の舳先《へさき》が並んでいた。

港に見覚えのあるフーガが停まっている。ボンネットにもたれてムイがガムを嚙んでいた。

「手付金の百万だ」

封筒を差し出す。

ムイはイヤホンを外し、「どうも」と封筒から札束を取り出した。スマホのライトで福翁を照らし、「確かに」と封筒に戻す。

「残り百五十万の隠し場所はソンクラーに着いたら連絡する」

頷きながら封筒をポケットに入れると、助手席のドアを開け、象山をフーガに乗せた。

ムイの運転で港を進む。山林と岩場に挟まれた小道を抜けたところに、ミニチュアのような船着き場が現れた。密輸や密航に使われているのだろう。倉庫の屋根に隠れるようにフェリーが停まっていた。

赤ん坊を抱いた女がデッキからこちらを一瞥《いちべつ》し、すぐに階段を下りていく。先客らしい。操縦室では肌の濃い男がまずそうに煙草をふかしていた。

「象山さんには感謝してるんですよ」

船員の男に手で合図しながら、ムイが言った。

「ライヒプロモーションを潰さないため、たくさん乱暴なことをやってきました。でもアカダマだけは、楽曲とパフォーマンスの質で勝負してきたつもりです。このプロジェクトなら世界と勝負できる。舞冬さんにはそれだけの才能があると信じていたんです。こんな結末になってしまい残念でなりません」

妹の彩夏に手を出し、あまつさえ舞冬の死体の写真をネットに流したやつがどの口で言うか。そう罵《ののし》りたかったが、やめた。ムイがアカダマに夢を託していたのは本当なのだろう。この男は少し自分と似ている。

「ああ、そうでした」

ムイはトランクを開け、小さなショルダーバッグを取り出した。

「これ、舞冬さんの遺品です。なぜか事務所に届きましてね。警察がうちの備品と勘違いしたんでしょう。象山さんに譲りますよ」

四日に舞冬が家を出たとき、カローラの助手席にマフラーとバッグを投げ込んでいたのを思い出す。

「どうも」

バッグを受け取る。思ったよりも重みがあった。ジッパーを開けると、スマホ、コスメポーチ、折り畳み傘、それに見覚えのある手袋が入っていた。

「その手袋、かわいいですよね」

岸壁へ向かいながら、ムイがつぶやく。手袋の内側には肉球の刺繍《ししゅう》が入っていた。

「そんなアイテム持ってたなんて、ちょっと意外でした」

船員の男が船縁《ふなべり》の手すりを開き、アルミ製のタラップを差し出す。ムイがそれを受け取り、岸壁に載せる。

象山は動けなくなっていた。

自分は重要なことに気づきかけている。

この手袋は、春が舞冬の誕生日にプレゼントしたものだ。あの忌々《いまいま》しい男は、クマをモチーフにしたアイテムを二つ——耳の付いたマフラーと肉球の刺繍の入った手袋をセットで恋人に贈ったのだ。

舞冬がプレゼントを気に入っていたかは分からない。だがどうせマフラーを持って行くなら、手袋も合わせておこうと考えたのだろう。事実、舞冬は四日の朝、この手袋をバッグに入れていた。

死にぞこないが披露した推理——二つの時間で同時に人が死んだ結果、互いに連鎖現象が起きたというパラドクス説によれば、自分の時間の舞冬は低温障害で命を落としたことになる。死体の首元に残っていた線状の痕がその論拠だ。首元にネックレスが押しつけられた痕があったことから、ワイヤーが切れた後もネックレスは落ちていなかった、つまり舞冬はカローラの中でマフラーを巻いていたという結論が導かれた。

だが舞冬が持っていた防寒具はマフラーだけではなかった。助手席のショルダーバッグには手袋が入っていたのだ。

高速道路を運転中に寒さで指がかじかんでしまったら、ハンドル操作が疎《おろそ》かになり、事故に直結しかねない。もし本当に低温障害で命を落とすほどの寒さだったとすれば、舞冬はマフラーだけでなく、手袋も身に着けたはずではないか。

死にぞこないの推理はおかしい。舞冬が低温障害で命を落とした、という推理は成り立たない。パラドクス説は真実ではありえない。

「残念といえば、もう一つ。バンクワン刑務所で親分《チャナイ》が破裂するところが見られないのも忸怩《じくじ》たる思いですね」

ムイが小さく笑いながら、どうぞ、とタラップを示す。

今、優先すべきは、この時間の中で安全を確保することだ。自分は警察に追われている。この国を離れる他に選択肢はない。

タラップに足を載せたところで、びり、と布の裂けるような音が聞こえた。デッキに立っていた船員の男が目を丸くして、象山の後ろを見る。

つられて振り返ると、ムイが仰向《あおむ》けに倒れていた。ストレッチでもするように両脚を開いている。スラックスの股《また》が裂け、ネズミ色のブリーフが覗く。

「え？」

象山を見て、泣き笑いのような表情でつぶやく。

スラックスが真っ二つに裂けた。大殿筋がぶちぶちと千切れる。血が噴き出す。恥骨が砕け、膀胱《ぼうこう》と直腸がこぼれる。鋏《はさみ》を入れたようにムイの股が裂けていく。

「やらないって、約束したじゃないですか――」

裂け目は腹部をせり上がる。腹直筋が裂け、腸管がうねりながら飛び出す。腰椎が砕ける。裂け目は胸を越える。大胸筋が千切れる。肋骨《ろっこつ》がパキパキ折れる。胸骨が飛ぶ。心臓が露《あら》わになる。裂け目は喉へ達する。食道が開く。頸椎が剝き出しになる。

嘘つき。

唇がそう動いた直後、頭蓋骨が弾けた。右半身と左半身が反対側へ寝返りを打つ。

ムイは真っ二つになっていた。

人間はチーズではないから、真っ二つに裂けることは普通、ない。象山の家族に起きたのと同じことがムイにも起きたのだ。別の時間で命を落とし、それがこの時間にも波及したのだろう。

だが別の時間のムイは、なぜ真っ二つに裂けたのか。身体が二つに裂けなければ解消できないような矛盾が生じたのか。そんな状況があるとは思えない。では別の時間の誰かがムイを真っ二つにしたのか。誰が、何のために。

ひゅん、と空気を切る音。

右肩に衝撃を受ける。

釣り針を大きくしたような金属が肌に刺さっていた。返しが付いていて、先端が僧帽筋から突き出ている。漁師が魚や貝を捕るのに使う鉤《かぎ》だった。

　痛みを堪えて振り返る。鉤を括《くく》りつけた棒を船員の男が掴んでいた。

「悪魔《ピーサー》」

　歯茎をひん剝いてこちらを睨む。象山に妙な力があると勘違いしたらしい。

「わたしがやったんじゃない」

　男が棒を振り上げた。右肩の皮と肉が裂ける。踵《きびす》を返そうとしたところでムイの血に足を滑らせた。鼻をコンクリートに打ちつける。ひゅん。脇腹に激痛が走る。

「わたしはただの人間だ」

　途切れそうな意識を奮い立たせる。ムイの左半身に寄りかかって身体を起こす。

　男が再び鉤を抜いた。血走った目で象山を見据える。次は頭を狙う気だ。

　とっさに触れた硬いものを投げつけた。男の脛《すね》に当たり、ちゃぽんと海に落ちる。ムイの胸椎だった。

「糞」

　死体を撫《な》で回し、もっと大きな骨を探す。ぶにぶにした内臓ばかりで、ちょうどいい骨が見つからない。

「悪魔に死を《ターイ・ピーサー》」

　男は棒をしならせ、思い切り振り下ろした。

　目をきつく閉じる。

　パン。

飛沫《しぶき》の散る音。火薬の臭い。

目を開くと、男のダウンベストに血が滲んでいた。脇腹を撫で、指に付いた血を見て喉仏を引っ込める。

誰かが男を撃った。誰が、なぜ。

振り返りたいのに、首が動かない。肩に力を込めるほど、目の前の景色が遠のいていく。

甘い微睡《まどろ》みが世界を呑み込む寸前、
パン。

再び銃声が聞こえた。


鼓膜を突《つつ》き回すように、同じ音がしつこくこだましていた。

思わず耳を押さえたくなったところで、ふいに意識が覚醒《かくせい》する。

頭のてっぺんから爪先までを撫で回した。肩と脇腹が裂けているが、銃創はない。

早く逃げなければ。身体を起こして、そこが地下室の棺桶であることに気づく。バケツに座った逃亡者。手術台に寝そべる死にぞこない。

「あー、草バット吸いてえな」

逃亡者がバケツから腰を上げ、木箱を漁《あさ》りながらぼやく。あまりに変化のない光景に、悪い夢を見ていたような気分になった。

現実の自分に何が起きたのか。銃声が鳴ったのに、なぜ撃たれていないのか。あの船着き場へ戻るのは気が進まないが、寝ている場合ではない。

「もう起きんのかよ」

再び棺桶に横たわる象山を一瞥して、逃亡者がぼやいた、そのとき。

「幸せ者は？」

誰もいなかったところから声が聞こえた。

思わず頭を出す。電気椅子から修復者が立ち上がっていた。

「騙《だま》したな」

地下室を横切り、象山のシャツの胸ぐらを掴む。早く目を覚まそうと意識を集中させたが、修復者の癇癪面は消えなかった。

「何だか知らないが後にしてくれ。わたしの時間で大変なことが起きてる。寝てる場合じゃないんだ――」

厚い肉が口を塞いだ。

「こいつは嘘つきだ」

「どうして？」

「ムイが死んだ」

逃亡者の眉が跳ねた。

「舞冬の事件の現場検証の最中、突然、身体が真っ二つになったらしい。例のパラドクス説じゃ説明が付かない。この中の誰かが殺したんだ」

素早く三人の顔を見回して、

「逃亡者は留置場にいる。死にぞこないは病室のベッド。わたしは神々精警察署で芋窪の罵声《ばせい》を浴びていた。ムイを殺せたのは幸せ者、あんただけだ」

口に張りついた肉を剝がすと、すかさずワンポンドステーキが飛んでくる。

「とどのつまり、逃亡者が初めに言ったことが正しかったんだ。馬鹿げた推理は無視して、さっさとこの男を隔離しておけばよかった」

鏡に記憶を映そうとして、思い留《とど》まる。ムイが死んだとき、同じ場所にいたのは自分だけだ。かえって墓穴を掘るのは目に見えている。

ではどうすればいいのか。

「こいつとはもう一緒にいられない――」

とっさに修復者の顎にステーキを叩き込んだ。側頭部を床に打ちつけた隙に棺桶を飛び出し、手に持っていたそれを修復者に向ける。

「悪いが時間がないんだ。わたしは現実に戻る。痛い目に遭いたくなければ近づくな」

わお、と逃亡者が口を窄《すぼ》ませた。

三人の視線が象山の手に集まる。

象山が摑んでいたのは、ムイの肋骨だった。

肋間筋から、ぽた、と血が落ちる。

「決まりだな」

逃亡者が首を鳴らす。死にぞこないが指を立てる。

四方から肉が降り注いだ。顔に、腕に、胸に、腹に、巨大な蛭《ひる》のように肉が吸いつく。身体が動かない。必死に目を覚まそうとするほど、かえって現実が遠のいていく。

脳の他の部位との繋がりを失った意識は、記憶も肉体も持たない、ただそこにあるだけの存在になる。脳の一部を切り出され、水槽に入れられるようなものだ。底知れぬ恐怖に慄《おのの》く。

「やめへくれ」

身体が重い。立っていられなくなり、同じ姿勢のまま床に倒れる。肉の冷たい感触が肌の奥へ染みていく。

「二度と戻ってくんなよ」

逃亡者の声が小さく聞こえた。

地下室が遠ざかる。光が、音が、臭いが、暗闇に溶けていく――。

そして世界が消えた。

何も見えない。何も聞こえない。

存在するのは意識《これ》だけ。

まるで胎児のようだった。肉体を失った胎児。

世界とは何と賑《にぎ》やかな場所だったのだろう。

風に揺れる木。流れる雲。救急車のサイレン。刑事の罵声。産科医の脂汗。すきっ歯。乳。胃袋。タトゥー。マフラー。闇カジノ。コンセプトホテル。殺人メシ。マルチなマルチ。パルプパラレルパラドクス。透明探偵。クリームソーダ。台湾ビール。コカコカライム。アイスコーヒー。炭酸水。大麻。シスマ。不死館。犬死崖。ミイラ取りがミイラに。ドン――ズズッ。百回死んだ男。

何もかもが愛《いと》おしい。自分はもっと世界を堪能《たんのう》すべきだった。あれほどやかましかった別の自分たちの声さえ今は懐かしい。

そんな記憶の断片も瞬く間に薄れていく。

ここには何もない。

意識だけが膨らんでいく。

どこまでも。

どこまでも。

八／消滅

1

象山家の朝は忙しい。

ナイトウェアを着たまま、トーストとスクランブルエッグ、ハンドドリップのコーヒーをテーブルに並べる。ウッドチェアに座り、リモコンで『ハローどっこいしょ東北』を点《つ》ける。午前七時十三分。

スクランブルエッグに胡椒《こしょう》を振り、スプーンで掬《すく》ったところで、シャワーを浴びていた季々がリビングへ戻ってきた。ヘアセットを済ませ、耳には重そうなピアスを下げている。鏡の前でコルセットのホックを留め、インナーを重ねる。

「今日は撮影？」

「や。鬼鷹田《きたかた》の小学校で食育の講演会」

コルセットの向きを直しながら答える。なぜ大食いで知られる女優が食育の講演を、と言いたくなるが、そこは本人も慣れたもの。「過度なダイエットはよくない」「楽しく食べるのが一番」などぼんやりしたコメントで持ち時間を乗り切っているという。

「よし」ともぐもぐ博士のバッジをジャケットに留め、スーパーヒョロリンのカプセル剤を口へ放り込む。炭酸水を注いだボトルをレザーバッグに入れ、シャツのボタンを留めながら「それじゃ」とリビングを出て行く。ガチャ、バタン。

気を取り直してスクランブルエッグを口へ運ぼうとしたところで、二段飛ばしの足音が階段を下りてきた。リビングの引き戸を開けたのは彩夏だ。右手で目脂《やに》をほじくりながら、左手でスマホにメッセージを打ち込んでいる。

「今日もエルム？」

「あそこは改装中。今日はキャンプランドでコカコカライム配るよ」

昨年の夏休みにも同じバイトをやっていたのを思い出す。あの日はうだるような暑さで、よりによってこんな日にキャンプ場でバイトをしなくてもと呆《あき》れた記憶がある。テレビを見ると、今日は曇りときどき雨、最高気温は九度だった。

「ああいうのって、夏にきんきんに冷やして飲むからうまいんだろ。こんな寒い日にもらって喜ぶ人いるのか？」

「いるんじゃない。お父さんだって煙たい焼肉屋で煙草吸ったりするじゃん」

歯を磨きながら答えると、素早く口をゆすぎ、「じゃ」とスマホを振ってリビングを出て行く。

「帰りは」「八時」「薬」「持った」「気を付けて」ガチャ。「うわ、お姉ちゃん」「何よ」

つっけんどんな姉の声が聞こえた。ちょうど帰宅したらしい。

「あ、そこのスニーカー取って」

「やだ」

「なんで」

「あんたの道具じゃないから」

「けち」

彩夏が靴を履く音。バタン、とドアが閉まる。

「ただいま」

ほとんど欠伸《あくび》のように言いながら、舞冬がリビングにやってくる。昨夜はerimin のソロ名義でオールナイトのイベントに出演していたはずだ。

「今日は休み？」

「午後から大学。偉いでしょ」

キッチンの食器棚からコーヒーカップを取り出す。

「あまり無理するなよ」

ふと、沈黙。

「お父さんこそ、だいじょぶ？」

ウレタンマスクを顎《あご》に下げた舞冬が、象山の顔を覗《のぞ》き込んでいた。

「なんか、いつもと違くない？」

言われてみると、酒も飲んでいないのに妙に頭が重かった。世界の輪郭がぼやけているような気がする。まるで薄い水膜に覆われているかのように。そういえば——。

「変な夢を見たんだ」何かが脳裏をよぎった。「よく覚えてないけど。騒がしくて鬱陶《うっとう》しくて、ひどく長い夢だった」

「疲れてるんじゃないの。医者の不養生だね」

舞冬は笑いながらトレンチコートをハンガーラックにかけた。

確かに疲れているのかもしれない。冷めたスクランブルエッグを口へ運び、コーヒーを啜《すす》る。

「今日は早く帰るよ」

病院に着いたときには午前九時を過ぎていた。すでに午前の診察が始まっている。駐車場から真っすぐ第二診察室へ向かった。

職員通路を歩いていると、外来担当の看護師が診察室の戸を開け、待合室を見回しているのが見えた。診察室へ駆け込み、後ろから肩を叩《たた》く。

「遅れてすみません。道が混んでいて」

看護師は一瞬、目玉を膨らませてから、「いえ」と大げさに手を振った。白衣を羽織り、タブレットをデスクに置く。

「そこじゃないですよ」

看護師が言った。

診察室を間違えたのか。だがデスクでは見慣れたハエトリグサが口を開いているし、スピーカーからはコカインベビーズのセカンドアルバムが流れている。

看護師は頬を引き攣《つ》らせ、患者用のスツールに触れた。

「こちらです」

は？

「どうかされましたか」

耳馴染《みみなじ》みのある声が聞こえた。

すべての音が消える。

振り返ると、象山晴太が職員側の引き戸を開けたところだった。

「これは、いったい――」

「落ち着いてください」

象山は笑みを浮かべた。

「椅子に座って。お腹に手を置いて、ゆっくり深呼吸してください。吸って、吐いて」

ハイバックチェアに腰を下ろし、自分の腹に手を当てて言う。

「何かご不安ですか？　どんなことでも相談してください。こんなこと言ったらおかしいと思われるんじゃないかというようなことでも構いませんよ」

胸の内を読まれたかのようだった。

思わず言葉が口を突いて出る。

「頭がぐらぐらして、なんだか様子が変なんです。さっきまでわたしは先生の家族と暮らしていました。診察のために病院へ来たはずなのに、今は自分が誰なのか分からない。何歳くらいの、どんな顔をした人間なのかも分かりません」

「それは大変だ」象山はタブレットを見つめ、すぐに顔を上げた。「吐き気や目眩《めまい》はありませんか」

「平気です。ただ頭の中がひどくやかましくて、大きなゾウがずっと鳴き喚《わめ》いてるような気分なんです」

「困りましたね」眉尻《まゆじり》を下げる。「でも安心してください。人間の頭蓋骨《ずがいこつ》はとても頑丈にできてるので、ゾウが鳴いたくらいじゃ壊れません」

そういうことじゃないと言いたかったが、象山の言葉を聞いていると不思議と気分が落ち着いた。まるで母親にあやされる赤ん坊だ。

動揺が鎮まるにつれ、ぐちゃぐちゃになっていた記憶が徐々に形を取り戻した。

「なぜこんなことになったのか思い出しました」ごくりと唾《つば》を呑《の》む。「わたしは悪魔に嵌《は》められたんです」

「悪魔、ですか」

象山は目に力を込めた。

「彼らはわたしを消し去るため、濡《ぬ》れ衣《ぎぬ》を着せ、わたしと世界との繋《つな》がりを断とうとしたんです。わたしは必死に抵抗しましたが、悪魔には敵《かな》いませんでした。わたしは記憶と肉体を失い、ただ脳の中にあるだけの存在になりました」

「大変な目に遭われましたね」顔に手を当てて言う。「ところでその、あなたに濡れ衣を着せようとした悪魔とは、いったい何者なんでしょうか」

「それは――」思わず目が泳いだ。「悪魔としか言いようがありません」

「その悪魔は、なぜあなたを消し去ろうとしたんでしょう」

「それははっきりしています」今度は歯切れよく答えた。「悪魔はわたしの力を知っていて、わたしが世界をめちゃくちゃにするのを恐れているんです」

象山の手からペンが落ちそうになった。動揺を隠すように、空咳《からぜき》を一つ。目の前の患者が隠し持っていた力に畏怖《いふ》を覚えたのだろう。

「あなたにはどんな力があるんです？」

案の定、象山は尋ねた。

「それは、説明するのは難しいんですけど」鼻を掻《か》きながら言葉を探す。「あえて言語化するなら、そうですね。世界を操る力、でしょうか」

ぴく、と象山の睫毛《まつげ》が持ち上がった。

「先生は量子力学における多世界解釈をご存じですか。この世界のあらゆる物事は複数の可能性が重なり合った状態で存在しています。先生は今朝、ピンクのネクタイを選びましたが、隣りのイエローのネクタイを選んだ先生も同時に存在します。信じられないかもしれませんが、地味なネイビーのネクタイを選んだ先生もいます。机の鉢植えにはハエトリグサが植えてありますが、パイナップル科のフリーセアが植えてある世界もある。スピーカーからコカインベビーズじゃなくディズニーのオルゴールが流れている世界もあります」

「ネイビーのネクタイは持ってませんけど」

「センスのない紳士服屋の販売員が先生にそれを薦めた世界もある、ということです」

象山は圧倒されたように息を呑む。

「実はわたし、天才なんです。その気になれば、あらゆる世界の出来事を操り、掏《す》り替え、書き換えることができます」

「それは――」象山は声を軋《きし》ませた。「大変な力をお持ちだ」

「わたしもいい大人ですから、世界をめちゃくちゃにしようなんて馬鹿げたことは考えてません。でも悪魔はわたしを信用してくれないんです」

「困りましたね」

象山はふと言い淀《よど》んだ。タブレットに目を落とし、唇を何度かぱくつかせて、

「ところで、これまでに脳の検査をされたことはありますか？」

ざらりとした感情が胸に溢《あふ》れた。

「ありませんよ」

「念のためやっておきましょう」クリアファイルからＭＲＩ検査同意書を抜き、こちらへ差し出す。

「ざっと目を通して、問題なければ一番下に署名してください」

「帰ります」

スツールを蹴《け》って立ち上がった。この男は自分を精神病の患者としか思っていない。口車に乗せられた自分が馬鹿だった。

「落ち着いてください」象山が腕を摑《つか》む。「ゆっくり深呼吸して。吸って、吐いて」

「やめろ」

腕を払いのけた。

「あんたは何も分かってない。お気楽な藪《やぶ》医者だ」

「あははははは」

象山が笑い出した。

腹を抱え、上半身を反り返らせて。

「確かに検査は必要なさそうですね。そんなことしなくてもあなたの脳の状態は明らかだ」

目尻の涙を拭《ふ》いて、

「腫瘍《しゅよう》や委縮はない。脳梗塞《のうこうそく》や脳出血もなし。でも脳波に少々問題があります。あなたの大脳からは正常値の四、五倍の電気信号が発せられている。縁上回に複数の意識が同居しているからです」

ふいに世界がぼやける。全身に水膜が張られているような、あの感覚。

「あんた、知ってたのか」

「からかってごめんなさい。でも、先生も悪いんですよ。先生だってぼくのこと、せっかちで疑い深い妄想症患者としか思ってなかったでしょ?」

不貞腐《ふてくさ》れたように下顎を突き出す。

こいつは象山晴太じゃない。象山晴太はこんな顔はしない。こんなハタハタみたいな顔をするのは――。

「裏島?」

深海から一息に海面へ浮かび上がるような感覚。

頭蓋骨の奥に痛みが走った直後、世界が光に包まれた。

咳《せ》き込みながら周囲を見回す。

見覚えのある部屋だった。剝《は》げた卓袱台《ちゃぶだい》に煎餅《せんべい》布団。昨年の夏、床下から〝もぐら男〟が見つかった部屋。妄想症の裏島一年が暮らす、東栄荘の六畳間だ。

「どうなってるんだ」

ひどく息が荒い。顔を撫《な》でると、夕立でも浴びたような汗を掻いていた。肩と脇腹に厚手のガーゼが貼られている。

「安心してください。ここは世界一安全な場所。ぼくの部屋です」裏島はぐるりと首を回して、「先生を殺そうとした男はもういません。やっつけておきましたから」

いったい何のことだ。

「密航船のおじさんですよ。あの人、先生を悪魔と思い込んでたでしょ」

含み笑いを浮かべ、ポケットから自動拳銃《けんじゅう》を取り出した。ブローニングM1910、三十八口径。

「これはうちの床下に住んでた男の置き土産です。あ、殺してはないですよ。先生の頭に穴を開けそうだったんで二発だけ撃ちましたけど、ちゃんと醬窯の病院へ運んでおきましたから」

船着き場で男を撃ったのはこいつだったのか。

「どうしてあの港にいたんだ」

「タクシーで後をつけました。ぼくの愛車を盗んでおいてばれずに済むと思ったんですか？」

下顎を突き出す。活《い》きのいいハタハタだ。

「まあ、そんなのは些細《ささい》なことです。先生を追いかけた一番の理由は、先生がどうなるのか見届けたかったからです」

拳銃からマガジンを抜いて、うふふ、と笑う。

「シスマを打ったのに生きてるってだけでも驚きなのに、よりによってこんなに突拍子もない目に遭ってるんですからね。世界広しといえど、こんな人は他にいませんよ」

どういうことだ。

なぜこの男がシスマを知っているのか。

これすらも現実ではないのか？

「安心してください。この部屋もぼくも本物です。先生の意識はまだ脳幹との繋がりを失っていません。先生はまだこの世界と繋がっています」

カーテンを捲《めく》り、ほら、と空を見上げた。

「残念ながら、別の先生たちの試みは失敗に終わったんです」

そんなことまで知っているのか。

「何でも知ってますよ。先生が別の先生たちに幸せ者と呼ばれてることも、その中の誰かに家族を殺されたことも」

眩《まぶ》しそうにカーテンを閉めて、

「もちろん、その事件の犯人も」

不敵にほくそ笑んだ。

ありえない。

象山晴太が四人集まって知恵を絞っても、結局、真犯人にたどり着くことはできなかった。それなのに、こんなわけの分からない男に真実が見抜けるはずがない。

「信じられませんか？　じゃあ一つだけ」

裏島はパーカーの袖《そで》から人差し指を立てた。

「長女の舞冬ちゃんを殺したのは先生、あなたですね」

心臓が止まった気がした。

「ほらね。前にも言ったでしょ？」裏島が、うふふ、と癖毛を掻く。「ぼく、天才なんですよ」

◆

「凄《すご》く気持ち良くなるはずなんで、楽しみにしててくださいね」

アンプルの蓋《ふた》を折り、慣れた手つきでシリンジに薬液を吸い上げながら、男が言った。

「頭がむずむずしてきたら、そのままぐいっとやっちゃってください」

いったい何を言っているのか。

嬉《うれ》しそうにシリンジを弾《はじ》くその男に、かつての天才子役、結城《ゆうき》ゆう太《た》の面影はなかった。頭から足先まであらゆる皮膚に穴を開け、タトゥーを彫っている。上唇を舐《な》めた舌にも切り込みが入っていた。

『エデンの朝焼け』の放送から十八年。かつての天才子役はどんな人生を送ってきたのか。フリーカメラマンとして日陰を這《は》い回るように生きてきた裏島には想像もつかなかった。

「じゃ、一つ目」

裏島は柱に縛られていた。ゆう太がねぐらにしていた空き家の土間。裏島のシャツの袖を捲《まく》り上げると、ゆう太は慣れた手つきで針先を腕に当てた。

「やめろ」

頭を突き出し、ゆう太の胸を押した。ゆう太は姿勢を崩し、引き戸に腰を打ちつける。「ってーな」とダウンの埃《ほこり》を払うと、革靴で裏島の腹を蹴った。

「あんた、往生際悪すぎだよ」

ふと閃《ひらめ》いたようにボディバッグから紙袋を取り出す。中のアルミシートをボディバッグに移し、裏島の頭に袋を被《かぶ》せた。視界がベージュに包まれる。下顎を突き出し、紙を食い破ろうとしたところで腕に痛みが走った。

「ほら。もう観念してください」

それから十七回。

ゆう太は裏島の腕に針を刺した。

脳の中で爆発が起きた。

後に学んだことだが、Ｂ－シスマチン溶液120*μg*は一度の注射でカウフマン野を二つに分裂させる。それが十八回だから、単純計算でも2^{18}＝262,144。実際はさらに分裂が連鎖し合った結果、裏島の脳は莫大《ばくだい》な数の意識で溢《あふ》れた。そのすべてが海馬と接続し、果てしない時間が生じた。

裏島は時間の海へ投げ出された。あるときは無限の自由に狂喜し、あるときは終わりのない孤独に正気を失った。あるときは海の底の有機物から生命が生まれる瞬間を見守り、あるときは太陽の最後の光が消える瞬間を見届け、あるときは量子力学の解釈問題を解決し、あるときは莫大な数の世界を端から旅して回った。それでも時間は尽きなかった。

果てのない時間から裏島を掬い上げたのも、また時間だった。

人類の進化を無数に往復するほどの時間を経て、裏島の脳は時間を手《て》懐《なず》けた。カウフマン野が長大な時間を制御することで、過去も、未来も、何もかもが裏島の手に収まった。

あらゆる喜びと哀しみを味わい尽くした裏島は、静かな時間を望んだ。かつて暮らしていた二十一世紀初頭の日本へ戻ると、仕事を転々としながら、穏やかな日々を過ごした。

そんな生活が二千年ほど続いたあるとき。郵便局員として自転車を漕《こ》いでいた神々精市の街中で、奇妙な出来事に出くわした。病院から出て来た少女の身体が爆発したのだ。

少女に何が起きたのか。裏島は何度か時間を遡《さかのぼ》り、情報を集めた。そして事件以上に興味を引かれたのが、少女の父親、象山晴太だった。

その男は一見、物腰の柔らかな医師のように見えたが、実際は子どもの頃から殺人を繰り返していた。さらに驚いたことには、男の脳はカウフマン野が分裂し、複数の意識が同居していた。調査を続けると、新村大学の精神医学研究所に残っていたシスマがブローカーを介して日本へ流れつき、その男の手に渡っていたことが分かった。

新村大学で行われた治験の参加者は、そのほとんどが屋上から身を投げて死んでいる。ロシェンを使って一時的に意識の制御に成功した者も、半月後には正気を失っていた。シスマを摂取しながら何もなかったかのように生活を続けていたのは、後にも先にもこの男だけだった。

裏島に迷いが生まれた。

できることなら苦労を分かち合いたいが、こんな人でなしと意気投合できるとは思えない。この男の身に起きていることは大変興味深いが、迂闊《うかつ》に近寄れば間違いなく痛い目に遭う。

逡巡《しゅんじゅん》した挙句、裏島は素性を隠してことの顚末《てんまつ》を見届けることにした。

象山晴太がシスマを摂取する前の時間へ遡ると、妄想に取り憑《つ》かれたふりをしてコーギーに抱き付き、警察官に連れられて神々精医科大学附属病院の精神科外来を受診した。象山晴太の時間が分岐すると、裏島もそれぞれの時間へ潜り込んだ。

はたして象山晴太たちが巻き込まれたのは、空前絶後の連続殺人事件だった。

あらゆる時間、あらゆる場所を見尽くした自分は、もう何にも心を動かされることはないと思っていた。そんな自分が、たった一人の男の運命にこれほど熱中し、胸を躍らせることになるとは。

裏島は象山晴太と巡り合えた幸運に感謝した。

2

「長女の舞冬ちゃんを殺したのは先生、あなたですね」

うふふ、と笑いながら拳銃とマガジンを床下にしまうと、裏島はバッズのレジ袋から台湾ビールと袋詰めのミックスナッツを取り出した。

「これ、春くんが家に来たときに先生が買ってたやつです。美味《おい》しそうだなと思って買っちゃいました。よければどうぞ」

返事も待たずに缶を二つ卓袱台に並べる。

「その代わりと言っちゃなんですけど、お願いがあります。ぼくの名探偵ごっこに付き合ってもらえませんか？」

意味が分からなかった。

「ほら、前に先生、この部屋の下にいた〝もぐら男〟を見つけてくれたじゃないですか。あのときの先生を見てたら、ぼくも名探偵をやってみたくなっちゃったんです。本当は横槍《よこやり》は入れないつもりだったんですけど、命も助けちゃったし、もういいかなと思いまして。なんで犯人が分かったのか、すべてお話ししましょう。あ、先生の身に起きたことは全部知ってるんで説明はいりません」

「なぜだ」

ようやく口にできたのはそれだけだった。

なぜこの男は何もかも知っているのか。象山がシスマを打ったことも、別の自分たちが生まれたことも、彼らに記憶と肉体を奪われそうになったことも、何もかも——。

「天才だからです」

しつこい、と言いたげに裏島は唇を尖《とが》らせた。

「一つだけ補足すると、ぼくは先生の何億倍もこの世界を生きてます。時間の仕組みについても遥《はる》かに多くのことを知っている。先生の身に起きたことを調べるくらい朝飯前なんです」

あ、と両手を突き出して、ぶんぶん振る。

「カンニングはしてませんよ。被害者が殺された瞬間とか、すぐに真相が分かっちゃうところは見てません。そのほうが絶対面白いですから」

ありえない。

百万歩譲って裏島の言うことを信じるとしても、その条件では真相が分かるはずがない。

「なぜ犯人が分かったのか、ご説明しましょう」

裏島は背筋を伸ばして、ぷしゅっ、と缶のタブを起こした。

「四月三日の午後十時三十分ごろ、初めに爆発したのが次女の彩夏ちゃんです。次いで四日の午前十一時過ぎに奥様の季々さんが内臓を吐き、午後一時五十分ごろに舞冬ちゃんの頭が破裂しました。時間に沿って進めるならまず彩夏ちゃんの事件ということになりますが、ここは舞冬ちゃんの事件から話を始めようと思います。先生がもっとも重要な役割を果たしたのがこの事件だからです」

ナッツの袋を開けて、

「舞冬ちゃんはカローラで東北自動車道を走行中に亡くなりました。先生はこのとき、現場から七十キロ以上離れた神々精市内にいました。

事故に見せかけて殺すだけならやり方はいくつか思い浮かびます。ブレーキに細工をしておくとか、事前に薬を盛って意識を朦朧《もうろう》とさせておくとか。でもブレーキに細工された形跡はありませんでしたし、死体から睡眠薬や幻覚剤の類《たぐい》も検出されてません。ましてや舞冬ちゃんは頭蓋骨が破裂していたわけで、こうなると小手先の細工ではどうにもなりません。ゲームの世界の〝見えない爆弾〟を頭に埋め込んででもおかない限り、犯行は不可能だったように思えます。そんな不可解な犯行を、先生はいかに成し遂げたのか？」

裏島はいたずらっぽい笑みを浮かべる。

「ここは先生たちに倣って、現場に残された手がかりから舞冬ちゃんの身に起きたことを推察していきましょう。一番の手がかりになるのは、やはり舞冬ちゃんの死体に残っていた痕跡《こんせき》です」

スマホを取り出し、ムイが流出させた死体の画像を開いた。

「ご覧の通り、車から投げ出された舞冬ちゃんはひどいありさまでした。頭は破裂し、脳は散らばり、首も平たく潰《つぶ》れています。でもぼくが気になったのはここでした」

首の左の付け根を指す。そこから右下へ向かって、細い糸を押しつけたような線状の痕《あと》が残っている。

「舞冬ちゃんは以前もこのネックレスを着けていましたが、こんな痕ができていたことはありませんでした。車から身体が投げ出されたときの衝撃でネックレスが肌に食い込み、痕が付いたんでしょう。と、そう考えるのが自然ですよね。

三月二十六日に分岐したもう一人の先生——皆さんに倣って死にぞこないさんと呼びますが、彼の披露したパラドクス説もこの前提に基づいていました。運転中に首が潰れたらネックレスも前へずれるはずなのに、首元の痕はずれていなかった。そこから舞冬ちゃんがマフラーを巻いていたこと、さらにはカローラのエアコンが故障していたことが導かれたわけです。

でもよく考えてください。舞冬ちゃんが首に下げていたのはボールチェーンのネックレスです。それが強く押しつけられたとして、肌に残るのはどんな痕でしょうか？」

裏島はヘーゼルナッツをつまみ、手の上で転がした。

「仮にボールの半径が五ミリほどだったとします。それが一列に並んだネックレスを肌に押しつけたとしたら、そこにできるのは一センチおきの点線です。でも実際に残っていたのは一本の繋がった線でした」

床がぐらりと揺れたような気がした。

確かにその通りだ。

「ボールが抜け落ちて、ワイヤーだけが首に下がっていたのか？」

「ボールが抜けるのはワイヤーが切れたときだけですよ。ワイヤーの切れたネックレスが首にかかっていられるはずがありません」

「舞冬は首にマフラーを巻いていた。そのおかげでワイヤーも首から落ちなかったんだ」

裏島は、あはは、と卓袱台を叩いて、

「しっかりしてください。舞冬ちゃんがショルダーバッグに手袋を入れるのを見たんでしょう。でも事故が起きたとき、舞冬ちゃんは手袋を着けていなかった。つまりカーエアコンは故障していなかった。当然、車内でマフラーを巻くこともありません」

ぐうの音も出なかった。

「ボールチェーンのネックレスが舞冬ちゃんの首元に痕を付けることはなかった。これが論理的な結論です。

ちなみに可能性を挙げるなら、この痕は先生の時間で付けられたものではなかったとも考えられます。別の時間で付けられた痕が連鎖現象によって先生の時間の舞冬ちゃんにも反映された、というわけですね。

とはいえ修復者さんの時間を覗いてみると、ライブハウスのステージで亡くなった舞冬ちゃんの首元にこの痕はありませんでした。つまりこの痕は舞冬ちゃんの死因と直接関係のない、あくまで先生の時間に固有の出来事によって生じたものということになります」

ヘーゼルナッツを口へ放り込み、台湾ビールを流し込んで、満足げに唇を拭《ぬぐ》う。

「では、あらためて考えましょう。何が舞冬ちゃんの首元に、この細い線状の痕を付けたのか。といっても難しく考えることはありません。舞冬ちゃんは高速道路を走る自動車の中にいました。ならば必ず首元にかかっていなければならないものがありますよね」

なるほど。象山は思わず頷《うなず》いた。

「シートベルトか」

裏島もぶんぶん首を縦に振って、

「舞冬ちゃんはシートベルトを締めていました。中央のガードレールに接触したことで、カローラは急激に減速します。舞冬ちゃんの身体は強く前へ引っ張られました。このときシートベルトが首の付け根に食い込み、細い線のような痕ができたんです。その直後に後続車両が突っ込み、車体がひしゃげてシートベルトのバックルが破損。舞冬ちゃんの身体はフロントガラスを突き破って道路に転がった、というわけですね」

象山は拍子抜けした気分だった。

さんざん理屈を捏《こ》ねて、分かったのはそんなことか。あの真面目な舞冬のこと、ましてや慣れない高速道路となれば、シートベルトをしていたのは当然ではないか。

そんな象山の反応を見て、裏島は、うふふ、と笑みをこぼした。

「不満そうですね。でもこのシートベルトが事件の謎を解く最大の手がかりなんですよ」

スマホを象山に向け、死体の首元を指す。

「この痕は首の左の付け根から、右下へ向かって付いていますね。日本の自動車は右に運転席、左に助手席があります。シートベルトは普通、ボディの側面に付いた巻き取り装置に格納されてますから、運転席では右から左へ、助手席では左から右へベルトをかけることになります」

自分の顔から血の気が引くのを感じた。

そういうことか。

「お気づきですね。舞冬ちゃんの死体に付いた痕は、首の左の付け根から右下へ向かっていました。つまり舞冬ちゃんは助手席に座っていたことになります」

裏島の声が弾む。目を輝かせ、今にも踊り出しそうな顔をしていた。

「残念ながら先生のカローラに自動運転機能は搭載されていません。当然、誰かが運転しないと道を走ることはできない。この車にはもう一人、運転席に人が乗っていたことになります」

呪文《じゅもん》のように、ドラッグディーラーのエデンの言葉がこだまする。

――肌に刻まれたものには必ず大きな意味があるんすよ。

あの男の言った通りだ。死体の肌に残っていた小さな痕が、よもや車に乗っていたもう一人の存在を明らかにしてしまうことは。

「では舞冬ちゃんの隣りでこの車を運転していたのは誰か。その人は当然、舞冬ちゃんと二人でドライブに出かけるくらい親しい人物です。一方で、舞冬ちゃんは運転の練習をしたいと嘘をついて、その人とドライブに行くことを家族に隠していました。その人は舞冬ちゃんにとって、関係を知られるのが憚《はばか》られるような存在だったことになります」

「ムイか。あいつは舞冬のマネージャーだし、わたしに言えないようなことばかりやっていた」

「あの人は自分のフーガを持ってますから、舞冬ちゃんにカローラを借りさせる必要がありませんよ。

何も不貞を働いていたわけじゃありません。ただ、この時点での関係が、あまり家族に詮索《せんさく》されたくない状態にあったというだけです。舞冬ちゃんとそんな関係にあったのは、恋人の春くんくらいでしょう」

象山の横槍をものともせず、裏島は真実に近づいていく。

舞冬の気持ちは理解できた。

不審者に襲われ入院した春は、退院後、以前よりも横柄な態度を取るようになっていた。勝手に日帰り温泉旅行の予定を組んでしまったのがいい例だ。

二人の仲は徐々に険悪になっていた。本当は舞冬も一緒に遠出などしたくなかったはずだ。約束してしまった以上、出かけるのは仕方ないが、妹や両親に事情を詮索されたら堪《たま》らない。舞冬はそう思ったのだろう。

「カローラを運転していたのは恋人の春くんだった。その前提で考えると、この事件はそれほど不可解なものではなかったことが分かります。先生の行動や事件の状況から推察するに、全体像はこんなところでしょう」

　裏島は卓袱台に身を乗り出し、象山の目を覗き込んだ。

「幸せ者さんこと先生の計画は、舞冬ちゃんの電話を聞き、二人が日帰りで温泉に行くと知ったことから始まりました。

　まず考えたのは、いかに直接手を下さずに春くんの命を奪うか、ということです。複雑な仕掛けはいくらでも考えられますが、手間がかからず、失敗しづらいものが望ましい。そのためにはとにかく単純なアイディアが必要でした。

　先生の考えた仕掛けはこんなところでしょう。春くんにメールを送り、妄鳴山の別荘へ来てほしいと頼む。メールアドレスはガネーシャへ行ったとき、本人からメモを渡されていましたね。あの日、ホテルへ行った者だと明かせば、彼は尻尾《しっぽ》を振ってやってくるはずです。

　ただし別荘への道順を伝える際、そこに嘘を交ぜておく。ブナ林を突っ切れば近道になると言って、彼を犬死崖へ誘導するんです。

　あの崖の上は足場が悪く、丈のある草が茂っていて視界も悪い。山に慣れた野生動物さえうっかり転落してしまう、まさに天然の罠《わな》です。先生のメールを信じた春くんは、意気揚々とブナ林へ分け入り、崖から落ちてぺしゃんこになってしまうというわけです」

アーモンドが一つ、卓袱台から畳へ落ちる。

「といっても、先生はこの計画を実行していません」

すぐにそれを拾い、指でくるりと回した。

「ただ、考えて、準備しただけ。具体的に言うと、ブナ林の前にあった『転落注意』の看板を抜き、春くんを犬死崖へ誘《おび》き出すメールを打っただけです。

次に先生がやったのは、産科の生田先生を脅すことでした。〝慈善〟に売った赤ん坊の母親たちに真実を明かすと脅し、自殺を迫ります。さんざんこき使ってきた生田先生をいともたやすく切り捨てるんですから、まったくひどい話です。

もっとも先生は、本当に生田先生を死なせようと思っていたわけじゃありません。先生の狙いは、生田先生を焚《た》きつけ、自分を襲うよう仕向けることでした」

そこまで分かっているのか。

象山は天井を仰ぎたくなった。

「はたして三月二十六日。家族でストリートキッチンＥＬＭへ行こうと家を出たところに、生田先生が襲いかかりました。重傷を負った先生は書斎へ駆け込み、シスマを打ちます。時間遡行《そこう》によって先生の怪我は帳消しになり、もう一人の先生、死にぞこないさんが生まれました」

死ねっ、死ねっ。血相を変え、包丁を振り上げる生田の声がこだまする。

「これはとても危険な賭《か》けでした。運よく時間を遡れたから良かったものの、五十パーセントの確率で先生のほうが死にぞこないになっていたわけですからね。先生がその危険を見落としていたはずがありません」

裏島は呆れたように眉を下げ、ピーナッツを二つに割った。

「とはいえ迷いはなかったんでしょう。先生は四人の中で一人だけ、一度も時間遡行に失敗していませんでした。本来の成功確率は二分の一なのに、自分は時間遡行できると根拠のない自信を持っていたんじゃありませんか？　ただの運を何か特別なことと思い込んでいた、という意味では、先生が闇カジノに紹介したお医者さんたちと同じですね」

偉そうな口ぶりは癪《しゃく》に障《さわ》るが、言っていることは確かにその通りだ。

小中高から医学部、そして医師国家試験まで狭い一本道で成功を重ねてきた医師たちは、一度か二度、カジノで運の良い勝ち方をすると、それを自分の才能が発揮された結果と思い込む。彼らを見下していた自分も、傍《はた》から見れば同じ穴の狢《むじな》だったということか。

「何はともあれ、先生は二分の一の賭けに挑み、勝利しました。死にぞこないさんからすれば敗れたわけですが、とにかく先生は勝ったんです」

片方のピーナッツを口へ放り込む。

「そこで先生の役目は終わりました。あとはただ、娘が温泉に出かけるのを待つだけです。
一方、先生の時間から分岐した死にぞこないさんには、もう一つ重要な仕事が残っていました。
といっても先生が何か指示したわけじゃありません。シスマを打つまでは同じ人間だったんですから、言われずとも自分のすべきことは分かっていました」

もう片方のピーナッツを掲げ、すぐに口へ放り込む。

「死にぞこないさんのやったことはシンプルです。彼は自分のスマホを操作し、春くんにメールを送ったんです。

　このメールは生田先生に襲われる前——つまり先生と死にぞこないさんが分岐する前、先生が用意しておいたものです。万一、文字も打てないほどの重傷を負った場合に備え、タップ一つでメールを送れるようにしておいたわけですね。

　このメールが送信されると何が起きるか。死にぞこないさんが重傷を負ったことが起点となり、死にぞこないさんの時間と先生の時間にはずれが生じています。お父さんが入院してしまった以上、舞冬ちゃんたちは温泉旅行を中止せざるをえません。車の鍵《かぎ》を借りられないからです。もちろんレンタカーや他の交通手段を使う手もありますが、舞冬ちゃんが恋人に愛想を尽かしていたことを考えれば、この件はむしろ小旅行を取りやめるいい口実になったはずです。

　そうして恋人との予定がなくなった春くんに、ホテルに行ったことのある謎の金持ち男からメールが届きます。ちょうど予定も空いている。春くんは二つ返事で誘いに乗ったことでしょう。

　そして迎えた四月四日。春くんはブナ林の茂みに入り、犬死崖から転落。二十メートル下の岩盤に身体を打ちつけて命を落としました」

　バッズのレジ袋からレシートを取り出す。裏返して卓袱台に置き、郵便局のマークの入ったボールペンを走らせる。

「すると先生の時間では何が起こるか。こっちの先生は生田先生に襲われる前に警察を呼んだおかげで、怪我も入院もしてません。舞冬ちゃんと春くんは予定通り、日帰り旅行に出かけていました。

　東北自動車道でカローラを運転していたのは春くんです。配送ドライバーのアルバイトをしていたことを考えれば、彼が車を運転することは予想がついたでしょう。
一時間ほど東北自動車道を走ったところで、運命のときがやってきます。舞冬ちゃんが受けた衝撃は、およそ言葉では表現できないものだったでしょう。なにせハンドルを握っていた春くんが突然、破裂したんですから」

そこに居合わせたように目をひん剝《む》いて、右から左へ矢印を伸ばす。

「悪夢のような事態に見舞われた舞冬ちゃんに、助手席からハンドルを操作したり、ブレーキを踏んだりといった冷静な対応ができたとは思えません。運転手を失った車はやがて中央分離帯のガードレールに接触。後続車に突き飛ばされた衝撃でシートベルトのバックルが壊れ、舞冬ちゃんは道路へ投げ出されます。そして別の後続車に轢《ひ》かれ、頭が粉々になったんです」

つまり、とペンをくるりと回して、

「先生たちのやったことはこうです。まず死にぞこないさんの時間で春くんを死なせる。連鎖現象によって、先生の時間で車を運転していた春くんが死ぬ。運転手がいなくなったことで、高速道路を走行する車に乗っていた舞冬ちゃんも死ぬ。先生は舞冬ちゃんを直接殺すのではなく、連鎖現象を使って間接的に死に追いやったんです。もし車の出発が早すぎて時間がずれそうなときは、鍵をなくしたふりをして出発を遅らせるつもりだったんでしょう」

今度は左から右へ矢印を伸ばす。

「あとはご存じの通り。先生の時間の舞冬ちゃんが命を落としたことで、他の時間にも連鎖現象が生じます。モンキーハウスのステージで『魔法のきのこ』を歌っていた修復者さんの時間の舞冬ちゃん、醬窯警察署に保護されていた逃亡者さんの時間の舞冬ちゃん、それにロードバイクで市道を走っていた死にぞこないさんの時間の舞冬ちゃんの頭が、同時に破裂したというわけです」

　舞冬を三つ叩いて、ペン先を春に移す。

「とんでもない発想ですよ。先生は春くんを完全に物扱い、殺しの道具扱いしたんですから。でもよく考えれば、先生はいつだってそうでした。生田先生に死体を処理させていたこと。ペペ子さんの身体で性欲を満たしていたこと。外来の患者だったぼくを撥《は》ね、デリカの持ち主を突き止めるのに利用したこと。先生が人を人と見做《みな》していなかったのは明らかです。

　でも舞冬ちゃんは違う。先生の娘とは思えないくらい、しっかりと人を思いやる心を持っていました。よく『わたしはあんたの道具じゃない』と妹を叱ってたのも、そんな人柄ゆえでしょう。その舞冬ちゃんを殺すのに、恋人の春くんを道具として利用したんですから、先生は本当に意地悪ですよ」

　嬉しそうに象山を見つめながら、「ちなみに」とペン先を春にぐりぐりと押しつける。

「殺しの道具として利用された春くんは、同時にこの仕掛けの急所ともなりうる存在でした。彼が車に乗っていたことが分かれば、芋蔓《いもづる》式にこの仕掛けの全体像も見抜かれてしまう。他の先生たちに彼の存在を気づかせないことが、この仕掛けの肝だったわけです。

　犯行計画を立てた時点では、先生はムイさんの本性を知りませんでした。それでもライヒプロモーションがセールスのために多くの事実を捻《ね》じ曲げてきたことは知っていたはずです。コカインベビーズのボーカルの三紀夫さんが心中した際は、恋人の存在が隠蔽《いんぺい》され、あたかも病気を苦に一人で命を絶ったかのような発表が行われました。

　アカダマは今やライヒプロモーションの稼ぎ頭です。ボーカルのeriminの死は大きな反響を呼

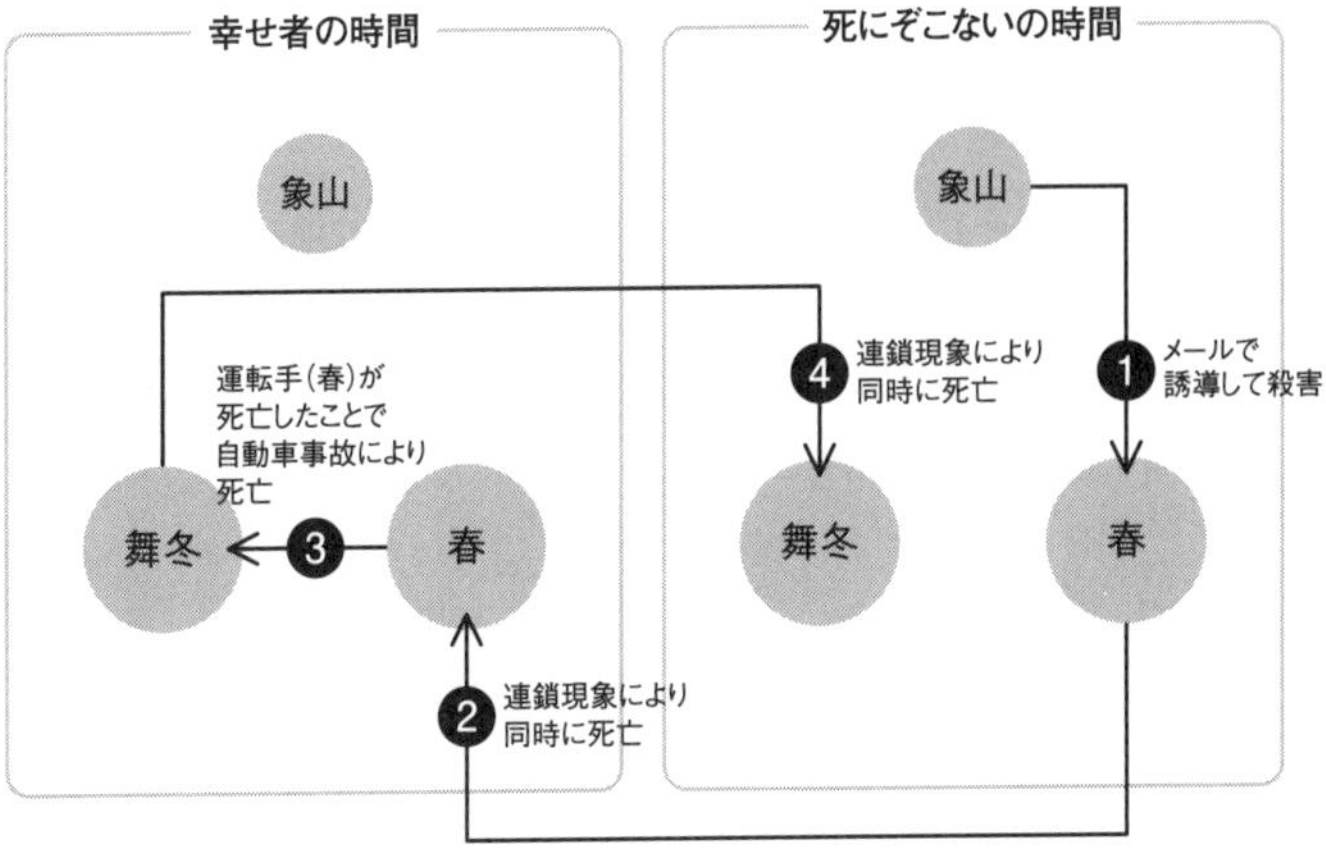

ぶでしょう。レコーディング済み楽曲の販売や追悼イベントなどで莫大な売上が期待できます。でも若い男との旅行中に事故死したとなれば、ファンの気持ちはたちまち冷めたものになる。ライヒプロモーションはeriminが一人で死んだかのような発表を行うのではないか――そう予想することも難しくなかったはずです」

それだけではない。

実際にムイがやったことは、象山の想像すら超えていた。舞冬が一人で死んだことを印象づけるため、舞冬の死体だけが写った写真をネットに投稿したのだ。

「先生たちは鏡に記憶を映して、それぞれの時間の出来事を共有していました。記憶を伝え合う手段として、映像という形式を使っていたわけです。

もし別の先生たちに事故の状況を聞かれたら、テレビやネットで報じられた、ライヒプロモーションに歪《ゆが》められた報道を共有すればいい。警察に直接説明を受けたり、写真を見せられたりしても、それは鏡に映さなければいいんです。もっとも実際はそうなる前に、先生は警察に追われる身となってしまったわけですが」

　リモコンを取り、テレビの電源を入れる。ツアーファイナルの映像から切り抜いたらしい舞冬の写真を背に、蓑家閑が頬杖《ほおづえ》を突いていた。「かわいそうに。まだこれからだったのにねえ」

「そうそう。春くんがトリックの急所だと言いましたが、これにはもう一つ意味があります」

　テレビの音量を下げながら、器用に人差し指を立てる。

「春くんの死によって連鎖現象が生じるのは、先生や死にぞこないさんの時間だけじゃありません。修復者さんや逃亡者さんの時間でも当然、春くんはぺしゃんこになります。連鎖現象によって春くんが命を落としたことに気づけば、先生の仕掛けを見抜くことができたかもしれません。

　先生はこれについても事前に検討を済ませていました。幸運だったのは、修復者さんが春くんを不死館の地下室に閉じ込めていたことです。そうすることで春くんの口を塞《ふさ》ぎ、家族には春くんが薬物依存症だったという嘘を信じ込ませていました。

　ある日、突然、地下室の春くんがぺしゃんこになっていたら、修復者さんはどう思うか。あの部屋の天井の高さは十五メートルほど。そしてそこには天窓があります。春くんは煉瓦《れんが》仕上げの壁をよじ登って天窓から逃げ出そうとし、手を滑らせて転落死したのだろう――そう考えるはずです」

　ぺぺ子も監禁されて間もない頃、壁をよじ登って天窓から逃げ出そうとした。修復者がそれを思い出し、春も同じことを試みたと考えることは予想できた。

「もう一人の逃亡者さんに関しては、そもそも春くんの死体を見つける可能性がほとんどありません。なにせ警察に手配され、逃亡生活を送っていたんですからね。万に一つ、ニュースなどで春くんがぺしゃんこになって死んだと知ったとしても、修復者さんの時間からの連鎖現象という説明がつく。とどのつまり、どちらの先生もこのトリックに気づく可能性は低いと考えたんです」

　ふいに裏島が立ち上がった。畳から埃が舞う。

「ああ、なんて素晴らしいんだ。先生は天才ですよ。まったく驚くべきことに、先生は舞冬ちゃんに何もしていない。文字通り指一つ触れていないんです。ただ看板を隠し、メールを打っただけ。共犯の死にぞこないさんもスマホを一度タップしただけです。退院後、崖の下の死体を処分する必要はありますが、舞冬ちゃんの事故に関して疑いをかけられる心配はありません。だって何もしてないんですから」

　拳《こぶし》を握り、飛び跳ねながら叫ぶ。

「この世界にこんなことを考える人がいるなんて。ぼくは夢を見てるような気分です」

「初めにこう言ったな。名探偵ごっこに付き合ってほしいと」

　裏島は拳を上げたまま、きょとんとした目で象山を見た。「はい」

「なるほど見事な探偵ごっこだった。だがわたしがワトスンならこう言うね。きみの推理はおかしい。あんなに家族を愛していた犯人が、どうして娘を殺さなきゃならないんだ？」

　ああ、と裏島はマンゴー臭い息を吐く。

「わたしは四人の中で唯一、家族との平穏な暮らしを守り抜いていた。そんなわたしがどうして自分の娘を殺さなきゃならない？」

「それをぼくに聞きますか」

　裏島は我に返ったような顔で座布団に尻をついた。

「まあ、せっかくなんで答えましょう」

珍しく目を伏せる。

「一言で言えば、それはシスマのせいです」

◆

冷たい雨粒が肩を濡らす。

ロードバイクの前籠《かご》に入れた本にも水滴が落ちていた。図書館へ急がなければ。ハンドル横のレバーを引いてギアを重くしようとしたところで、象山舞冬は顔に強い衝撃を受けた。

視界が赤く歪む。べきべき、と板を折ったような音。なぜか息ができない。

「——は？」

お父さんのロードバイクはやたらとカスタムパーツが多い。そのうちの一つ、ハンドルに取り付けられたバックミラーを見て、目を疑った。

顔が歪んでいる。額が窪《くぼ》み、眼球が浮き出し、鼻梁《びりょう》が割れ、顎から肉が垂れ下がっている。左右の鼻孔と唇の端からぼたぼたと血が落ちた。耳の辺りからこぼれているのは——脳？

何だこれは。なぜ自分の頭が破裂しているのか。

クラクションが鼓膜を貫いた。

慌てて前を見る。ロードバイクのタイヤがガードレールを擦《こす》りかけていた。ハンドルを動かそうとしたが、腕に力が入らない。ペダルに載せた足もびくともしない。まるで他人の身体のようだ。

後ろからクラクションが鳴り響く。

「あーあ」

もう駄目だ。鈍色《にびいろ》の空を見上げようとしたところで、タイヤがガードレールに触れた。半回転した車体に後ろからトラックが突っ込む。シートの感触が消えた。

バイクのフレームが撓《たわ》み、バックミラーのガラスが砕ける音。

入院中のお父さんの顔が浮かんだ。ごめん。愛車、壊しちゃったみたい。

数秒後、舞冬は冷たいアスファルトに転がっていた。

自分は死ぬ。

意識が途切れる瞬間、目尻に涙が浮かんだが、数秒後には雨がそれを洗い流した。

3

「もしシスマを打っていなければ、先生が舞冬ちゃんを殺すこともなかったでしょうね」

裏島は素っ気なく言った。

ビールの缶の側面を水滴が流れる。東栄荘の六畳間。カーテンから洩《も》れる日にいつの間にか朱が差していた。

「シスマを打ったことで時間が分岐し、先生は別の時間を覗き見ることになった。その結果、どうしても舞冬ちゃんを殺さなきゃならなくなったんです」

やはり駄目か。

象山は気づかれないようにため息を吐いた。

「先生と舞冬ちゃんの関係は円満でした。でもそれは先生の時間に限った話です。別の自分たちと記憶を共有する中で、先生は修復者さんの時間の舞冬ちゃんがお父さんの嘘を見抜き、お父さんに疑惑の目を向けていることを知りました」

　この男はすべて見抜いている。

　無駄な悪足掻《わるあが》きをした自分が情けなくなった。

「いろいろ状況が違うせいでつい忘れそうになりますが、二人の舞冬ちゃんはまったく同じ人間です。ただ、数カ月歩んだ時間が違っているだけ。修復者さんの時間の舞冬ちゃんも、先生の時間の舞冬ちゃんなんです。

　その舞冬ちゃんが、お父さんに疑いの目を向けている。先生が舞冬ちゃんに疑われていないのは、とどのつまり、きっかけがなかったからに過ぎません。何か一つ過ちを犯せば、いつ同じ状況に陥ってもおかしくない。そんな状況がどれだけ人を追い詰めるか、先生もよく知っているはずですね」

　裏島の言う通りだった。

　たとえば産科の生田だ。医師家系の名家に生まれたあの男は、落伍《らくご》者へ向けられる嘲笑《ちょうしょう》を耳にしては、いつか自分も笑われる側へ回るのではないかと不安を募らせていた。本人は臨床と研究の両面で優れた成果を上げ、家名に恥じぬ活躍をしていたにもかかわらずだ。

　神々精医科大病院の理事長もそうだろう。お隣りの名残総合病院がネットの炎上をきっかけに閉院に追い込まれたことを知った理事長は、病院に対する書き込みに目を光らせ、屁《へ》の突っ張りにもならないメールを職員に送りつけては、ネットの炎上から病院を守ろうとしていた。神々精医科大は一度も炎上騒ぎを起こしていないにもかかわらずだ。

さらに言えば、父さんがまさにそうだった。奇術師だった父さんは、テレビという舞台を去った者へ向けられる侮蔑《ぶべつ》の言葉に胸を痛め、いつか自分も同じ言葉を浴びせられるのではないかと怯《おび》えていた。自身は〝百回死んだ男〟として、絶大な人気を博していたにもかかわらずだ。

うまくことを運んでいても——いや、うまくことを運んでいるからこそ、そこから転落した者たちに向けられる言葉に、人は心を削り取られてしまうのだろう。

「先生は子どもの頃、穏やかで優しかったお父さんがすべてを失うのを目にしました。たった一度、気球から落ちたことで、お父さんは仕事や夢、そして幸福な家庭さえも失ってしまったんです。

大人になった先生は、家族を守るため、それを脅かしうる要因を徹底して取り除くようになります。季々さんのストーカーを殺したのも、ペペ子さんを監禁して性欲の捌《は》け口にしたのも、根っこの動機は同じ——お父さんのように家族を失うのが怖かったからです。先生は幸福な家庭を築いていたにもかかわらず——いえ、築いていたからこそ、いつかそれを失うのではないかという不安から逃れられずにいたんです。

そんな先生のこと。シスマ注射によって時間が分岐し、他の自分たちの苦境を知ってからは、よりはっきりとした恐怖に苛《さいな》まれることになります。修復者さんのように、いつか舞冬ちゃんに疑われるのではないか。なまじ自分の時間では関係が円満なだけに、そんな未来が怖くて堪らなくなったんでしょう」

裏島は一瞬、舌でも嚙《か》んだように頬を歪めた。

「家族を守るためには、将来、その内の一人に疑われるというリスクも排除しておかなければならない。先生はそう考えて、舞冬ちゃんを殺しておくことにしたんです」

「だったらなぜ、自分の手でやらなかったんだ？」

無駄とは分かっていたが、最後の一足掻きをせずにいられなかった。

裏島は「それはもちろん」と台湾ビールを飲み干して、

「他にやり方がなかったからですよ。ルールに沿って舞冬ちゃんを殺そうと提案しても、全員の同意が得られるとは思えません。かといって何の細工もせずに舞冬ちゃんを殺せば、人質ルールにより、別の先生たちに報復の権利を与えることになる。それこそ先生にとっては甚大なリスクです。残された手段は一つ。自分の犯行であることがばれないやり方で、舞冬ちゃんを殺すしかなかったんです」

空になった缶をレジ袋に放り込み、どうです？　というように象山を見る。

反論の余地はどこにもない。象山は返事の代わりに卓袱台の缶を取り、

「わたしが舞冬を殺した」

ぷしゅ、とタブを起こした。

「でも、それだけだ。彩夏を爆発させたのも、季々の内臓を引き摺《ず》り出したのもわたしじゃない。どうすればあんなことができる？　わたしにはさっぱり分からない」

ぬるくなった台湾ビールを喉《のど》へ流し込み、卓袱台に缶を叩きつける。「わお」と裏島がのけぞった。

「わたしと死にぞこない以外の二人——修復者と逃亡者が同じことをやったと考えられないこともない。でもきみの言う通り、このトリックには弱点がある。標的を殺した現場に、必ずもう一つの死体が残ってしまうことだ。修復者が鏡に映した現場にそんな死体はなかったし、逃亡者の話を聞

く限り、彼の時間の現場にも別の死体があったとは思えない」

「随分へっぴり腰ですね。先生らしくないなあ。〝もぐら男〟を見つけたときはもっとクールでかっこよかったですよ」

裏島は再び立ち上がり、両手を腰に当てた。

「アパートに乗り込む天才精神科医！　床下から引き摺り出された怪人もぐら男！　そして刑事たちの度肝を抜く名推理！」

ふいにすとんと尻をつくと、ナッツを一つつまんで、目から数センチのところに持ち上げた。

「ぼく、あのとき学んだんです。人間、近くにあるものはかえってよく見えないものなんだって」

ナッツを顔から離して、「カシューナッツだ」と笑う。

「後から思い出して、なんで気づかなかったんだろうと首を傾げるような。彩夏ちゃんと季々さんの身に起きたのも、まさにそんなことだったんですよ」

4

カードを抜く音。

何だ、冴《さ》えねえな、と湿っぽいぼやき声が続く。

修復者が9のフォーカードを床に広げた。バケツに座った逃亡者がカードを放り投げる。小道具のトランプでポーカーをしていたらしい。

「お前の役はおれが作りそうなのばかりだ」

「仕方ないだろ。わたしもきみなんだから」

修復者が紙に結果を書いて、カードを拾い集める。

「あー、つまらねえ」逃亡者がギロチン台にもたれ、天窓を見上げた。「草バット吸いてえな」

「勝手に吸えよ」

「あほ。おれ、留置場に入れられてんだぞ。どうやって大麻持ち込むんだ」

「それこそ自業自得だろ」

修復者がカードの角を揃えたところで、ふと手が止まった。棺桶《かんおけ》に腰を下ろした男の影に気づいたのだろう。こちらに目を凝らし、「え」とカードを崩す。

「楽しそうだな。仲間に入れてくれないか」

逃亡者もこちらを振り返る。二人揃って幽霊を見たような面をしていた。

「……幸せ者？」

修復者が立ち上がり、指を振って肉を投げようとする。

「何度やっても結果は変わらないぜ」

象山は修復者が浮かせた肉を落とした。手術台の死にぞこないも上半身を起こし、プラスチックのマスクを外して象山を見つめている。

「いったいどうして――」

「わたしも驚いたよ。海馬や脳幹との繋がりを失ったはずなのに、なぜわたしは変わらず存在しているのか。どうして過去を思い出し、肉体を認識できるのか」

三人は身《み》動《じろ》ぎもせず黙り込んでいる。

「この疑問の先にすべての答えがあった。そう、すべては繫がっていたんだ。わたしたちの家族が不可能としか思えない状況で殺されたことも、こうして今、わたしがここにいることも。きみたちに飛び切りのトリップをさせてもらったおかげで、すべての謎が解けた」

「どんな屁理屈を用意してきたのか知らねえが、もうあんたには騙《だま》されねえよ」

逃亡者が声を尖らせる。

象山は自分の手柄のように続けた。

「そう言わずに聞いてくれ。灯台下暗しとはよく言ったものでね。すべての謎を解く手がかりは、この場所――わたしたちが毎晩訪れていたこの地下室にあったんだ」

数秒の沈黙。

「手がかりなんてあるわけないだろ」修復者が眉を寄せ、芝居がかった仕草で地下室を見回した。

「だってここは夢なんだから」

「ところがそうでもない。実を言うと、わたしたちは一度、この夢の秘密に気づきかけていた。真実の一歩手前まで迫っていたと言っていい。その立役者が修復者、きみだった」

修復者の眉間《みけん》の皺《しわ》がさらに深くなる。

「四月七日の夜、きみは例の記憶掏り替え説を披露した。この推理で犯人とされたのは死にぞこないだ。根拠になったのは、死にぞこないの記憶に含まれていた救急車のサイレンだった」

みるみる大きくなり、あるところから一転して小さくなっていく。病棟の高階に入院していた死にぞこないに、サイレンがそう聞こえたはずがない――というあれだ。

「あのときはテレビドラマの効果音だった、という拍子抜けな落ちが付いたわけだが、それはさておき。修復者の推理の着眼点はなかなか悪くなかった。

一定の距離のある場所にいる場合、人は音を発する物の移動をそれほどはっきりとは感じ取れない。きみはグラフまで描いてそれを示してみせた。ここでわたしたちが子どもだったときのことを思い出してほしい」

三人は揃って、は？　と口を開いた。

「最後のテレビ出演になるはずだった『百回死んだ男 最後の奇蹟』の撮影中、父さんは地上十メートルの気球から落下して重傷を負った。幸い一命を取り留めたものの、小脳を損傷し、歩行機能に障害が残った。夢の潰《つい》えた父さんは不死館に籠《こ》もり、たびたび息子を地下室に閉じ込めるようになった。

あの頃のわたしは、よくこんな音を聞いていた」

ドン――ズズッ。

口でその音を再現する。

「足の不自由な父さんの歩く音だ。まず左足を前に出して、右足を引き寄せる。この音が近づいてくるたび、わたしはようやく暗闇から出られるのかと胸を撫で下ろしたものだった。

でもよく考えてほしい。父さんは不死館の中を移動するとき、ほとんど車椅子を使っていた。自分の足で歩いていたのは、この地下室へ来るときくらい。本館と別館を繋ぐ廊下の前後に段差があって、車椅子が使えなかったからだ。といってもこの廊下は短く、五メートルほどしかなかった」

一方、と象山は天窓を指す。

「見ての通り、この地下室の天井の高さは十五メートルほど。仮にわたしがそちら側――廊下のある側とは反対の壁に背を付けて座っていたとしよう。父さんが廊下を通過する前後で、わたしとの距離はどれだけ変化するか。

部屋の横幅は五メートルほどだから、三平方の定理を用いて計算すると、父さんが廊下に入った時点でのわたしとの距離は、$\sqrt{(5+5)^2+15^2}$で約十八メートル。それが廊下を抜けた時点では$\sqrt{5^2+15^2}$で、約十五・八メートルになる。両者の距離はたった二・二メートルしか変わっていない。これでは音の聞こえ方はほとんど変わらなかったはずだ」

もし廊下のある側の壁に背を付けて座っていたとしたらどうか。父さんが廊下に入った時点での距離は$\sqrt{5^2+15^2}$で約十五・八メートル、別館に着いた時点での距離は十五メートルだから、その差はわずか八十センチ。音の聞こえ方の変化はさらに小さかった、ということになる。

「でも父さんの足音は、確かに近づいてくるように聞こえた。なぜ父さんの足音はだんだん大きくなっているように聞こえたのか」

「あの足音は幻聴だったと言いたいのか？」

修復者が天窓を見上げ、すぐに目を下ろして言う。

「とんでもない。わたしが地下室に閉じ込められていたのも、父さんが自分の足でわたしを外へ出しにきたのも事実だ。でもわたしが思っていたよりも、わたしと父さんの距離は近かった。つまり」

象山は地下室を見回した。

「わたしが閉じ込められていたのは、ここではなかった」

部屋から声が消えた。

「じゃあわたしはどこにいたのか。父さんとの距離が近かったということは、わたしはもっと地上に近い場所にいたんだろうか。

壁をよじ登っている途中であの足音を聞いたとすれば、確かに地上との距離は近くなる。でもわたしが閉じ込められていたのは完全な暗闇だった。そんな状態で壁を登れたとは思えないし、天窓が閉じているのに壁を登ろうとする理由もない」

「ひょっとして」死にぞこないが壁の煉瓦を撫でる。「ここ以外の場所にも地下室があったのか。その部屋はここよりも浅く、地上までの距離が近かった」

「可能性がないとは言えない。でも父さんが自分の足で歩いていた以上、父さんが向かっていたのは別館だ。わたしが別館にいたのは間違いないよ」

「それで父さんの足音が上から聞こえる場所といったら、この地下室しかないだろ」

「いや、もう一つある」

象山は人差し指を立てた。

「ヒントは妄想症の裏島が住んでいた東栄荘だ。〝もぐら男〟はどこにいた?」

指を下に向ける。

「床の下だ」

修復者の手からカードが落ちた。

「わたしが閉じ込められていたのは、この部屋よりもさらに深い場所だった」

「何言ってるんだ」逃亡者が床を蹴った。「ここより下だったら、父さんの足音はますます聞き取りづらくなるじゃねえか」

「そうじゃない。わたしが暗闇で聞いた足音は、父さんがこの部屋を歩く音だったのさ」

象山は棺桶から立ち上がり、ギロチン台に歩み寄った。逃亡者がバケツに座ったまま象山を睨《にら》む。

「きみはいつもそのバケツに座っているね。ギロチン台に座ったほうが楽だろうに、なぜそんな不安定な物に座っているんだ？」

逃亡者の目が泳ぐ。「おれの勝手だろ」

「きみがバケツに座っているのは、そこに引っくり返したバケツを置くためだ。きみはわたしたちに気づかれないように、もう一つの地下室への入り口を塞いでいたんだ」

誰かが息を呑む音。

「いい加減飽き飽きしてるだろ？　いつまでも隠れてないで、一緒に話そうじゃないか」

首を屈《かが》め、声を張り上げる。

バケツの下の床板が、カタ、と揺れた。

「糞《くそ》」

逃亡者が立ち上がり、バケツを蹴飛ばす。

象山は床板に指をかけ、一息に持ち上げた。

暗闇に淡い光が差し込む。

階段の壁にもたれた象山晴太が、「うわ」と手を突き出した。

5

そこは縦一メートル、横一・五メートルほどの長方形の部屋だった。

象山の家のトイレと同じくらいか。壁はコンクリートが剝き出しで、床には木箱が積まれている。階段から洩れた光に照らすと、奇術用の衣装やロープ、チェーン、テグス、手錠などが詰め込まれていた。

修復者に続いて短い階段を上り、一つ目の地下室に戻る。五人目の象山が頰を緩め、ギロチン台や電気椅子を眺めていた。

「いったいどうなってるんだ？」

修復者が五人目の象山を見て、すぐに逸《そ》らす。

「何もおかしなことはない」

象山は説明を続けた。

「別荘に子どもたちを招待し、たっぷり奇術を楽しんでもらう。それが父さんの夢だった。そのために財産を注ぎ込んで建てられたのがこの不死館だ。この一つ目の地下室も、もともとは子どもたちに奇術を披露するための場所だった。ならばそこで行われるショーの仕掛けのために、もう一つの地下室が用意されていてもおかしくない」

床の穴の前に立ち、踵《かかと》を鳴らした。

「でも父さんの夢は叶《かな》わなかった。子どもたちが地下室を訪れることはなく、代わりにそこに閉じ込められたのは虫の好かない息子だった。

　こうして今、正しい夢を見ていることからも、わたしの脳の奥底にこの地下室の正確な記憶が眠っていたのは間違いない。でもわたしの意識がそこから取り出せたのは、自分が繰り返し地下室に閉じ込められていたという事実だけだった。地下室が二層になっていたことや、自分がより深いほうの部屋に閉じ込められていたことは、膨大な記憶の底に埋もれてしまっていたんだ。

　そんな状態のわたしが、三十数年ぶりにこの館を訪れ、一つ目の地下室を目にした。そしてその部屋の記憶だけが鮮度を取り戻した。その結果、一つ目の地下室の記憶と暗闇に閉じ込められていた記憶が結びつき、かつて自分が閉じ込められていたのも一つ目の地下室だったと思い込んでしまったんだ」

　ぐるりと部屋を見回す。絞首台、ギロチン台、電気椅子、手術台――毎晩のように見ていたそれらが、違う色彩をまとっているように見える。

「暗闇の中で頭上から聞こえた例の足音は、エレベーターで一つ目の地下室に下りた父さんが、部屋を横切って二つ目の地下室の入り口へ向かっている音だった。でもわたしは二つ目の地下室の存在を忘れ、自分が一つ目の地下室に閉じ込められていたと思い込んでいる。そして齟齬《そご》がないように無意識に辻褄《つじつま》を合わせた結果、その足音を父さんが一階の廊下を歩いていたときのものと勘違いしてしまったんだ。

　もちろん普通は、これだけの数の人間が同じ勘違いをするなんてことはありえない。でもわたしたちは、昨年の八月まで一人の人間だった。分岐前のわたしが勘違いをしていれば、分岐後に気づかない限り、全員が同じ勘違いをし続けることになる――」

「そんなことはどうでもいい」

修復者が声を張り上げた。

「わたしが聞きたいのは、そこに五人目のわたしがいる理由だ」

目を逸らしたまま、男のいるほうを指す。

「シスマを注射すると時間が分岐する。その際、新しく生まれたほうの時間では時間遡行が生じる。ただしシスマは自分には作用しない。すなわちシスマの効果は、それを生み出したシスマ自身には働かない。ゆえにシスマを打って過去に戻っても、そのシスマを再び使うことはできない。――そうだったはずだろ」

象山は頷いた。「その通りだ」

「わたしたちがエデンから買ったシスマは二つだけ。使えるだけシスマを使ったとしても、２×２で、増やせる意識は四つまでだ」

ポーカーの勝敗をメモしていた紙に鉛筆を走らせ、象山に見せる。

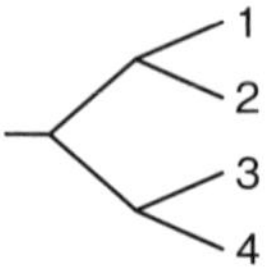

「こんなの中学生でも分かることだ。それともきみは、わたしたちの知らないルートで三つ目のシスマを手に入れていたのか？」

「まさか」象山は首を振る。「わたしが空き家でエデンと再会したときにはもうシスマはなくなっていた。他の時間でもあの男の状況は変わらない。わたしたちが手に入れられたシスマは二つだけだよ」

修復者は興奮を鎮めるように息を吐き、五人目の象山に目を向けた。

「それじゃいったい、この男はどこから現れたんだ？」

当の象山はそんな修復者を見ておかしそうに微笑んでいる。逃亡者のようにやつれてはいないし、死にぞこないのように負傷してもいない。

「二つのシスマで五人目のわたしを生み出す、魔法のような方法があったんだよ」

象山は一つ咳をして続けた。

「初めてシスマを打った八月三十日、わたしたちの身に起こったことを確認しておこう。午後一時。舞冬の恋人として家にやってきた春が、前日にわたしとガネーシャに行ったことをばらした。家族は憤慨し、家を出て行く。わたしは不死館へ行き、午後五時五十分、一度目のシスマを打った。そこで時間が分岐し、わたし――幸せ者は約五時間前の午後零時五十分へ遡る。わたしは春を襲い、家族を守ることに成功する。

一方、時間遡行しなかったほうのわたしは、注射から約一時間後の午後六時五十分に意識を取り戻す。不死館の玄関ホールで首を縊《くく》ろうとするものの、シャンデリアのアームが折れ、失敗。床へ落下したまま意識を失う。翌日の午前二時に再び意識を取り戻すと、地下室で二度目のシスマを打つ。そこで時間が分岐し、運の良いほうのわたし――修復者は約五時間前の午後九時へ遡る。といってもそのとき、彼は首吊《くびつ》りに失敗して玄関ホールで伸びていた。せっかくの時間遡行を無駄にしたことを嘆きながら、修復者は再び眠りに就く。他方、運の悪いほうのわたし――逃亡者は、一度も時間遡行することなくその日を終えた。

ここまでで三人のわたしが生まれた。一度目のシスマ注射で時間遡行したわたし――幸せ者。一度目は時間遡行せず、二度目で時間遡行した修復者。そしてどちらも時間遡行できなかった逃亡者だ。

季節は流れ、三月二十六日、午前十一時。わたしは家を出たところで産科の生田に襲われ、重傷を負う。わたしは家へ駆け込み、書斎で二度目のシスマを打つ。またも運に恵まれたわたしは、約五時間前の午前六時へ遡る。わたしは警察を呼び、銃刀法違反で生田を逮捕させる。一方、時間遡行しなかったほうのわたし――死にぞこないは、神々精医科大病院に入院する。

こうして二度のシスマ注射でどちらも時間遡行した幸せ者と、一度目は時間遡行したものの二度目は時間遡行できなかった死にぞこないが生まれた。ようやくこの四人が揃ったわけだ」

「五人目が生まれる余地はどこにもないじゃないか」

泣き笑いのような顔で、修復者がぼやく。

「実は今言ったことの中に一つ間違いがある。わたしがそれに気づいたきっかけは、草バットだった」

水を打ったような沈黙。

「草バットって、あの――」

「きみたちもよく知ってる、大麻の詰まったあの草バットだ」

象山は逃亡者に目を向けた。

「彩夏が爆発した後、マンションに侵入したのがきっかけで留置場に入れられるまで、きみは毎晩、ここで草バットを吸っていた。この夢では就寝時の服装が反映される。寝るときに草バットとジッポーをポケットに忍ばせておけば、ここで何度でもそれを吸うことができる。もちろん現実の草バットが減ることはない。まさに夢のようなやり方だ」

「それがどうした？」

逃亡者が眉を顰《ひそ》める。そのことが何を意味しているか、本人も気づいていないのだろう。

「わたしはきみが羨《うらや》ましかった。きみたちと初めて出会った八月三十一日の夜の時点で、わたしは草バットをすべて吸い尽くしてしまっていたからね。エデンの行方も分からず、新しく草バットを作ることもできない。あと一本残しておけば毎晩吸えたのに――そう後悔せずにはいられなかった。

でもよく考えてみてほしい。なぜわたしの煙草ケースは空だったのに、きみの煙草ケースには草バットが残っていたんだろうか」

象山は鏡に、家族が出て行った八月三十日の記憶を映した。不死館の地下室。エレベーターを下りた自分がペペ子を見下ろし、草バットを咥《くわ》えて火を点《つ》ける。

「この日、わたしは二度、草バットを吸った。一度目は午後五時五十分、シスマを打つためにこの地下室を訪れたとき。これで死ぬのかもしれないと思うと妙に感傷的な気分になって、注射の前に一本吸った。二度目は時間を遡った午後一時前。どうすれば春と顔を合わせずに済むかを考えながら、家の玄関で二本吸った。合計すると、この日わたしが吸った草バットは三本だ。

一方の逃亡者はというと、この日、わたしの知っている限りでも二度、草バットを吸っていた。一度目は午後五時五十分、一つ目のシスマを打つために不死館の地下室を訪れたとき。といってもこれはわたしと分岐する前だから、わたしの一本目と同じだ。二度目は午前二時、二つ目のシスマを打つ直前。ここでわたしの時間との差が生じる。首を吊り損ねたときに突き指をして、ジッポーを点けづらくなっていたことも影響したのか、逃亡者がこのとき吸ったのは一本だけ。合計すると、この日、逃亡者が吸った草バットは二本だった」

死にぞこないが算盤《そろばん》を弾くように指を動かして、

「幸せ者が三本、逃亡者が二本吸った。幸せ者の煙草ケースは空になり、逃亡者の煙草ケースには草バットが一本残った。何もおかしいことはないじゃないか」

「わたしもそう思っていた」思わず笑みがこぼれる。「でも違うんだ」

「どうして――」

「わたしはこの日、時間を遡っている。午後五時五十分に草バットを一本吸った後、午後零時五十分へ戻ってるんだ。ならばその時点で、わたしが草バットを一本吸った過去は帳消しになっていなければおかしい」

死にぞこないの指が止まった。

「この日、わたしが吸った草バットのうち、実際に吸ったと言えるのは春を襲う前の二本だけ。するとわたしが吸った本数は、逃亡者が吸った本数と同じになる。それなのになぜわたしの煙草ケースは空になり、逃亡者のケースには草バットが残っていたのか」

修復者がぽかんと宙を見つめる。逃亡者は苦笑し、俯《うつむ》いてそれを隠す。

「言い換えるとこうなる。八月三十日の午後零時五十分、わたしは家の玄関で草バットを二本吸い、それでケースが空になった。この時点で、わたしのケースに入っていた草バットは二本だったということだ。わたしたちがもともと同じ人間だった以上、この日、逃亡者の煙草ケースに入っていた草バットも、やはり二本だったことになる。

　でも不死館を訪れた後、逃亡者は二度、草バットを吸った。それなのになぜ草バットが一本残っていたのか」

　象山は肩を竦《すく》め、四人を順に見た。

「まさか」

　死にぞこないの乾いた唇から声が落ちる。

「幸せ者に起きたのと同じことが起きたのか」

　象山は頷いた。

「逃亡者は時間遡行に成功していた。それによって草バットを一本吸った過去が帳消しになったんだ。

　首吊りに失敗した後、意識を取り戻した逃亡者は、二本目の草バットを吸ってから二度目のシスマを打った。このシスマの効果により、逃亡者は時間を遡っていた。だから草バットを一本吸った過去が帳消しになったんだ」

「待てよ。何言ってるんだ？」修復者が声を荒らげ、鏡の中の記憶を切り替える。「シスマ注射で分岐した二つの時間のうち、時間遡行できるのは片方だけ。そのときのシスマ注射で時間を遡ったのはわたしだよ」

　鏡に石材の床が映った。俯《うつぶ》せに倒れた修復者が上半身を起こし、不死館の玄関ホールを見回す。

「きみのように家族を取り戻せはしなかったけど、わたしが時間を遡ったのは確かだ。時計の時刻が午前二時から午後九時まで遡っていたし、シスマを打った地下室から玄関ホールへ身体が移動していた。何より、くの字に折れたはずのペペ子の腕が元に戻っていた」

「どれもきみの勘違いだよ」

象山は踵で足元の肉を引っくり返した。

「一番分かりやすいのが時計の時刻だ。きみの腕時計の針が二時を指していたのは、首吊りに失敗して床に落ちたとき、カバーガラスが割れて針がずれたから。実際の時刻はそれよりずっと前だったのさ」

「まさかわたしが夢遊病で、地下室から玄関ホールまで無意識に歩いたと言うつもりか？」

「残りの二つはまとめて説明しよう。一言で言えば、きみはペペ子に一杯食わされたんだ」

修復者は激しく瞬《まばた》きしながら、ペペ子？　と唇を動かした。

「ペペ子のやったことはこんなところだろう。午後七時過ぎ――きみが本館の玄関ホールで首吊りに失敗した頃。別館の地下室で意識を取り戻したペペ子は、きみがエレベーターを動かす発電機のスイッチを切り忘れていることに気づいた。ペペ子はエレベーターで一階へ上がり、廊下を抜けて本館へ向かう。玄関ホールに伸びたきみを押しのけ、扉へ駆け寄ったに違いない。だが扉には指紋認識式のロックがかかっていた。

　幸いすぐ後ろにはきみが伸びている。ペペ子はきみを動かし、指をセンサーにかざそうとした。だが悪運の強いことに、きみは床に落ちたとき、右手の親指を突き指していた。関節が腫《は》れ、指紋が歪んでいるせいで、指紋認証のロックが解除できない。もとよりペペ子が逃げられないよう、窓や扉はすべて塞がれている。ペペ子は泣き叫びたくなったはずだ」

鏡の中の修復者が手を突いて立ち上がる。右手の親指の第一関節に赤い腫れが残っていた。

「とはいえこんな機会が二度とあるとは思えない。なんとか不死館を抜け出す方法はないものか。ペペ子は知恵を絞った。そして目に留まったのが、玄関ホールに放置されていた和泉早希の死体だった」

逃亡者が遠くを見るような目をして、「あったな、そんなの」

「ペペ子はこんな計画を立てた。シュラフから和泉早希の死体を取り出し、服を脱がせて地下室へ運ぶ。頭に枕カバーを被せ、床に転がしておく。本館へ戻り、和泉が入っていたシュラフに潜り込む。そしてきみ――象山晴太が意識を取り戻すのを待つ」

その光景を思い浮かべたのだろう。修復者が、ぐっ、と喉を鳴らした。

「ペペ子の狙いは一つ。指紋認証のかかった扉を突破することだ。あの錠は解除から五分後に再びロックがかかる設定になっている。ペペ子もそのことを知っていた」

この前日――八月二十九日、〝彩夏〟との行為の途中でペペ子が逃走を図ったとき。

――ナイスタイミング。五分間開きっ放しだと勝手にロックがかかるんだ。

間一髪のところで扉がロックされたのを見て、象山はそう口にしていた。

「床に伸びた男もいつかは意識を取り戻し、不死館を出て行くだろう。扉には指紋認証のセンサーとテンキーが付いている。親指の腫れが引かなくても、彼なら暗証番号を入力してロックを解除できるはずだ。それから五分以内にシュラフを出て扉を開ければ、不死館から逃げられる。

とはいえこの男も馬鹿じゃない。地下室にペペ子がいないことに気づけば、すぐに館内を捜し回り、地下室へ連れ戻そうとするだろう。和泉早希の死体を地下室へ運んだのは、彼女を自分に見せかけ、地下室を抜け出したことに気づかれる可能性を少しでも減らすためだった」

ペペ子の体形は和泉とよく似ていた。どちらも小柄で、太っているわけではないのに乳がよく出ている。週に一度、生田に脛毛《すねげ》を剃《そ》らせていたから、脚の見た目も変わらない。もちろん性別は違うが、陰茎も精巣も取っ払っていたから、局部も大した差はなかった。

「はたして意識を取り戻したきみは、シュラフの中身が入れ替わっていることに気づくことなく、別館の地下室へ向かった。そして床に倒れたペペ子を蹴り飛ばし、腕の骨を折る。といってもそれは和泉早希の死体だ。腹を蹴ったとき、ばふっ、と枕カバーが膨れたが、あれは溜まっていた腐敗ガスが洩れたんだろう。一服して気を落ち着けたきみは、そこで二度目のシスマを打った。

一方、本物のペペ子はシュラフの中で息を潜め、きみが戻ってくるのを待っていた。だがきみは地下室へ行ったきり、一向に戻ってこない。不安になったペペ子は、シュラフを抜け出し、天窓から地下室を覗いた。そこには注射を打って意識を失ったきみと、腕を折られた和泉の死体があった」

死にぞこないが腕を押さえ、ああ、と天窓を見上げる。

「ペペ子はエレベーターで地下室へ下り、きみを観察した。玄関ホールで伸びていたときと比べると、指の腫れも幾分引いていたんじゃないかな。何が起きたのかさっぱり分からなかっただろうけど、指紋認証のロックさえ解除できれば後はどうでもいい。今度こそはと神に祈りながら、ペペ子はきみを引き摺ってエレベーターに運んだ。そして地上へ上り、廊下を抜け、本館の玄関ホールへ戻った。

でも神は非情だった。あと残りわずか、手を引っ張ってセンサーにかざせばロックを解除できるというところで、きみが目を覚まし始めてしまったんだ」

修復者が自分の親指を見て、力のない息を吐く。

「ペペ子は慌てた。きみが目を覚まし切る前にどこかへ隠れなければ、逃亡を図ったことがばれてしまう。前日も枕カバーを顔に被せられ、その上から何度も注射針を刺されたばかりだ。シュラフに入り込めればいいが、中に毛布や防腐剤が詰まっているせいで、頭まで潜り込むには時間がかかる。半端に顔の出たところを見られたらおしまいだ。

パニックになってもおかしくないところだが、ペペ子はそこでも賢明な選択をした。彼はとっさに別館へ向かい、エレベーターで地下室に下りた。そして腕の折れた和泉早希の死体をベッドの下に隠し、枕カバーを被って床に倒れたんだ。

一方、玄関ホールで意識を取り戻したきみは、時計の時刻が遡っていたこと、身体が地下室から玄関ホールへ移動していたことから、時間が巻き戻ったのではないかと考え始める。このときシュラフが目に入ったとしても、毛布や防腐剤で膨らんでいるおかげで、中が空になっているようには見えなかっただろう。

きみは地下室へ向かい、和泉と入れ替わったばかりのペペ子を目にする。これが決め手になった。へし折ったはずの腕が元に戻ったと思い込んだきみは、時間が巻き戻ったと確信するに至った」

手術台が軋む。死にぞこないが憐《あわ》れむような目で修復者を見ていた。

「ちなみにその後、きみはエレベーターで一階へ戻り、発電機のスイッチを切って客室で眠りに就いた。ペペ子は再び地下室に閉じ込められ、数日後には和泉早希の死体も生田によって処分されてしまった。半年後、連鎖現象によって命を落とすまで、ペペ子に逃亡の機会は訪れなかった」

「よく分かったよ」

死にぞこないが咳き込みながら声を絞り出した。

「要するにこういうことだろ。修復者は二度目のシスマ注射で時間を遡ったと思い込んでいたが、実際は遡っていなかった。一方、逃亡者は二度目のシスマ注射で時間を遡っていたが、遡っていないようなふりをしていた」

象山は頷いた。当の二人も反論しない。

「それは分かった——だが」

死にぞこないは五人目の象山を指した。

「わたしが知りたいのは、その男がここにいる理由だ。時間を遡ったのが修復者じゃなく逃亡者だったからって、なぜ五人目のわたしが生まれるんだ?」

五人目の象山が苦笑しながらこちらを見る。早く話せ、と言いたいらしい。

「あとは簡単な話さ。修復者は午前二時に二度目のシスマを打ったと思い込んでいたけど、それは時計の針がずれたことによる勘違いだった。じゃあ彼が二度目のシスマを打ったのはいつだったのか」

象山は修復者に目を戻した。

「きみは午後五時五十分に一度目のシスマを打った後、一時間後の午後六時五十分に目を覚ました。時間遡行が生じなかった場合、シスマ注射から意識を取り戻すまでにはおよそ一時間かかると考えられる。二度目のシスマを打った後、きみが目を覚ましたのは午後九時だ。逆算すると、きみが二度目のシスマを打ったのは午後八時ごろということになる。きみが当初思い込んでいたよりも、シスマは約六時間早く注射されていたわけだ。

　でもそこから時間を遡ったのは逃亡者のほうだった。シスマによって遡る時間はおよそ五時間だから、逃亡者が遡った先は午後八時の五時間前、午後三時ごろということになる。このとき、わたしはまだ一度目のシスマを打っていなかった」

　修復者が顔を上げた。瞬きもせず目を見開いている。

「シスマは自分には作用しない。すなわちシスマの効果は、そのとき使われたシスマ自身には働かない。ゆえにシスマを打って過去に戻っても、そのシスマを再び使うことはできない。

だが逃亡者が二度目のシスマ注射で遡った午後三時の時点では、まだ一度目のシスマ注射が行われていなかった。そのシスマを使えば、さらにもう一度、時間を分岐させることができる」

　あふぁっ、と死にぞこないも変な声を出した。

「逃亡者は二度目のシスマ注射の効果で、一度目のシスマ注射の前の時間に遡った。そしてまだ使われていなかった一つ目のシスマを使い、もう一度、時間を分岐させたんだ」

　待ちくたびれたように欠伸しながら、五人目の象山がにやりと笑った。

「きみのことは、そうだな。裏島の部屋の床下に潜んでいた男にちなんで、もぐらとでも呼んでおこう。

　二度目のシスマ注射の後、逃亡者は家族のいなくなった自宅で目を覚ました。時間を遡ったことにはすぐに気づいたはずだ。さらにポケットを検《あらた》めると、シスマが一つだけ元に戻っている。きみは急いで不死館へ向かい、地下室の注射器でみたびシスマを打った。その結果、さらに時間が分岐し、もぐらが生まれた。逃亡者が家族を取り戻せていなかったことから推測するに、もぐらが時間遡行に成功し、逃亡者には何も起こらなかったんじゃないかな」

　逃亡者が「糞っ」と床の肉を蹴る。もぐらは微笑を浮かべたまま。

「この二人は誰よりも先にこの地下室で顔を合わせ、互いの経験を摺り合わせていたんだろう。気になるのはやはり、二度目のシスマ注射後、シスマが一つだけ元に戻っていたことだ。両方戻っていたのでも、両方なくなっていたのでもない。このことから自分たちの身に起きたことを推察していけば、もぐらの生まれた経緯——二つ目のシスマの効果で元に戻った一つ目のシスマによって、三度目の時間分岐が可能になったことが突き止められたはずだ。

　加えてこの二人は、早い時点で連鎖現象の存在にも気づいていたんじゃないかな。片方がゴキブリでも踏み潰して、もう片方がその場所に居合わせれば、この現象を見抜くことはできる。きみたちはこれらのことを考慮した結果、もぐらの存在を隠すことにした。将来生じうる危険を予測した上、一人が身を隠しておくことで、わたしたちの優位に立てると考えたんだ。足元に外れそうな床板を見つけたこと、それが逃亡者の座っていたギロチン台のすぐ近くにあったことも幸運だった」

「つまり、こういうことだな」

　死にぞこないが冷え切った声で言う。

「もぐら——きみがわたしたちの家族を殺した」

　もぐらはとぼけるように首を掻いている。象山が代わりに答えた。

「可能性は他にない。この男はわたしたちに気づかれていないのをいいことに、自分の時間で次々と家族を殺していった。記憶を確認される心配がなければ、彩夏を爆薬で吹き飛ばすのも、季々の口から内臓を引っ張り出すのも、舞冬の頭を破裂させるのも難しいことじゃない。もちろんムイを真っ二つに裂いたのもこの男だ」

厳密に言えば、ここには冤罪《えんざい》が一つ交ざっている。

舞冬を殺したのは自分と死にぞこないだ。

とはいえそれを認めるわけにはいかないし、もぐらが残りの犯行を行ったのも間違いない。すべての容疑をもぐらに被せてしまうのが一番だろう。

「なぜきみは家族を殺したんだ？」

死にぞこないが声を硬くする。

「逃亡者が自分を見捨てた家族を恨み、一度目のシスマ注射で時間を遡ったわたしたちを妬《ねた》んでいたのは分かる。でも実際に手を下したのはきみなんだろ？

きみは三度シスマを打ち、そのうち二度、時間を遡った。時間遡行の回数でいえば幸せ者と変わらない。いや、それだけじゃないぞ。仮に二度目のシスマ注射の後、一時間で三度目のシスマを打ったとすれば、遡った先は午前十一時だ。春が家に来るのは午後一時だから、十分すぎるくらい時間がある。きみは他の誰よりも運が良かった。わたしたちを妬むのはまったくお門違いだよ」

もぐらの動機は象山にも分からなかった。裏島からも聞いていない。

四人の視線を浴びたもぐらは数秒黙り込んだ後、

「とても嬉しいよ」

ふいに歯茎を覗かせ、埃っぽい空気を吸い込んだ。

「本当は早くこのときが来てほしいと思ってたんだ。なにせずっと一人だったからね。

といっても正直、期待はしてなかった。とくにきみ――幸せ者には。きみが例のカプセル爆弾説を披露したときは床の下で笑いを堪《こら》えるのに必死だったのに、よりによって草バットからわたしの存在に気づくとはね。ひょっとして名探偵に相談でもしたの？」

笑いを抑え込むように深呼吸して、象山を見る。よもや妄想症の患者に教えられたとは舌が裂けても言えない。

「幸せ者の言ったことを認めるんだな」

「まあ、だいたいは」

「だったらなぜ家族を殺した。わたしたちを憎む理由があるのか」

「まさか。憎んでなんかないよ。むしろその反対。わたしはきみたちのためを思ってあいつを殺したんだ」

斜めにひん曲がったまま、死にぞこないの唇が動かなくなった。

「わたしの相棒、きみたちの言うところの逃亡者の時間で、季々が何をしたか。きみたちも知ってるだろ。あの女は夫を警察に告発し、強制性交の容疑で手配するよう仕向けた。これまでずっと夫に守られていたにもかかわらずだよ。ストーカーだって何人も殺してやったのに、ひどいと思わないか？」

「それは逃亡者の話だろ」

「だからこそ腹が立ったのさ」

もぐらは足元の肉を踏み潰した。

「わたしは春を家から追い払い、家族の暮らしを守った。わたしの時間の季々はわたしを疑っていない。でもそれはたまたま運が良かっただけだ。どれだけならず者を殺し、贅沢《ぜいたく》な生活をさせてやっても、何か一つきっかけがあれば、あの女はわたしを裏切る。相棒の話を聞いてそれがよく分かった。あの女の腹の中は真っ黒だ。だから内臓を引っ張り出して、どれだけ腹の中が汚いか見せてやったんだ」

象山にはもぐらの言い分が理解できた。産科の生田や神々精医科大病院の理事長、あるいは父さんとも同じだ。自身はうまくことを運んでいたからこそ、いつかそこから転落したとき、降りかかる仕打ちが恐ろしくて堪らなかったのだろう。

「まあ、皆を驚かせてやろうって気持ちがなかったといえば嘘になるけど」

鏡から悲鳴が轟《とどろ》いた。

全裸の季々がベッドに寝かされている。不死館の地下室。手足を縛っているのは、首を吊ったときにも使っていた綿ロープだ。唇から伸びた白い線は――奇術道具のテグスか。テグスはヘッドボードの上のパイプを挟んで、もぐらの手元の巻き取り装置へ伸びている。

もぐらがハンドルを回した。テグスが引かれ、季々の胸が膨らむ。おえっ。手首に綿ロープが食い込む。ハンドルを回す。口から出てきたテグスが赤くなる。喉が膨らむ。おえっ。ハンドルを回す。口が大きく開く。ずぼっ、と湿った袋が飛び出し、提灯《ちょうちん》のようにパイプにぶら下がる。

「さすがに季々が内臓を吐いて死んだら、きみたちもわたしに気づくんじゃないかと思ったんだけどね。きみたちはへんてこな推理を披露し合った挙句、連鎖現象によって生じたパラドクスのせいで三人が死んだとかいう見当違いな結論に至った。せっかくきみたちのことを思って季々を殺したのに、それじゃあんまりでしょ。だからおまけにこの男を殺したんだ」

同じ部屋、同じベッドのまま、縛られているのがムイに変わる。もぐらが二本の綿ロープを同時に引くと、ムイはこれから赤ん坊を産むみたいに股《また》を開いた。

床に並んだ大小の工具を見回し、弓鋸《ゆみのこ》を取る。陰嚢《いんのう》と肛門《こうもん》の間に刃を当て、前後に引く。

――うあああっ。

野太い悲鳴。皮膚が裂け、跳ね上がった血で下腹部が赤く染まった。

「娘たちは関係ないだろ」修復者が鏡から目を逸らして、「彩夏と舞冬まで殺すことはなかったじゃないか」

もぐらは一瞬、目をぱちくりとさせ、

「それも間違ってるところの一つだよ」

鏡を指した。

「わたしが殺したのは季々とムイだけ。彩夏と舞冬は殺してない」

象山は苦笑した。

この男、往生際が悪い。

「ほら見て。四月三日の午後十時三十分、彩夏が爆発したときのわたしだ」

再び季々が現れる。

今度の季々は逆さに吊るされていた。腹が妊婦のように膨らんでいる。力なく「やめて」とこぼした顔の下に、もぐらがバケツを置く。

「この直前まで、季々はドラマの同窓会に出てたんだ。よほどたくさん食わされたのか、ネズミを呑んだヘビみたいに腹が膨れててね。テグスで胃袋を引っ張っても、喉につっかえて出てこなかったら困るでしょ。下剤もないし、無理やり掻き出して死んじゃったら元も子もない。だから重力に頼るしかなかったんだ」

——今日はなんとしてもムツオを攻略したいと思います。

能天気な声が聞こえた。

ロッカーの上にスマホが置いてある。画面を見ると、ヘッドセットを着けた彩夏が透明探偵を走らせていた。

「これが証拠」

パン、と音が鳴り、彩夏が消えた。レンズが赤く濁り、肉片らしい影が滑り落ちる。時計は十時三十一分を指していた。

「彩夏が自宅の部屋で爆発したとき、わたしは不死館の地下室にいた」

どういうことだ。

なぜ、この男に彩夏殺しのアリバイがあるのか。

「で、これが四月四日の午後一時五十分、舞冬の頭が破裂したときのわたし——」

そんなのはどうでもいい。舞冬を殺したのは自分と死にぞこないなのだから。

問題は彩夏だ。

裏島の推理は間違っていたのか。

彩夏を爆発させたのはもぐらではなかったのか？

「言いたいことはそれだけか。もう訂正するところはないか？」

修復者が落ち着いた声を出す。もぐらはぽりぽりと鼻梁を掻いて、「あ」と指を止めた。

「一つだけ補足。きみたちのことは憎んでないと言ったけど、一人だけ例外がいる。きみだ」

脂の付いた指を象山に向ける。

「きみ、ぺぺ子を殺したでしょ」

ぺぺ子？

象山は耳を疑った。

「ひどいじゃないか。逃亡者の話を聞いてからというもの、わたしは季々を抱けなくなっていた。だからあれとやるのだけが楽しみだったんだ。いきなり殺しちゃうなんて勝手にもほどがあるよ」

苦笑した。

そんなことで憎んでいるとは、大げさなやつだ。

「きみだけは許さない。いつか罰を下してやる。そう決めてたんだ」

もぐらが指を振る。ぺり、と床から肉が剝がれる。

血の気が引いた。

この男、本気なのか。

「早くこのときが来てほしいと思ってた——そう言った理由はこれさ」

修復者、逃亡者、死にぞこないの三人は、すでに一度、象山のカウフマン野との繫がりを断っている。象山が戻ってこられたのは、もぐらのカウフマン野との繫がりが残っていたからだ。もぐらは夢の中で別の部屋にいたため、三人のように肉を操り、象山を封じ込めることができなかった。

今、もぐらが象山との繫がりを断てば、象山はすべてを失う。

「きみはわたしから生きる楽しみを奪った。罰を与えてやらないと」

肉が飛んだ。

身を翻す。跳び、蹲《うずくま》り、左右に足を滑らせて必死に肉を避《よ》ける。もぐらは「おお」「それ」「わーお」と楽しそうに肉を飛ばし続ける。

体力がもたない。棺桶へ飛び込もうと踵を蹴ったところで、床の穴に足を取られた。バケツの縁に顎を打ちつける。

顔を上げると、目の前に肉が浮いていた。

「さよなら」

肉が落ちる。

冷たい肉が鼻にぶつかっ

エピローグ

1

波止場が徐々に小さくなる。

港を走る車のエンジン音が波に吸い込まれる。神霧山が黒い影に変わる。

生まれ育った地が遠ざかっていく。

——くだらない。

象山にとって、家族こそが人生のすべてだった。似合わないスーツを着た春が玄関先で顔を上げたあのとき、自分はそれを失った。もう神々精にも、日本にも未練はない。

海に背を向け、人気《ひとけ》のないフェリーのデッキを眺めた。時刻は午後十一時。サーチライトでアホウドリが羽を休めている。

波が岸壁に砕ける音が聞こえなくなるのを待って、象山は階段を下りた。

船室に入ると、日焼けした男がぼそぼそと注意事項を読み上げていた。タイ語と日本語で同じ内容を繰り返している。乗客は三十人ほど。下町の安酒場から連れてきたような中高年が大半だが、派手な身なりをしたホスト風の男や、赤ん坊を抱いた若い女も交ざっている。

部屋の隅にスーツケースを置き、毛布に尻《しり》をついた。腐った貝のような臭いがする。換気扇が回っているのを確かめ、キングバットを咥《くわ》えた。グッチのロングコートを着た妊婦がこちらを一瞥《いちべつ》し、迷惑そうに脚を組む。

日本を去ろうと決めたのは、別の時間の自分たちから距離を置くためだった。

象山晴太は平気で人を殺す。人質ルールがもはや機能していない以上、身近な人間たちがいつ、どこで死んでもおかしくない。彼らと同じ地に住んでいる限り、常に予測不可能なリスクとともに生きていくことになるのだ。

残りの人生をどう過ごすにせよ、まずは彼らと離れる必要がある。象山はそう考えたのだった。

紫煙をくゆらせながら、解放感を嚙《か》み締める。こんな気分は久しぶりだ。

緩やかな揺れに身を任せていると、徐々に眠気が襲ってきた。煙草ケースをパンツのポケットに入れ、毛布に身を横たえる。

瞼《まぶた》を閉じると、そこはもう地下室だった。


「先生、煙草落ちてますよ」

誰かの声が聞こえる。「ちょっと」と肩を揺すり、象山のシャツの胸ポケットに何やら硬いものを押し込む。

髪を搔《か》きながら上半身を起こす。欠伸《あくび》を堪《こら》えて瞼を開けると、地下室が船室に変わった。

目の前に顔があった。

長髪の癖毛から大きな瞳《ひとみ》が覗《のぞ》く。どこかのアイドルグループにいてもおかしくなさそうな美男子が、きょとんとした顔でこちらを見ている。悪魔に監視されていた男、妄想症の裏島一年だった。

なぜこの男がここにいるのか。自分は幻覚を見ているのか。

「いえ。ぼく、本物ですよ」

頭の中を読んだかのように、にんまり笑ってみせる。

「どうしてここにいる。詐欺師にカモられて夜逃げしたのか」

裏島は「まあまあ」とパーカーの袖《そで》を振り、象山の毛布に胡坐《あぐら》を掻いた。

「理由なんかいいじゃないですか。どうせここにいる人は皆わけありなんですから」

グッチの妊婦がスマホから顔を上げ、ちっ、と舌を打つ。

壁のデジタル時計を見る。午前八時十分――いつのまにか夜が明けている。船室は薄暗いままだが、外では太陽が波を光らせているだろう。

いったい何が起きているのか。思わずパンツのポケットから煙草ケースを取り出したところで、さらなる疑問が浮かんだ。

醤窯の港を出たとき、最後までデッキに残っていたのは象山だった。その後、船室に入ったとき、乗客の中にこの男がいたら気づいただろう。かといって醤窯を出た後、このフェリーはどこにも泊まっていない。

この男はいったいどこから現れたのか。

「遅くなってごめんなさい。先生、お勤めご苦労さまでした」

裏島は呑気《のんき》に象山の肩を叩《たた》く。

「あ、執行猶予が付いたんでしたっけ。すみません、先生」

「おれはもうきみの主治医じゃない。わけの分からない妄想に付き合う気もない」

「そうですか」ふと表情を消し、「じゃあ先生じゃ駄目ですね。こう呼ぶのはどうでしょう」真っすぐに象山を見据えた。「逃亡者さん」

指からキングバットが落ちた。

この男がなぜ、その呼び名を知っているのか。

「幸せ者さんから何も聞いてませんか？　ずるいなあ、あの先生。全部自分の手柄にしようとしたんだ」

そうだ、と手を叩いて、レジ袋からコカコカライムを取り出す。

「あ、やっぱり先生って言っちゃいました。そんな空が降ってきたみたいな顔しないでくださいよ。実はぼく、天才なんです。おまけに先生の何万倍も生きてましてね。亀の甲よりなんとかってやつで、どんな時間にも横から首を突っ込めるようになったんです」

蓋《ふた》を開けようとした手を止め、象山が落としたキングバットを拾う。

「でも人間、謙虚じゃなきゃいけませんね。天才だからって調子に乗るとろくなことにならない。ぼく、彩夏ちゃんを殺したのももぐらさんだと思い込んでたんです。ああ、恥ずかしい。これじゃ先生の思う壺《つぼ》だもの」

裏島は子どものように頬を膨らませ、象山にキングバットを差し出した。

「彩夏ちゃんを殺したのは、先生ですもんね」

2

そこにいるはずのない人間が現れ、知っているはずのないことをべらべらとまくしたてる。

この感覚には覚えがあった。

夢だ。

胸を撫《な》で下ろそうとして、いや、と思い直す。

昨年の夏にシスマを打ってから、象山はまともな夢を見ていない。でたらめで辻褄《つじつま》の合わない、普通の夢を。

裏島の顔を見返す。これは現実なのか。

「ソンクラーまであと六日ですか。さすがにタイは遠いですね」

裏島は壁の時計を見上げてぼやくと、

「どうでしょう。もしよかったら、ぼくの名探偵ごっこに付き合ってもらえませんか」

膝《ひざ》を乗り出してそんなことを言った。

「おれを脅すつもりか」

精一杯の虚勢を張る。裏島は不貞腐《ふてくさ》れたように唇を尖《とが》らせた。

「やだなあ。違いますよ。ぼく、先生に感謝してるんです。こんなに感動したのは何万年ぶりか分かりませんから」

今度は、はあ、とため息をついて、

「そりゃ幸せ者さんの発想にも感心しましたよ。でも舞冬ちゃんを殺したあの仕掛けは、ちょっとずるい。犯行現場に必ずもう一つの死体が残っちゃうんですから。その死体が見つかれば、するっと種が割れてしまう。あの仕掛けはあくまで、鏡越しにしか事件を知りえない別の自分たちに向けたものに過ぎません。

その点、もぐらさんは凄《すご》かった。幸せ者さんの小細工と違って、もぐらさんは存在そのものが驚きでしたからね。でもあの人は生まれた経緯が変わってるだけで、本人が特別なことをやったわけじゃない。ただ、隠れてこそこそ季々さんとムイさんを殺しただけです」

船底がぐらりと揺れた。

この男、いったいどこまで知っているのか。

「でも先生——逃亡者さんは違う。先生が彩夏ちゃんを殺した現場には、導火線や雷管はもちろん、幸せ者さんが舞冬ちゃんを殺した現場に残っていたようなもう一つの死体もありませんでした。事件が起きた瞬間は東栄荘にいて、彩夏ちゃんに近づいてもいない。もちろんもぐらさんみたいに姿を隠していたわけでもない。先生は魔法を使ったか、ゲームの世界の〝見えない爆弾〟を使ったとしか思えません」

それでも、と裏島は声を強める。

「先生は紛れもなく、その手で彩夏ちゃんを殺した、たった一人の犯人なんです」

象山は思わず船室を見回した。グッチの妊婦はスマホゲームをプレイしている。歯のない男が、ごぽっ、と変な鼻鼾《はないびき》を掻く。誰かが聞き耳を立てている様子はない。

「馬鹿なこと言わないでくれ。おれは娘を殺してない」

それでも反論するしかなかった。

裏島は毛布を叩き、ひゅう、と口笛を吹く。

「いいですねえ。そうきてくれなきゃ名探偵ごっこのしがいがありません。では犯人様の期待に応《こた》えて、ぼくがどうやって真相を見抜いたのか、説明してご覧に入れましょう。

ちなみにカンニングはしてません。先生の時間にも顔を出してましたけど、彩夏ちゃんを殺した方法が分かるようなところは見てないつもりです。それをやっちゃ楽しみがなくなっちゃいますからね。

ぼくの知ってることは、他の先生たちの知ってることと同じ。なんでこれから言うことは、他の先生たち——とくに仲良しだった幸せ者さんが、彩夏ちゃん殺しの真相を見抜くにはどう考えればよかったのか、という仮定の話だと思ってください」

裏島はコカコカライムを一口飲んで、ごほ、と咳払《せきばら》いした。

「ぼくは最近まで、彩夏ちゃんを殺したのはもぐらさんだと思い込んでました。でも彩夏ちゃんが爆発したとき、もぐらさんにはアリバイがあった。そのことを知ったぼくは、あらためて先生たちが共有した記憶や、地下室で交わされた言葉の数々を振り返りました。するとどうしても腑《ふ》に落ちないことが一つ見つかったんです。それは——これ」

象山の鼻先に瓶を突き出した。

「脳天爆発、コカコカライムに関することでした」

思わず首を引っ込める。

この男は何を言っているのか？

「十一月の半ばでしたか。先生が警察に手配され、神霧山の麓《ふもと》の空き家に身を潜めていたときのことです。先生はキャンプ場のゴミ置き場を漁《あさ》った帰り道、お姉さんから試供品のコカコカライムをもらっていました。

その五カ月後、幸せ者さんも同じ空き家を訪れます。あの恐ろしい悪魔もそこに隠れていたわけですけど、それはさておき。この家へ向かう途中、幸せ者さんも神霧山キャンプランドの前を通りがかります。でもコカコカライムを配っていたお姉さんたちへの反応は、先生と真逆でした。幸せ者さんはお姉さんたちに見つからないよう、わざわざ林の中を通って空き家へ向かったんです。

そこでふと気になりました。先生はなぜ、何の躊躇《ちゅうちょ》もなく、キャンプランドのお姉さんにコカコカライムをもらうことができたんでしょうか」

裏島はわざとらしく腕を組む。

何を言おうとしているのか分からなかった。

「バイトの姉ちゃんに見られたくらいで通報される可能性は低い。あんまりこそこそしてもかえって怪しまれるだけだ。おれは幸せ者より逃亡生活が長かったから、その分、振る舞いが大胆になってたんだろ」

反論されるかと思いきや、

「まあ、それが答えでしょうね」

裏島はあっけなく頷《うなず》いた。

「でもそれだけでは説明の付かないところもあります。というのも、彩夏ちゃんは昨年の夏、このキャンプランドでコカコカライムを配るアルバイトをしていました。その一週間後、彩夏ちゃんたちは家を出て行ってしまいましたから、このアルバイトが一度きりだったのか、その後も続けていたのか、先生に知る術《すべ》はなかったはずです。

　おまけにこの日は小雨が降っていて、バイトのお姉さんたちはレインコートを着ていました。フードを被《かぶ》っていたせいで、近くまで行かないと顔が見分けられなかったはずです。いくら逃亡生活に慣れていたとしても、実の娘がいるかもしれないところへ、のこのこお酒をもらいに行くのはおかしいと思いませんか？」

　胃が締まるのを感じた。

　確かにその通りだ。

　しかし——まさかこの男、たったそれだけのことから真実を見抜いたというのか？

「警察に手配され、空き家に身を隠していた先生に、彩夏ちゃんのアルバイトの予定を知る術があったとは思えません。でも先生は、キャンプランドで試供品を配っているアルバイトの中に彩夏ちゃんがいないことを知っていました。それはなぜか？」

　裏島は人差し指を立て、象山の顔を指した。

「彩夏ちゃんが昨年の夏、キャンプランドでアルバイトをしたと言ったのは嘘だった。そして先生はそれが嘘であることを知っていたんです」

　象山が反論しようとするのを両手で制して、

「これを裏づける事実がもう一つあります。彩夏ちゃんが爆発した四月三日。幸せ者さんの時間の彩夏ちゃんは、アカダマのライブの前に一蛮町のコラボカフェを訪れ、あまり美味《おい》しくなさそうなコラボメニューをたくさん食べていました。でも一つだけ、店員さんに断られてしまったメニューがあります。それが『電気探偵の強炭酸コカコカライム』でした。
コカコカライムはお酒ですから、高校生の彩夏ちゃんがお店で飲むことはできません。でも彩夏ちゃんは堂々とそれを注文しようとした。なぜか？　彩夏ちゃんはコカコカライムをジュースと勘違いしていたからです。数カ月前、本当に試供品を配るアルバイトをしていたのなら、そんな勘違いをするはずがありません」

つまり、と裏島は語気を強める。

「彩夏ちゃんはこのアルバイトをしていなかった。これは事実です。すると次に気になるのが、彩夏ちゃんがキャンプランドでコカコカライムを配ると言って家を出た八月二十二日、実際はどこで何をしていたのか、ということです」

右手で口を覆い、くくっ、と息を洩《も》らす。指の間からひどく品のない笑みが見えた。

「といっても答えは明らかですね。彩夏ちゃんは姉の担当マネージャーであるムイさんとただならぬ仲になっていました。二人はこの日、家族に黙ってデートに出かけたんでしょう」

象山は苦笑した。それはさすがに論理の飛躍だ。

「親に嘘をついていたからって、男と会ってたと決めつけるのは早計だろ」

「そうですか？　でもこの日の後の彩夏ちゃんは陸上部か水泳部と見紛うほどこんがり日焼けしていました。数日後に家へやってきたムイさんも別人のように肌が焼けていましたね。ムイさんに至っては、恋人と海に出かけたとはっきり口にしていましたよ」

「誰がいつ日焼けしたっておかしくない。夏なんだから」

「いえ。昨年の夏の空模様をよく思い出してください。八月に入り、梅雨が明けたと思いきや、台風に次ぐ台風。二十一日、二十二日にようやく夏らしい好天が広がったと思ったら、二十三日はまた曇り。待ち侘《わ》びた末にやってきたと思ったらもう通り過ぎているパレードみたいに、昨年の夏はあっという間でした。

彩夏ちゃんがキャンプ場でバイトをすると言い、日焼けして帰ってきたのが二十二日です。ではムイさんの肌が焼けたのはいつでしょう？　二十一日の夜、家の前で黒のデリカを見つけたときは、ムイさんはまだ日焼けしていませんでした。彼が肌を焼くことができたのもやはり二十二日だけだったことになります。

人目を憚《はばか》る仲だった二人が、ちょうど同じ日に、同じように日焼けしていた。それでもまだデートじゃないと言い張るつもりですか？」

何かケチをつけてやりたかったが、具体的な言葉が出てこなかった。裏島の言うことに反論しても、すぐにそれを否定する理屈が返ってくる。

「ちなみに彩夏ちゃんは、なぜ、キャンプランドでアルバイトをしていたなんて突拍子もない嘘をついたんでしょうか。これも言うまでもないですね。カンカン照りの中で海へ出かける以上、どれだけ日焼け止めを塗っても肌は焼けてしまいます。いつものエルムでアルバイトをしていたと言っても、肌の色が変わっていたら一目でばれてしまう。だから屋外のキャンプ場へバイトに行くと嘘をついたんです」

裏島はぐいとコカコカライムを呷《あお》ると、瓶を置き、「さて」と手を打った。

「長い回り道をしてきましたが、ここからがいよいよ本題です。ここまで言ったことを踏まえても、なお残る疑問が一つあります。その疑問を解くことで、先生が彩夏ちゃんを殺した方法が明らかになります」

ごほ、と咳払いして、

「その疑問とは、先生がどうやって彩夏ちゃんとムイさんの関係に気づいたのか、ということです」

難しそうな顔で腕を組む。

「ちょっとややこしい話になりますが、この疑問の答えは、さっきぼくが言ったこと――二人が同じ八月二十二日に日焼けしていたことに気づいたから、ではありません。当時の先生はムイさんを信用し切っていました。あの頃の先生は、たとえ二人が同じ日に日焼けしていたことに気づいても、彩夏ちゃんの言葉を疑ったり、二人の仲を勘繰ったりはしなかったはずです。

ちなみに幸せ者さんが二人の関係に気づいたきっかけは、四月三日のアカダマのライブの後、自然公園で彩夏ちゃんが洩らした言葉でした。彩夏ちゃんはどこぞのジャーナリストが家を見張っていたことを知っていた。でも自分はそれを話していない。では誰に教えられたのか――そう考えた結果、彩夏ちゃんとムイさんがただならぬ仲であることに気づいたんです。さらに翌日、電話でムイさんを問い詰めたことで、幸せ者さんの疑いは確信に変わりました。裏を返せば、もし彩夏ちゃんが口を滑らせていなければ、幸せ者さんも二人の関係に気づくことはなかった、ということになります。

でも先生はというと、幸せ者さんが二人の仲に気づく四カ月以上前――キャンプ場でコカコカライムをもらった十一月の半ばにはそれに気づいていたことになる。警察に手配され、空き家を転々としていた先生が、なぜ二人の関係を見抜くことができたんでしょうか」

鼓動が速くなる。あと少しだ。裏島は核心に手をかけている。

「きっかけはやはり、先生がまだ家族と同居していた頃にあったと考えるべきでしょう。ぼくは何度も過去に戻り、この頃の先生を観察しました。でも二人の関係を見抜けそうなチャンスは、やはりただ一度――彩夏ちゃんが海へ行き、日焼けして帰ってきたそのときだけでした。

言うまでもないことですが、幸せ者さんや修復者さんも、八月三十日にシスマを打つまでは先生と同じ一人の人間でした。この中の一人――午後五時五十分のシスマ注射で先生と分岐した幸せ者さんが二人の関係を知らなかったということは、先生がそれに気づいたのはこのシスマ注射よりも後ということになります。

これは何を意味するか。彩夏ちゃんが海へ行ったのが八月二十二日、先生が彩夏ちゃんの嘘を見抜いたのが八月三十日以降となると、その間に少なくとも一週間が過ぎていたことになります。海へ行ったことを示す多くの痕跡《こんせき》――たとえば湿った髪、潮の匂い、サンダルに付いた砂などは、一週間もすれば消えてしまっていたはずです。

先生が二人の関係を見抜くきっかけとなった何かは、一週間過ぎても消えない、身体を洗っても服を替えても消すことのできないものだったことになる。そんなものは一つしかありません」

真剣な顔で言ってから、

「いや、さすがにしつこいですね。もちろん日焼けの痕《あと》です」

照れたように口元を綻《ほころ》ばせた。

「といってもただの日焼けの痕じゃない。ただ顔や手足が焼けているのを見ても、それがデートでできたものかは分かりません。先生が目にした日焼けは、彩夏ちゃんが海に行ったことを明確に示すものだった。そう、水着の跡です。先生は日焼けした肌に浮かんだ水着の跡を見て、彩夏ちゃんが海に行っていたことに気づいた。そして恋人と海に行ったというムイさんの言葉を思い出して、二人の関係に気づいたんです」

　まずい。

　あと少しで裏島の言葉が真実に触れてしまう。

「でも水着の跡は胸やお尻の周りにしか付きません。普通に生活していれば、水着の跡が人に見えることはありません。よほど肌の露出の多い服を着ていれば話は別ですが、彩夏ちゃんは海へ行ったことを家族に隠していたんですから、わざわざそんな服を選ぶこともなかったはずです。

　ましてや先生が水着の跡に気づいたのは、八月三十日の午後五時五十分にシスマを打った後——つまり家族に家を出て行かれた後でした。一緒に生活していて、服を着替えたりお風呂《ふろ》に入ったりする拍子にたまたま見えてしまった、なんてこともありません」

　頭を抱えたくなった。

　もう駄目だ。

「それでも先生が彩夏ちゃんの胸やお尻を見たとすれば、考えられる可能性は一つだけ。先生は彩夏ちゃんたちが身を寄せた季々さんの実家へ行き、彩夏ちゃんの服を脱がせたんです」

　一瞬、間を置いてから言った。

「先生は彩夏ちゃんを襲ったんですね」

　船底が大きく揺れた。波のせいか、それとも目眩《めまい》か。

「先生は彩夏ちゃんに性的な欲求を抱いていました。ペペ子さんを使って疑似的な性行為を繰り返していたくらいですから、さすがに否定できませんよね。自分の理想の家庭を守るため、だいぶ強引なやり方で欲求を抑え込んでいたものの、許されるなら本物の彩夏ちゃんと交わりたい。先生はそう願っていたはずです。

八月三十日、午後八時。先生は不死館の地下室で二つ目のシスマを打ち、五時間前の午後三時へ遡《さかのぼ》ります。シスマに時間遡行《そこう》の作用があることにはすぐに気づいたでしょう。手元にはまだ使われていない一つ目のシスマがある。そこで先生はどうしたか。不死館へ三たびシスマを打ちに行く前にちょっとした寄り道をしたんです。行き先は季々さんの実家でした。先生は積年の欲望を成就させるべく、そこで彩夏ちゃんを犯したんです」

裏島は今さら声を潜めた。

「彩夏ちゃんを襲った後、間を開けずにシスマを打てば、その事実を帳消しにできる。先生はそう期待したんでしょう。

もちろんシスマを打っても時間を遡れる保証はありません。すでに一度、時間遡行に失敗している先生は、そのことにも気づいていたはずです。でもそこは合理的な先生のこと。時間遡行できればラッキーとして、仮にできなかったとしても、その場合は端《はな》から理想の家族は崩壊しているのだから、悪事を一つ重ねたところで状況に大差はない。とどのつまり、どちらに転んでも新たなリスクは生じない。そう考えたんでしょう」

唐突にドラッグディーラーの男の言葉がよみがえる。

――肌に刻まれたものには必ず大きな意味があるんすよ。

何ということだ。彩夏の肌に刻まれていた日焼けの痕から、こんなことまで見抜かれてしまうとは。

「ただし」と船室いっぱいに響く声を出して、裏島は慌てた様子で肩を窄《すぼ》めた。「先生は一つ、重大な勘違いをしていました」

　派手なジャケットの男に「すみません」と頭を下げて、

「修復者さんが大きな勘違いをしていたことは、幸せ者さんから聞いてますよね。修復者さんは午後八時ごろに二度目のシスマを打ったのに、時計の針がずれていたせいで翌日の午前二時にそれを打ったと思い込んでいた。さらにいくつかの偶然が重なった結果、実際は時間遡行していないにもかかわらず、午前二時から前日の午後九時へ時間を遡ったと思い込んでしまったんです。

　でも時間を勘違いしていたのは修復者さんだけじゃありません。先生——逃亡者さんと修復者さんはシスマを打つまで同じ人間だったんですから、先生も当然、午前二時にシスマを打ったと思い込んでいたことになる。するとどうなるか。実際は午後八時から午後三時まで約五時間、時間を遡ったただけなのに、先生は午前二時から前日の午後三時まで約十一時間、時間を遡ったと思い込んでしまったんです」

　裏島は安物の腕時計を外し、象山の鼻先にぶら下げた。

「この勘違いを前提とした場合、春くんが家へやってくる午後一時に間に合うよう時間を遡るにはどうすればよいか。十一時間経たないようにすればいいんですから、日付が変わる午前零時までにシスマを打てばいいことになります。先生は夜までたっぷり仮の時間を堪能《たんのう》してから、三度目のシスマを打ったんでしょう。

　はたして先生は時間遡行に失敗。強制性交の容疑で警察に手配され、逃亡の身となります。一方のもぐらさんは時間遡行に成功したものの、遡ったのはたった五時間だけ。これでは春くんを追い返すどころか、彩夏ちゃんへの暴行を帳消しにすることもできませんでした。

先生たちの前では家族を取り戻したふりをしてましたけど、あれは強がりですね。もぐらさんは、自分を見捨て、娘への行為を警察に告発した季々さんへの怒りを募らせていきます。やがて内臓を引き摺《ず》り出すに至るわけですが――それはさておき」

裏島は残りのコカコカライムを一息に飲み干し、瓶を床に置いた。

「さあ、長い長い前置きが終わりました。今度こそようやく本題です。四月三日、先生はどうやって彩夏ちゃんを殺したのか。指を触れることも、現場に近づくこともなく、いかに娘の身体を爆発させたのか」

手品師のように両手を広げ、すぐに下ろした。

「といっても種明かしは終わったようなものです。事件の七カ月前、先生が欲望を満たすためにやったことが、先生にある道具をもたらしました。期せずして手に入れたその道具――まさしく〝見えない爆弾〟を使って、先生は驚きの奇術を成功させたんです。その道具とは、もちろん――」

ふふ、と口元を隠し、

「赤ん坊です」

思春期の中学生のような笑みを浮かべる。

「先生は逃亡生活を送りながら、徐々に自分を捨てた家族への恨みを募らせていきました。シスマの力で家族を取り戻した幸せ者さんや、順調に人生を立て直していく修復者さんへの妬《ねた》みもあったでしょう。家族を殺したい。でも他の自分たちの手前、迂闊《うかつ》に手を出せない。もぐらさんが手を下してくれればいいのですが、彼は自分を警察に告発した季々さんを恨むばかりで、残りの家族を手にかけるつもりはないと言います。

そんな折り、神々精市内で空き家を探していた先生は、神々精医科大病院から出て来た彩夏ちゃんとすれ違います。体形の変化から、先生は彩夏ちゃんが妊娠していることに気づきました」

ぱんと腹を叩いて、

「あれは一月の二週目ですから、彩夏ちゃんは妊娠二十週くらいでしょうか。次女が自分との間にできた子どもを孕《はら》んでいる。先生はすぐにそう確信しました」

「なぜ確信できるんだ？　彩夏はムイとも関係を持ってたはずだろ」

「うふ。決まってるでしょ。幸せ者さんや修復者さんの時間の彩夏ちゃんが妊娠してなかったからですよ。先生の時間の彩夏ちゃんが妊娠したのは、他の先生たちがやらず、先生だけがやったことの結果ということになる。先生は彩夏ちゃんを襲った。だから赤ん坊ができたんです」

受話器を取ったように、裏島は右手を耳に当てた。

「先生は産科の生田先生に連絡を取りました。先生に死体の処理やぺぺ子さんの世話などをさせられていた、あの生田先生です。

いくら生田先生でも、警察に手配され、行方を晦《くら》ませていた先生の指示を素直に聞いたとは思えません。この頼みを聞いてくれたら〝慈善〟に売った赤ん坊のデータを引き渡すとでも言って、あと一度だけ言うことを聞くよう迫ったんでしょう。生田先生は結局、先生の指示に従いました。

具体的には、先生が生田先生にやらせたことは三つあります」

人差し指を立てる。

「その一。彩夏ちゃんの担当医になり、出生前ＤＮＡ鑑定を勧めること。その結果を偽造し、お腹の赤ん坊が先生の子どもではないと思い込ませること。

　これは彩夏ちゃんに中絶を思い留《とど》まらせるために必要な一手でした。そもそも二十週目までに赤ん坊を堕《お》ろしていない時点で、彩夏ちゃんには何か中絶をためらう理由があった可能性が高い。自分を襲った実の父親の子どもを産もうとするとは思えませんから、他の男、おそらくムイさんの子どもではないかという疑いがあったんでしょう。彼に頼み込んで検体を採取してもらい、血縁関係を証明する鑑定結果を与えてやれば、彩夏ちゃんが赤ん坊を産もうとする確率はぐっと高まります。

　もちろん高校生という立場を考えればそれでも中絶を選ぶ可能性はありましたが、結果は先生の思惑通りになりました」

　中指と薬指を同時に立てる。

「その二とその三はセットです。まずはその二。赤ん坊が胎外に出てもすぐに命を落とす危険のない大きさになってから、その赤ん坊を早産させること。そしてその三。救命措置を施すふりをして赤ん坊を隔離し、生きた状態で先生に引き渡すこと。

　その二とその三は、かつて、借金で首の回らなくなった生田先生に〝慈善〟がやらせていたのと同じことです。先生はそれをもう一度やるよう生田先生に命じたんです」

　ふいに下痢でも催したように腹を押さえる。

「事件の数日前。生田先生はインフルエンザやB型肝炎ウイルスの不活化ワクチンと偽って、彩夏ちゃんに子宮収縮剤を投与します。陣痛を引き起こされた彩夏ちゃんは、その日の晩、三十二週の赤ん坊を出産します。生田先生は救命措置が必要と言って赤ん坊を隔離し、かつて〝慈善〟の用意した酸素供給装置付きの防音ボックスに入れます。そして手を尽くしたが助けられなかったと嘘をつき、埋葬手続きを請け負う約束をした上、先生にそのボックスを届けたんです」

　そこに箱があるかのように手を動かして、それを象山に差し出す。

「三十二週目ならすぐに命を落とす可能性は低いですが、とはいえ放っておけば危険なのは間違いありません。先生は赤ん坊の様子を見ながら、犯行の準備を整えます。

　舞台は不死館の玄関ホールでしょう。使った道具の大半はお父さんの奇術道具の中にあったものです。先生は袋詰めの含水爆薬を赤ん坊の身体に括《くく》りつけ、そこに雷管と導火線からなる起爆装置を取り付けます。さらに首を吊《つ》るときにも使った綿ロープをジッポーのオイルに浸し、ロープの端を導火線に繋《つな》げ、簡単な時限爆破装置をつくります。

　そして迎えた四月三日――事件当日。先生はロープに火を点《つ》けて時限装置を起動し、東栄荘へ戻りました。そして――」

　ドン、と唇を弾《はじ》く。

「その日の晩、赤ん坊は爆発しました。それからどうしたかって？」ああん、とため息を吐いて、「何もしてません。先生のやったことはそれだけです」

　レジ袋からコカコカライムの瓶をごっそり取り出す。飲み干したものも加えて、四つの瓶を一列に並べる。

「ここで思い出してほしいのがもぐらさんのことです。もぐらさんは時間遡行に成功したにもかかわらず、遡行する時間の長さを誤解していたせいで、彩夏ちゃんを襲った過去を帳消しにし損ねていました。先生の時間と同様、もぐらさんの時間の彩夏ちゃんも赤ん坊を身籠《みご》もっていたはずです。

　先生はもぐらさんに、同じやり方で彩夏ちゃんに中絶を思い留まらせるよう頼んでいました。自分は赤ん坊を死なせたくない。でももぐらさんの時間の彩夏ちゃんが中絶手術を受けると、連鎖現象によって赤ん坊が命を落としてしまう。なんとか彩夏ちゃんに赤ん坊を産ませてほしい――そう頭を下げたんでしょう。

先生が赤ん坊を爆破したとき、もぐらさんの時間の彩夏ちゃんのお腹には、三十二週目の赤ん坊がいました。するとどうなるか」

裏島は一つ目のコカコカライムを指で押した。

「連鎖現象により、もぐらさんの時間の彩夏ちゃんのお腹の中で、赤ん坊が爆発することになります」

一つ目の瓶が倒れ、二つ目の瓶に寄りかかる。まるでドミノのように。

「お腹の中で赤ん坊が爆発すれば、彩夏ちゃんもただではすみません。爆薬と起爆装置が存在しないだけで、それを巻かれた赤ん坊が子宮の中で爆発したのと同じことですからね。爆発の衝撃によって、彩夏ちゃんの身体も爆発することになります」

今度は二つ目の瓶を押して、三つ目の瓶にもたれさせる。

「もぐらさんの時間の彩夏ちゃんが爆発したことで、今度は先生の時間へ逆向きの連鎖現象が起こります。先生の時間の彩夏ちゃんはすでに出産しており、お腹に赤ん坊はいません。それなのにまるでお腹の赤ん坊が爆発したかのように、彩夏ちゃんの身体が爆発することになります。

ああ、なんてことでしょう。先生は赤ん坊を爆破しただけで、彩夏ちゃんには何もしていない。それなのに不死館で赤ん坊が爆発すると、同時に醤窯のマンションで彩夏ちゃんが爆発することになるんです」

三つ目の瓶を倒す。四つ目の瓶が横へ転がる。

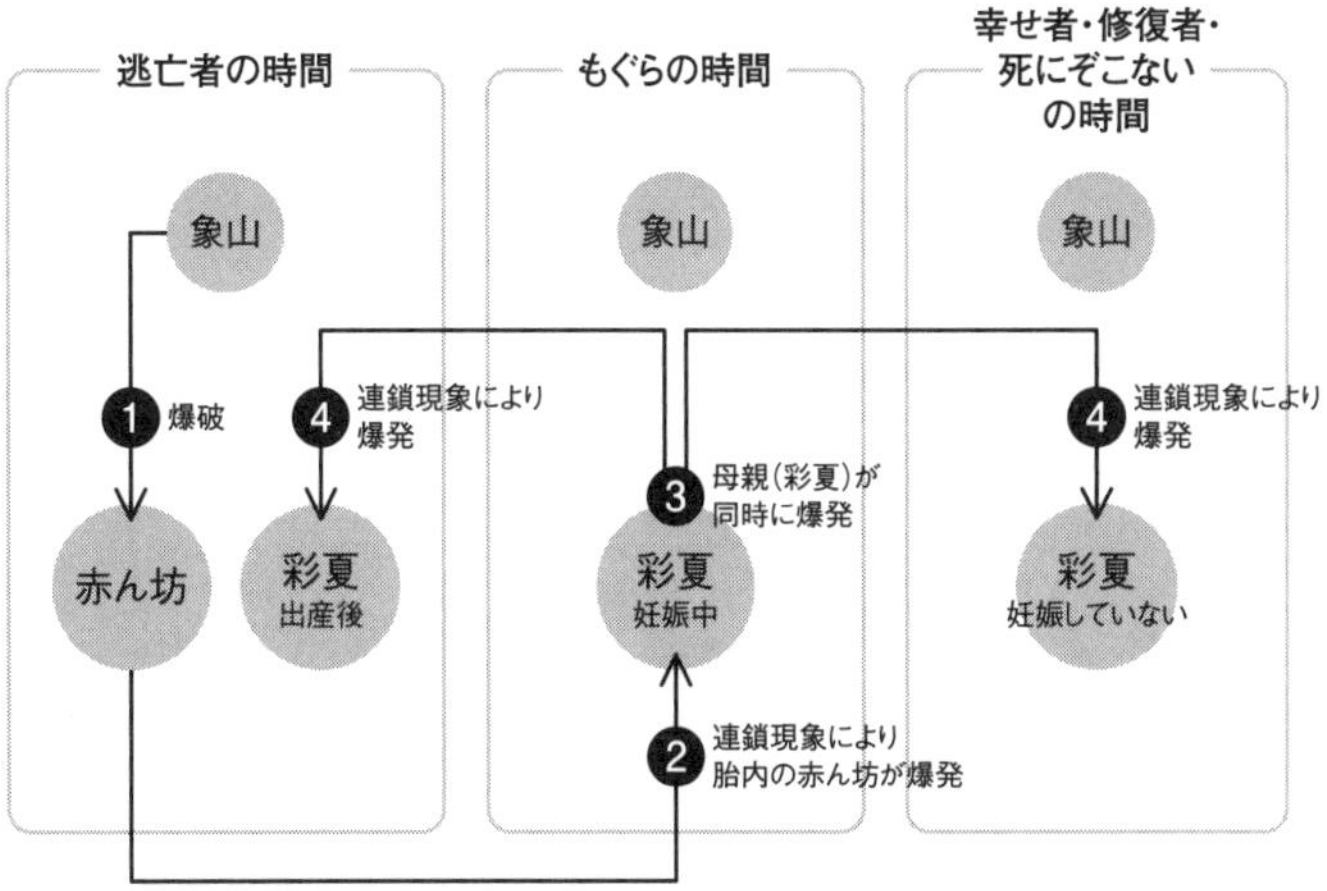

「おまけに連鎖現象は他の三つの時間にも及びます。幸せ者さん、修復者さん、死にぞこないさんは、いずれも彩夏ちゃんを襲っていません。この三人の時間の彩夏ちゃんは当然、妊娠していない。そもそも赤ん坊は存在していないにもかかわらず、連鎖現象によって彼らの時間の彩夏ちゃんもまた爆発することになります」

　裏島はレジ袋からレシートを取り出し、郵便局のマークの入ったボールペンを走らせた。

「信じられますか。彩夏ちゃんの身体は明らかに爆破されてるんです。普通はいずれかの時間の彩夏ちゃんが爆薬で吹っ飛ばされていないと辻褄が合わない。でも逃亡者さん、もぐらさん、幸せ者さん、修復者さん、死にぞこないさん——すべての時間において、彩夏ちゃんは一度も爆破されていないんです。

　真犯人である先生はもちろんのこと、知らぬ間に共犯にさせられていたもぐらさんでさえ、彩夏ちゃんには何もしていない。爆発の瞬間、彩夏ちゃんに近づいてすらいない。これが魔法でなくて何でしょう！」

裏島はげほげほ咳《せ》き込むと、目尻を拭《ぬぐ》いながら四つの瓶を見回し、恍惚《こうこつ》とした笑みを浮かべた。

「先生が人を道具としか思っていないことは知っていました。でもよりによって、自分の赤ん坊を殺人の道具にするとは思わなかった。先生は他の先生たちの時間には存在しない凶器——まさしく〝見えない爆弾〟を使って、自分の娘を殺したんです」

3

キングバットを咥え、火を点けようとすると、ふいに猛烈な吐き気が込み上げた。

船酔いのせいではない。まるで身体が現実を拒んでいるかのようだ。ミイラ取りがミイラに、精神科医が精神病に——そんな言葉を思い出す。

突然現れた妄想症の男に、自分のやったことを寸分違《たが》わず言い当てられる。まさに悪夢そのものだ。

でもこれは幻覚ではない。

自分の運命は今、このふざけた男に握られている。この男が別の時間にも首を突っ込めるのは間違いない。彩夏を殺したことを他の自分たちにばらされたら、自分は彼らに記憶と肉体を奪われる。脳の中にあるだけの存在にされてしまう。

「きみの望みは何だ？」

裏島の目を見て尋ねる。診察室でも使ったことのないような猫撫で声が出た。

「望み？」

裏島は目をぱちくりさせた。

「嫌だなあ。ぼくが先生を脅そうとしてると思ったんですか？　逆ですよ。ぼく、先生に感謝してるんです。こんなことを考える人間がいるなんて想像したこともなかった。先生と出会わずにつまらない毎日を送っていたらと思うと恐ろしい。ほら、考えただけで汗が出てきましたよ」

ごしごしと額を拭い、「そうだ」と手を打つ。

「せっかくですから、お礼をさせてもらえませんか」

「お礼？」

嫌な胸騒ぎがした。

裏島はスマホを取り出し、画面をタップして動画を再生する。

「見てください」

フェリーの船室が映っていた。グッチの妊婦が憂鬱《ゆううつ》そうにスマホをスクロールする。歯のない男が鼻鼾を掻く。象山は毛布に寝そべっている。

「隠し撮りか？　趣味が悪いな」

自分の横に置かれたものに気づいて、目を疑った。

今、自分の横にあるのと同じ、コカコカライムの瓶が四つ並んでいる。この動画が撮られたのは、裏島がレジ袋からすべての瓶を取り出した後ということだ。

この男は瓶を取り出した後、それを弄《いじ》りながらずっと演説を続けていた。

「いったいいつ――」動画を撮ったのか。

「九時十七分です」

裏島が画面をタップし、撮影時刻を表示させる。

船室のデジタル時計によると、今は九時九分。動画は八分後の未来ということになる。

「痛《いで》っ」

スピーカーから声が聞こえた。グッチの妊婦が顔を顰《しか》めている。

ふいに眩《まばゆ》い光が彼女の全身を包んだ。黒煙が噴き上がる。バチバチとコートが燃えている。

「――んぅ？」

火の粉が飛んだのか、近くで鼻鼾を掻いていた男の毛布からも煙が上り始める。爪先《つまさき》の辺りから炎が上がり、みるみる腿《もも》から腰へ燃え広がっていく。胸の辺りまで火の手が伸びたところでようやく男が起き上がり、「うあっ」と毛布を放り投げた。這《は》うように火から逃れようとしたが、すでにデニムシャツに火が移っている。「助けてっ」と叫んだところで頭蓋骨《ずがいこつ》と右腕が砕け飛んだ。

船員の男が二人、何やら怒鳴りながら駆けてくる。部屋の隅のボックスから消火器を取り出そうとしたところで、男の指がぶちぶち千切れて落ちた。それを見ていたホスト風の男の左脚が捻《ね》じれ、レザーパンツから脛骨《けいこつ》と腓骨《ひこつ》が飛び出す。隣りの白髪をひっつめた女が胸を掻き毟《むし》る。まだら坊主の男が炎を吐いて倒れる。あちこちで無数の悲鳴が重なり、スマホの音が割れる。

「凄いでしょ、これ」裏島が声を上ずらせた。「まるで悪魔が暴れてるみたいですよね」

人は普通、突然燃え上がったり、身体が砕け飛んだりしない。可能性は一つ。別の時間からの連鎖現象が起きたのだ。

「誰のしわざだ」

「もぐらさんです。先生がこの船でタイに行くと聞いて、彼はムイさんの仲間に連絡を取りました。そして爆薬を詰め込んだスーツケースを携え、同じフェリーに乗り込んだんです」

乗客たちが次々潰《つぶ》れ、千切れ、砕ける。炎がそれを呑《の》み込んでいく。

自分は大丈夫なのか。先ほど寝そべっていたところを見ると、壁に背を付け、呆然《ぼうぜん》と船室を眺める象山がいた。

「安心してください。先生は一命を取り留めます」

嬉《うれ》しそうに言ったと思いきや、裏島はすぐに眉尻《まゆじり》を下げた。

「でもまあ、無事ではすみません。死体を介して起きた火災によって、このフェリーは沈没します。向こうの時間のもぐらさんはいち早く救命ボートに乗り込みますが、こちらの先生は傾いたデッキで転倒し、滑り落ちてきたウィンチに両脚を潰されます。その状態で炎に炙《あぶ》られるんですから悪夢ですよ。沈没寸前に辛くも救助されるものの、気管に重度の火傷を負い、脳には酸素欠乏症による意識障害が残ります。それから二十二年、食事も自発呼吸もできないまま、先生は神々精医科大病院で天井を見つめ続けることになります」

喉《のど》の奥に痛みを覚える。刃物で粘膜を撫でられているかのように。

「お前、おれに感謝してんだろ。だったらなんとかしてくれよ」

「もちろんです。だからこうしてやってきたんじゃないですか」

象山の耳に裏島が口を寄せた。

「先生には魔法の道具をプレゼントしておきました」

得意そうに象山の胸を指す。

「四年前の新村大学精神医学研究所から取ってきました。ぜひ使ってください」

胸ポケットの中身を取り出す。見覚えのあるアンプルと注射器だった。

一時間前、裏島に起こされたときのことを思い出す。

――先生、煙草落ちてますよ。

この男はそう言っていたが、煙草ケースはパンツのポケットに入っていた。あのとき、シャツの胸ポケットに煙草を入れるふりをして、アンプルと注射器を突っ込んでいたのだ。

「一つ補足すると、ぼくが先生に空っぽのアンプルをプレゼントすることはありません」

確かに中には透明な液体が入っている。だがなぜそんな分かり切ったことを言うのか。

「もし運が良ければ、また会いましょう」

笑顔で立ち上がり、軽い足取りで船室を出て行く。後を追いたいのに、身体に力が入らない。

壁の時計を見る。午前九時十三分――残り四分だ。

とにかくシスマを打つしかない。

アンプルの蓋を折ろうとして、指が止まった。再び時計を見て、血の気が引く。

シスマで遡れるのは約五時間だ。フェリーが港を離れたのが昨日の午後十一時。すでに十時間以上が過ぎている。仮にシスマを打って時間遡行に成功しても、フェリーが港を出る前の時間へ遡ることはできない。

自分は、この船を、降りられない。

船室を飛び出し、階段を駆け上がった。重い雲が空を覆っている。薄暗いデッキを見回したが、裏島の姿はどこにもない。

あの無能め。偉そうなことを言っておいて、シスマが一つきりでは何の役にも立たないではないか。

船員を説得して、近くの港へ向かわせるか。だがもうすぐ乗客が燃え始めると言っても信じてもらえるはずがない。

操縦室の時計を見る。残り三分。何はさておきシスマを打つしかない。深呼吸しながら階段を下り、船室へ戻る。

再びアンプルの蓋を折ろうとしたところで、裏島の言葉が耳によみがえった。

——ぼくが先生に空っぽのアンプルをプレゼントすることはありません。

なぜあの男はそんなことを言ったのか。

この言葉に意味があったとしたら。

シスマはそれ自身には作用しない。シスマを打って時間を遡っても、シスマの入っていたアンプルの中身が元に戻ることはない。裏島が胸ポケットにシスマを入れたあの時点まで遡っても、アンプルはすでに空になっているはずだ。

だがあの男は時間に縛られない。あの男の台詞《せりふ》を言葉通りに解釈するなら、たとえシスマを使って遡った時間であっても、あの男からもらうシスマが空になることはない、ということにならないか。

それなら何度でも時間を遡れる。

事故から逃れられる——。

いや、駄目だ。

裏島に渡されるシスマが何度でもよみがえるとしても、それで無限に時間を遡れるわけではない。裏島にシスマを渡されるよりも前の時間に遡っても、そのときの自分はまだシスマを手に入れていない。

もし裏島が醤窯の港からフェリーに乗っていたなら、遡った先の時間で裏島を捕らえ、シスマを奪うこともできただろう。だが裏島は象山の元へやってきた際、「遅くなってごめんなさい」と口にしていた。あの男は船内に現れてすぐ、自分に声をかけたことになる。ならばあれより前の時間に遡っても裏島は見つからない。当然、そこからさらに時間を遡ることもできない。

あの男が船室に現れ、象山のポケットにシスマを入れたのが午前八時十分。自分が遡ることのできる時間の限界はその五時間前、午前三時十分だ。すでにフェリーが港を出て四時間以上が過ぎている。

やはり船を降りることはできない。

だが。

船が燃える前の時間に留まり続けることはできる。

今すぐシスマを打つ。二分の一の確率で時間を遡り、午前八時十分に裏島と会う。シスマを受け取り、打つ。二分の一の確率で時間を遡る。五時間後、裏島と会う。シスマを受け取り、打つ。二分の一の確率で時間を遡る。五時間後、裏島と会う――。

自分が時間遡行を続けられる可能性は極めて低い。シスマを二回打てば四分の一。三回なら八分の一。四回なら十六分の一――その確率は下がり続けていく。いつまでもこの時間に留まれるのは、たった一人の幸せ者だけ。

だが何もしなければ、自分は重傷を負う。ウィンチに両脚を潰され、気管を焼かれ、脳には障害が残る。そして二十二年、天井の蛍光灯を見つめ続けることになる。

この未来から逃れるには、シスマを打ち続けるしかない。

膨大に分岐した時間の中で、時間遡行を続けられるのはたった一人だけ。でもその一人は存在する。そしてその一人は、また必ずシスマを打つ。

裏島の狙いはこれだ。

シスマは縁上回のカウフマン野を分裂させる。シスマを打ち続ければ、カウフマン野も増え続ける。無事で済むはずがない。ゾウの巨大な脳を人の頭蓋骨に押し込むようなものだ。自分はどうなってしまうのか。

死ぬか。

壊れるか。

それとも正気のまま、いつまでもシスマを打ち続けるのか。

グッチの妊婦が憂鬱そうにスマホをスクロールしている。毛布を被った男が鼻鼾を掻く。派手なジャケットの男が欠伸をする。

時刻は午前九時十六分——残り一分を切っている。

やるしかない。

象山はシャツの袖を捲《まく》った。アンプルの蓋を折り、注射針を入れる。押子を引き、液体を吸い上げる。

——もし運が良ければ、また会いましょう。

裏島の言葉が耳にこだました。

グッチの妊婦が「痛《いで》っ」と顔を顰める。

眩い光から目を逸《そ》らし、象山は腕に針を刺した。

参考文献

『時間はどこから来て、なぜ流れるのか？　最新物理学が解く時空・宇宙・意識の「謎」』吉田伸夫（講談社）
『時間は存在しない』カルロ・ロヴェッリ著、冨永星訳（ＮＨＫ出版）
『量子力学の多世界解釈　なぜあなたは無数に存在するのか』和田純夫（講談社）
『チンパンジーはなぜヒトにならなかったのか　99パーセント遺伝子が一致するのに似ても似つかぬ兄弟』
ジョン・コーエン著、大野晶子訳（講談社）
『火薬のはなし　爆発の原理から身のまわりの火薬まで』松永猛裕（講談社）
『求刑死刑　タイ・重罪犯専用刑務所から生還した男』竹澤恒男（彩図社）
『筋肉と関節の機能解剖パーフェクト事典』左明、山口典孝（ナツメ社）

本書は書き下ろしです。

装画◆加藤宗一郎
装丁◆坂詰佳苗

白井智之（しらい　ともゆき）
1990年千葉県印西市生まれ。東北大学法学部卒。2014年に『人間の顔は食べづらい』が第34回横溝正史ミステリ大賞の最終候補作となり、同作でデビュー。16年に『東京結合人間』で第69回日本推理作家協会賞（長編及び連作短編集部門）候補、17年に『おやすみ人面瘡』で第17回本格ミステリ大賞（小説部門）候補、23年に『名探偵のいけにえ 人民教会殺人事件』で第23回本格ミステリ大賞（小説部門）受賞、「2023本格ミステリ・ベスト10」第1位獲得。他の著作に『そして誰も死ななかった』『ミステリー・オーバードーズ』『死体の汁を啜れ』など多数。

エレファントヘッド

2023年９月26日　初版発行
2023年12月15日　５版発行

著者／白《しら》井《い》智之《ともゆき》

発行者／山下直久

発行／株式会社KADOKAWA
〒102-8177　東京都千代田区富士見2-13-3
電話　0570-002-301（ナビダイヤル）

印刷所／旭印刷株式会社

製本所／本間製本株式会社

本書の無断複製（コピー、スキャン、デジタル化等）並びに
無断複製物の譲渡及び配信は、著作権法上での例外を除き禁じられています。
また、本書を代行業者などの第三者に依頼して複製する行為は、
たとえ個人や家庭内での利用であっても一切認められておりません。

●お問い合わせ
https://www.kadokawa.co.jp/（「お問い合わせ」へお進みください）
※内容によっては、お答えできない場合があります。
※サポートは日本国内のみとさせていただきます。
※Japanese text only

定価はカバーに表示してあります。

©Tomoyuki Shirai 2023　Printed in Japan
ISBN 978-4-04-114178-6　C0093